南國之冬

Southern Rhapsody

張大春——著

目錄

作者致意

《南國之冬》這本書之所以歷經十數年而終於得以完成，必須感謝兩代以上的電影和戲劇工作者。包括胡金銓導演、張徹導演、王家衛導演，以及我大學和研究所時代的老師王靜芝先生，還有日籍電影製片藤井賢一，和我的同學、韓國籍的柳亨奎教授。他們對於中國近、現代史料的熱情、興趣以及對戲劇和電影這種藝術表現形式的琢磨，多方面啟發了我寫作這一本小說的勇氣。

此外，必須特別感謝印刻編者與「春夏秋冬」這一系列作品的讀者——抱歉，讓諸君久等了。拖稿不交，是作者之大過，而編者和讀者尚未遺忘，則是作者僅有的幸福。

序

我們做戲的

一 打表妹

一九九九年我出版了《城邦暴力團》的第一冊。書中有個角色「老大哥」，說的是我父親的一個老姪兒張翰卿。在真實的世界裡，張翰卿比我父親大了快十歲，可是論輩分，我得叫他哥哥。他跟著大導演李行在片場當廚子，之後幫夥幹道具，久之而升上了領班。在我上小學前後，還經常因為他的關係，有機會到片場參觀拍戲。其中最令我印象深刻的一部戲就是《婉君表妹》。

那是一場兩個小演員的戲。男生叫巴戈，女生叫謝玲玲，都是我這般年紀，比我大個兩三歲吧。所拍攝的鏡頭不過就是演三少爺的巴戈從院子裡走過，看見屋裡來了小表妹謝玲玲，調皮的巴戈隔著雕花窗櫺朝裡面扮了一個鬼臉。就這麼個不過一兩秒鐘的情節，折騰了一下午。其間不時停工，收拾景片、調整燈光，還有不知道幹什麼事情。

巴戈、謝玲玲就和我玩到一塊兒去了。巴戈教我們玩一種打巴掌的遊戲——兩個人相對伸出手掌、上下相合，指尖抵住對方的掌根，在下方的一人採取攻勢，儘快抽出手、翻轉下擊，以打著對方的手背為贏。手掌在上的一方不但要盡量壓制對方，還要儘快閃躲，以讓對方撲空為贏。一個非常簡單的遊戲，可是到後來，巴戈把謝玲玲和我都打哭了。

《婉君表妹》上演期間，老大哥拿了招待券來，我猶豫了很久，很不情願地跟著父母去看了，看到巴戈隔窗一笑，手背上的疼痛和灼熱之感油然而生。我知道我總有一天會向巴戈報仇，而且把表妹婉君的份兒也討回來。從此以往，我不但相信電影裡表現的事物都是真實的，也相信電影的拍攝和電影故事根本是一回事，三少爺不只會扮鬼臉，還真欺負人；婉君不只漂亮，還真是個受氣包。只不過戲院裡看不到完整的真相而已。電影不但在向人們傳說一些個古老的故事，片場裡發生著的一切也都是這個故事的某個環節或補充——這樣想很蠢，我知道——但是，當我誠心如此相信之後，日子一長，這個念頭就融進了作品裡去。

二　當戲子

許多年過去了，我把這個小小的經驗和體會告訴了胡金銓導演，他咧嘴大笑說：「你是對的，不單電影是這樣兒，戲劇也是這樣兒。」我的老師王靜芝先生也曾經在《詩經》的課堂上解釋十五國風作為民歌、以體現各地風俗民情的時候說：「古代的民歌，現代的小說、戲劇，都不能只從虛構的角度去解釋它的技巧，那裡面都有非常真實生活的面貌。」這些話，我最初也只當作是鼓舞創作者重視以及發掘現實材料的泛泛之論，直到靜芝老師送我一本《稼青叢稿》（伍受真著）之後，便又重新點燃我對「戲劇負載著某種召喚現實的具體使命」的狂熱。

伍受真的叔叔伍博純是民國以來以一己之力推動全民通俗教育的第一人。武昌起義前不久，這位年方而立的叔叔忽然對伍受真說：「我很想叫你和冶白（伍博純的長女）將來都去做舞台劇的演員。」伍受真接著回憶道：「他怕我不懂，又解釋著說，就是去做戲，接著問我願意不願意？我當時聽他這樣說，心中很詫異，怎麼叔父會要我們去做『戲子』？……他又說，戲劇可以移風易俗，是推行社會教育的一大工具。」

靜芝老師與伍受真是同一代人，他原本知道我有心創作，雖然進了研究所讀書，未必有耐住性子做學問的能力和興趣，但是，他似乎又覺得我不應該放棄這兩種心智活動裡的任何一樣。所以，在送我《稼青叢稿》的當下，他就替伍博純（一個希望子姪去當「戲子」的教育家）的動機做了解釋，王老師的話和胡金銓導演的話差不多，他說：「你如果體會不到戲劇裡的真實，就沒有法子編出動人的戲劇，也就談不上移風易俗、甚至教化了。可是，怎麼去掌握戲劇裡的真實呢？到頭來還是得做學問。」

三　做學問

這幾句話，我消化了半輩子，至今仍覺懵懵懂懂。直到有一天，王家衛導演忽然來台造訪，邀我參與《一代宗師》的編劇工作，我才有了更踏實的體會。

早在找上我之前多年，王家衛為了掌握故事主人翁葉問個人生平經歷，還參考了大量近、現代史中相當繁雜而漫漶的材料，有的真偽難辨，有的斷爛不清，有的受限於種種解釋上的困難而不可定奪其是非。更麻煩的是導演希望能夠反映出大歷史背景的許多道具或陳設細節，時至今日，還未必能如實複製。

事實上，在預備期，王家衛不但從葉問的後人處採訪了許多身家資料，就連北地魯豫冀晉諸省許多以拳勇著稱的門派，他也親自踏查了一番，留下無數珍貴的口頭歷史材料。據說甚至還有的老師傅極願意收他為徒，弘揚本門武藝。——不是說了嗎？「怎麼去掌握戲劇裡的真實呢？到頭來還是得做學問。」

然而王家衛還不滿意——就這一點而言，他著實讓我想起了已然物故多年的胡金銓導演。胡導演平生瑣屑之小小得意有三，其一是青竹竿，其二是黑衫紅褲的東廠服制，其三是藤編書箱。它們分別出現在《大醉俠》、《龍門客棧》和《山中傳奇》裡面。青竹竿擴大了傳統刀劍片武器的造型邊界，而且徹底顛覆了傳統武俠影像的血光殺戮。黑衫紅褲引領了不只一個世代以明朝宮廷為背景的影視作品對於國家暴徒的形貌想像。藤編書箱則豐富了古代旅行者或趕考士子風塵僕僕的行囊——據胡導演親口說得輕鬆：「不過就是看了一張玄奘西行記的造像圖得來的靈感罷了。」然而，那些在影像上影響廣遠的小小考據，看來畢竟是問學道途中之事。

回到王家衛，一樣可以看到（以及戲院裡看不到的）許多繁瑣的考究。不容否認地，那是促使我動筆寫《南國之冬》的一個動機。在王家衛出現之前，我已經在《印刻文學生活誌》上連載一個每月刊出的專欄，欄名「這就是民國」。有一天，王家衛忽然來電話，劈頭只一句話：「你可不可以趕緊來香港一趟。」

那時他的「澤東」公司就在天后捷運站維多利亞公園邊上，遠海遙岑，視野遼闊。一見面，他卻從容不迫地引我站在大片窗前看街景，然後說了一個故事。

一個曾經在清末宮廷中當差的裁縫流落在大柵欄，經營一個小裁坊。某日忽然來一貴婦，看來容顏娟秀、氣質靜好，應該不是等閒的市景女子。這女子要老裁縫給做一件袍子，而且娓娓說來，似乎竟是數十年前宮中曾經流行過的式樣。老裁縫接下了這個活兒，也收下了訂金，雙方言明取貨的日期，時間在三月之後。可是三個月過去了、六個月過去了、一整年過去了，好幾個整年也都過去了，那女子始終沒有來取件。

說到這裡，王家衛說：「這個故事收錄在我之前給你的一本書裡，是周進那本《末代皇后的裁縫》嗎？」我笑說：「你考我？書裡沒有這個故事。」

王家衛也笑了：「如果沒有，那就是我亂編的好了。你只要看這個段子能不能編進我們的故事裡去。」

結果這末代裁縫或者說末代嬪妃的故事，徹底被拋擲在《一代宗師》之外十萬八千里，剩下的，好像是葉問的大衣上掉落了一個值得留念的扣子。我們都相信：那件掛在老裁縫牆上曝了不知幾年灰的宮裝也許哀感頑豔，也頗能呈現清末民初的頹廢風華，但是它——可能就是欠缺靜芝老師所說的：「戲劇裡的真實」。

但是，那一趟往返香港二十四小時、匆促之極的旅程畢竟不能說沒有進度。王家衛一腳踢開了、也忘掉了老裁縫之後，緊接著跟我說：「我知道你也忙，我也不想多耽擱你的時間。這樣罷，你可不可以就用你的專欄寫一篇丁連山和薄無鬼的故事？」他說的當然是《印刻文學生活誌》上的「這就是民國」。

「那是一個講近代史的專欄。」

「丁連山和薄無鬼的故事是近代史的一部分啊！不是嗎？」他這時沒有戴墨鏡，厚如酒杯底的深度近視鏡片後面散發出灼灼的目光。

我從那一刻確信：我們所面對的不是一部關於葉問的電影，而是一部葉問身後歷史的碎片如何拼湊出我們一直想像的武林。

「你有故事嗎？」他問。

四　見眾生

想當年譽滿全球的武打明星李小龍返回香港影劇圈發展之初，帶著幾分拜碼頭的禮數，取得當時香港武壇大老葉問的首肯，認可李小龍少年時代曾經入詠春之門，算是一個合格的寄名弟子，如此李小龍在香港的根腳才算站定，也才不其而然開啟了中國功夫的紀元。傳說中的葉問本人，早年從拳師、保鏢到特務，都有顯赫的資歷，真可謂溷跡江湖，飽經世事了，人在風燭之年，怎麼還會去同一個英年武師邀名爵、搶鋒頭呢？這投師拜門的儀節，不過是一場給香港影劇界、武術界扮起來的大戲，有了認祖歸宗的名目，保定了江湖情義的招牌，才好坐大拳腳行的各種買賣。

葉問、李小龍分別於一九七二年十二月和一九七三年的七月間先後離世，帶著對李小龍的懷念，卻讓葉問的名字也越擦越亮。除了《一代宗師》之外，其餘風聞王家衛要拍攝這個題材的電影公司和導演早就摩拳擦掌、直不欲落人之後，而把葉問捧成了一個「生前無可道，死後得新生」的角色，不過這不稀奇，香港電影如此打造武壇眾神如方世玉、黃飛鴻、蘇乞兒等早已數見不鮮。

可是王家衛的企圖卻大為不同。他從來沒有想要為香港或是中國的武林再打造一尊可以列入師尊祠堂的神祇，他反而是要藉著葉問在世人心目中殘存的記憶，來勾引更多看戲的人對近、現代史上的幾個關乎於國事大局的問題產生興趣。譬如說：精武體育會和在地桂系軍閥有沒有除了傳授武術之外的來往？再譬如說：在葉問壯年時代，正值「粵人治粵」呼聲甚囂塵上之際，他對於這種思潮或歸屬意識又有多少自覺？

王家衛相信：把葉問還原成一個正常的小人物（渺小得差不多像梁朝偉在《悲情城市》裡飾演的「林文清」一樣），才能夠透過他的眼睛或心靈，去審視一個時代的真實角落和確切面貌。所以他不停地想要追問：一個除了「打得」之外，在情感、知見、遭遇、運氣以及各種生活條件上都平凡得「無足道哉」的流浪拳師，如何能夠見證他青年時所歷經的「大時代」呢？

換言之——打個比方，那懷著遺憾的老裁縫並不是想再瞻仰一下宮中貴人的容顏，或者是打聽她的下落，他只是想看看那件衣服究竟做得合身與否。這是做戲的人對於「歷史真實」的一個懸念。的確念念不忘，如做學問。

五 嫁錯了

我在《南國之冬》的某一個必須製造懸疑、切換篇章的地方調弄了一記槍花，是這麼寫的：

（王家衛）隨即自港飛來，飛機甫落地即租車直驅新店敝處，見面無他語，第一句話居然是：「你那缽兒還在嗎？」

「缽兒？」

「那個銅缽兒──」

王家衛所說的銅缽兒，既曾經出現在我的作品之中，也一直在我的床頭。那是一個具體的實物，也是一個情感的允諾，一個捨己忘身、慨然幫助他人的允諾；只是我一直沒有切身實踐過。

整部作品多個故事裡時不時都會出現這個神祕的缽兒，它是「人間藏王」傳宗接代的信物，有時會顯現不可思議的靈性，但是大部分的時候，我只是把它用作轉場的道具。不過，在現實中，的確有那麼一個類似黃銅材質的工藝品一直在我的床頭，形體就像是一個縮小的缽兒，它應該做何用途？我實則不知，倒是它一直在我床頭的原因說來也不稀奇──它實在有些分量，移動起來頗費力。而這個銅缽兒就像一個紙鎮，底下押著一疊《南國電影》雜誌。最頂上的一本，封面是梳著高高的雞窩頭的凌波，出版日期是一九六三年十月。我也不想移動它的位置。它已經在那兒十五年了，我只要把它隨便安置到任何所在，就再也找不到了。那麼，一本五十六年前印行上市的舊雜誌，有什麼不能丟的呢？

不能丟。那是和我的婉君表妹包裹在一起的電影記憶。那裡面有另一個從電影裡面延伸到現實生活裡的故事，比手背上挨的巴掌還要灼熱而刺痛。偶爾我半夜睡不好覺的時候，抬手拉開小缽兒，抽出這一本，跳過《梁山伯與祝英台》所造成的轟動以及得到的賞譽，跳過林黛主演、剛剛殺青的《寶蓮燈》，再跳過李麗華和她的《閻惜姣》消息之前要稍事停留（因為我對李麗華完全沒有抵抗力）。儘管如此，十五年前遷入新家的那一天，我不期然找到這本《南國電影》之後，歷經多少次翻覽，觸指即可以打開的那兩頁（第六十、六十一頁）上就是幾張電影《花木蘭》的劇照。

我總是熬到這一個回憶儀式的末了，緩緩將視線移向照片的說明文字：

上圖：凌波的花木蘭，在軍帳中懷念著李廣將軍。
下圖：金漢的李廣來了，花木蘭卻露出了害羞態度。

這兩行說明文字是五十多年前相當平常的用語，而現代人人未必能明白。「凌波的花木蘭」意思就是「凌波所飾演的花木蘭」；「金漢的李廣」即「金漢所飾演的李廣」，這是從傳統戲曲行裡借來的說法。應該就是我初讀這些老雜誌、七八歲年紀的時候，我就牢牢不忘：花木蘭代父從軍、殺敵報國，成就不世出的功勳之後，嫁給了李廣。

原因無它：現實中的這一對演員，根據包括每一期《南國電影》在內的報章雜誌，隨時都在追蹤報導著，自從《花木蘭》一片開拍之後，金漢和凌波在戲外的感情日益甜蜜美好，之後沒過了幾部戲的工夫，兩位金童玉女就結合為夫婦了。我不是說過了我堅信不疑的事嗎——

電影不但在向人們傳說一些個古老的故事，片場裡發生著的一切也都是這個故事的某個環節或補充。

金漢凌波的美好愛情童話在現實中持續了快六十年，他們真是難能可貴的幸福人。然而，金童玉女婚後不到三年五載，我在上初中的時候，有一堂國文課，老師申伯楷先生忽然向全班提問：「花木蘭退伍之後做了些什麼呢？」我毫不思索地舉手搶答，提出了我以為正確無誤的答案：「嫁給李廣將軍了。」立時，教室裡到處窸窸窣窣了一陣，緊接著，申老師把張長臉一冷，同學們卻好像得著了鼓勵的暗號，猛然間爆起了一陣大笑。申老師不像是說笑話、但顯然是說笑話地在笑聲之後接著說：「李廣活了好幾百歲上才結婚，還真有精神！」我笑不出來。一時之間，我甚至想哭，但是我負隅頑抗，又慌又急地頂了一句：「金漢是和凌波結婚了沒錯呀！」

這句話衝口而出的當下，我就知道一切全錯了——比手背上連挨幾十記重重的巴掌還要痛的，連我都要笑我自己了。

六　你說罷

後來我一直沒有向巴戈討回那幾十巴掌的債務，我在我的廣播節目裡訪問過他的弟弟巴東暢談張大千，也忍住不提往事。關於花木蘭下嫁李廣究竟是怎麼一個來歷？還是當時的編劇有意藉著李廣此一熟悉的名字，以便落實花木蘭終究不確然落身北朝的歷史，我也無從追究了。和我幹電影行的朋友們閒談間，我從不隱瞞在童年和少年時節的這兩段露怯的經歷，不過，我總會告訴他們：我從來沒有失落過我對戲劇能夠表現真實（哪怕只是誘人信以為真），有極其強大的信仰，只要我們做戲的人能夠持續追蹤生命中細瑣的真相。

後來再後來，王家衛針對一九〇五年刺殺出洋五大臣一案背景中丁連山和薄無鬼生平考證的題目問我：「你有故事嗎？」

「沒有。」我說：「不過我可以從胡金銓導演和一個日本朋友藤井賢一說起，也可以從袁世凱幹了八十三天皇帝說起，也可以從張之洞派遣學生留學日本習軍事的脈絡說起，也可以從當年老胡想拍的一部可能叫《南國之冬》、可能叫《扮皇帝》的電影說起……可是，這些都未必和葉問有關。」

「沒關係。」王家衛說：「你說罷，說什麼都好。」王家衛這樣答覆我。沒想到，後來我就必須習慣，在說的時候，誰都不能追問自己或對方：這是故事、還是現實？因為無論是答案是什麼，都不如說：他就是真的。那個士林片場是真的，因為我手背上的疼痛就是真的。

楔子

畢順風

歷來講古道故，都有個引子，正話不及宛轉而說，先扯個閒篇。當年在瓦舍裡，這叫「得勝頭回」，取其開張大吉之意。此時不能壞此規矩；遂也說一個得勝頭回，拈出《南國之冬》全篇線索，猶如鬼神故事裡經常聞見之「血餌」是也——粗觀之，一個不辨真偽、全無干係的偏遠故事，更與史事現實，了不相涉。用說書人經常打的譬喻來說，不外是草蛇灰線，未睹形影；細思之，將這得勝頭回置諸全書之間，竟也首尾無缺，因果俱全。且一小小榫合機關，居然照應全篇，為千百人物事端的發軔，這也是後世風聞熱鬧之人，於可喜可愕之際，所不能追勘覆按者。

正是——

河南嵩陽有個出了名兒的人，叫畢順風。給叫畢順風，有許多緣故，其一是因為他少年老成，比旁人活得都快。畢順風少年老成，半是因為長相，年紀才剛上十五、六，一頭黑髮就漸漸花白了。人過二十，得了一場大病，猛裡瘦下來，痊可之後，滿臉的皺紋捏出一張垮臉，人都當他七老八十了。這樣的長相未必沒好處，出門做生意，人都看他年長輩高，凡事敬讓三分。至於東西周轉、南北流通，幾多年下來，生意越做越大，他還是一副腰腳頑健的模樣，外人不知他其實還是個少壯，更聽不出他鄉音里籍，只是尊仰他年事老大而已。

這還不算，成天價出門在外，什麼人會須應付？什麼人必須疏遠？什麼人可通款曲？什麼人可共福禍？這都得察言觀色。一旦在這一層上做得工夫，聽人說話就不吃力了，仰體意旨，曲意逢迎，往往窺得人心機於無形之間，讓人無從提防；總感覺同他相處十分融洽，不論談什麼，他都能順絲就理兒地捧著話題奉陪到底，何如一江春水向東流，直掛雲帆濟滄海？

號之曰「順風」，還覺委屈他了。

這回說畢順風，是因為他老婆懷孕了。夫妻倆結縭三五載生兒育女，原本極是平常。可畢順風不常在家，年近三十能添子嗣，自然萬分欣喜，算計著產期近了，就急急忙忙往家趕。不意於離家五十里上錯過了一個宿頭，又走了一、二十里才感覺困乏，想起來了，已經無處可以打尖。只得在一爿破廟裡將歇了個把時辰，拿出包裹裡的乾糧來充充饑，皮囊裡還有一斤多的白酒，使小錫碗盛了，咂巴幾口，精神過來了，又急著回家照看妻子，不覺動了個趕夜路的念頭——還有三十里步程，到家不過天剛大亮，搶搶路，怎麼樣也不至於錯過妻子的產期。於是一咬牙、一跺腳，鼓著勁兒上路了。

才過那破廟不過二、三里之遙，便見前頭一個婦人低頭疾走，那婦人裹著小腳踩著蹻，步伐卻快得驚人。畢順風想：自己一個人走，容易疲累貪懶，索性跟著那婦人的腳程，一鼓作氣地走下去，說不定還早到家了。主意既定，緊跟著婦人又走出一里地去，才發覺一樁怪事：這婦人走了這麼大半天，居然沒有鼻息動靜，腳下也不見祟動。若非內家功夫練得極高，就是妖鬼之流了。畢順風不覺打了個寒顫，正想開口問訊，那婦人卻回過臉來，微微一笑，道：「老人家如此趕夜路，不叫辛苦？」

畢順風慣給人叫老，自然不以為意，順著話說：「夜裡不睡晝裡睡，這是咱們上了年紀的習以為常之事；小娘子莫怪。」

「不過，」婦人撇過臉來，朝他腳下睄了一眼，道：「老人家腳程卻是不慢。」

原本一腔家有喜事的欣然，衝口就想說：「我老婆在家要生了。」可畢竟還是心機用多，真情慢吐，畢順風一嚥唾沫，把滿心樂事吞回肚裡，只道：「生意浪裡飄滾浮沉，全靠腿子勤勵，慣走快了的——可等閒還及不上小娘子。」

「你跟我比？老人家，怕你比不得哪！」婦人又笑笑，倒像是也有什麼掩藏不了的喜事要說，一時也忍住了。

畢順風趁她回頭之際，從背後仔細一打量，才發現那婦人的一雙三寸金蓮根本不沾地兒——換言之：她是飄著向前走的。不消說，是個鬼。夜行荒野之地，撞上個鬼，常人該當如何？說書的不知道。可咱們畢順風生意浪裡飄滾浮沉慣了，撞上什麼東西沒有一套應對進退之術呢？便先跟著打哈哈：「一副老骨頭勉強湊附著，眼見就要拆架了，是比不得小娘子青春。」

「我也不瞞你老人家，」婦人依舊笑笑，低聲道：「諒你老人家見多識廣，必有些兒膽識，經得起——我不是常人，是個鬼。」

「嗚呼呼呀！老朽夜路走得夠多，也要到了這把年紀，才能見識一回。」畢順風假作新奇難得之態，細細觀看，嘖嘖連聲，接著道：「小娘子年華正好，怎麼就做了鬼，真是可惜！」

「真要論起歲數來，我也是應該做婆的人——只因十八年前產子血崩而死，蹉跎到今，還不得投胎。」

原來是個「產鬼」。畢順風聞言心下不免大驚。早就聽村里間的耆老說過：產婦臨盆，要擔十分風險；若有什麼三長兩短，到了閻王爺面前還得擔十分罪過——因為這樣死，是絕人後嗣的事，容或此婦生前在三從四德上沒有一絲過犯，到頭來禍起臨盆，往往不能順利超生，於是就有了「討替」之說。

什麼是「討替」呢？就是再去找一個即將臨盆的婦人，讓那孕婦不能順利產下嬰兒，也和自己一樣，死於產程之中。倘或者老們的說法屬實，這婦人急慌慌前去「討替」的對象，不正是自己的老婆嗎？畢順風越是心驚，越是不敢露出半點兒顏色，反倒拱起手來，連連向那產鬼作揖：「真是得恭喜恭喜了！小娘子這一十八年等替，得多麼艱難？老朽孤身一人，向未婚娶，不知此中緣故，可一向聞聽人說，生兒育女要擔萬分辛苦、受萬分風險，如此尋替應該不難罷？」

「難呀難！老人家，你有所不知——」產鬼的腳步慢了下來，雖然說起辛苦，眉頭不免要皺，嘴角還是忍不住浮露著淺淺的笑意：「陰曹有一本帳，總要將生平善惡加加減減，以平得失、均果報，一身的罪孽贖滿了，才許『討替』。十年前我原本可以上南省裡某縣向一個婦人討了，無奈去至彼地，才知道那婦人修佛持戒了幾年，等閒討她不得。」

「之後就再也沒有可討可替的婦人了麼？」畢順風捋著鬍子說，「那麼這今世的婦人倒也是德行圓滿的多。」

「倒也未必。」產鬼難得一見這麼個擅長聽話的，真像是憋了十幾年未嘗對人開口道故的一般，遂靠著路旁大青石坐了，道：「婦人持家，單是殺雞宰鴨就積累不少血債，說什麼德行圓滿，倒也未必。就怕是那些個原本該入山清修的老道，經常到處逡巡。他們的邪術太多，總是對付咱們這些苦命人。一朝口耳相傳，家家戶戶都會通些個不教咱們親近內宅的方子，那才惱人呢。」

「鄉里間的道士素行狡獪，人都說道士比妖鬼還難纏。鬼還怕陰司盤算，道士是什麼都不怕的。小娘子也吃過道士的虧不？」

「說起這就一言難盡了。」產鬼歎口氣，道：「十年來我年年可以討替，卻總會遇上此輩，他們不過是為了換幾頓血食，便將許多天人祕法悉數傳授給滿世界的愚夫愚婦了！」

「我是個生意人，生意人將本求利，只問出入划算與否。你既然是死於臨盆血崩，必然也是為產鬼討替作祟，這裡頭就有本利出入的計較了。試想：人討了你一命來替，終不至於教你沒處可討以替之罷？倘若那些個搖串鈴兒、走江湖的道士們任意施作祕法，他們欠的帳，該誰討去？」畢順風順風說話慣了，這一串言語根本是毫無根據的歪纏，可聽在產鬼的耳朵裡，直似是替自己鳴不平，猛地樂了，產鬼拍手笑道：

「就是這一說！就是這一說！我就說生意人公正明白，天上地下人間，哪兒都得要多些公正明白人才好！」

「可有一樁我外行，不明白，」畢順風道，「討替總得有個作為罷？你都是怎麼討、怎麼替呢？」

「別說你不明白，我也是做了產鬼才明白的。」產鬼點點頭，笑著一昂下巴頦兒，露出了脖梗正當央一個紅豆大小的圓點，道：「老人家！我知你身上有酒，你且含上一口，見我這廂手一拉扯，便將酒噀過來。」

產鬼等他把酒含住，作勢扯喉間紅點往外一拉，看似什麼也沒拉出來，可是當畢順風的一口酒沫子「噗喳」一聲噴上去——看見了！從產鬼的喉頭直到指尖，酒霧之中隱隱約約看得出來，一條顏色赤紅、似絲又似血的細線。待酒霧漸散，紅線也隱沒了。

「這，是個什麼戲法兒？」

「這叫『血餌』。」產鬼說：「將此物縋入產婦口中，它自會去尋找嬰包，找著了嬰包，我這廂便渾如釣魚的一般，緊緊扯住，不教那嬰包墜下；復暗中用力抽掣，保管那孕婦痛徹心肺，三抽五抽下來，娘兒兩條命便都葬送了。」

「你一十八年辛苦等待，總算也熬出頭了不是？」畢順風將綴在酒囊旁邊的小錫碗取下來，倒了一杯，向產鬼遞過去：「得以超生終是大喜！老朽一定要敬小娘子一杯。」

產鬼也不辭讓，捉起小錫碗來，放在鼻孔底下猛可一吸，旋即飲空了，產鬼的臉也紅了，但是說起話來，聲音忽然多了幾分愉悅：「多謝老人家賞賜！回思這十八年來，日夜盼想，朝暮牽掛，還不就是成就這一樁討替；眼看這一二日便要成事，之後呢，雖說大約還是投胎做人，想來久不為人，還真有些不慣呢。」

「老朽行年七十，奔波一世，見多了一時得意、因而毀棄一世功果的事。古人說得好：『行百里者半九十』、『為山九仞，功虧一簣』；越是功德將近圓滿，越是要加意防患，不要橫生枝節才是。」

「這我卻不擔心。」產鬼擎過杯來，像是又要討酒喝，畢順風給滿滿斟上，聽她繼續說道：「今番要去的嵩陽畢家那男人出門在外，產婦孤身在家，極好下手的。」

「老朽除了生意經、還是生意經——看起來你們產鬼這一行也是做得，」畢順風笑道，「就算撞上吃齋念佛的信女，討不了替，也蝕不了什麼本錢，並無風險。」

「話不能這麼說，老人家！風險何處沒有啊？」產鬼端起小錫碗，使勁下鼻一吸，又喝了個乾淨，看情狀還是要討，畢順風豈不捨得，連忙再斟上，聽她又說將下去：「我看老人家是忠厚長者，倒可以給老人家解解惑——你可千萬別出去抖露，那我們做產鬼的就更辛苦了。」

「我也是行將做鬼之人了，小娘子！你說說看：就憑我這德性，是同你們結交為伍來得上算呢，還是同那些後生們結交為伍來得上算呢？」畢順風一面說，一面假意經不得夜風吹拂的模樣，嗆聲大咳起來。

產鬼一聽這話，更開懷笑了，道：「老人家真是快人快語！快人快語！我也不瞞你說了，產鬼還是有絕大忌諱——咱們最怕的就是傘！尋常人家只需將雨傘置於門後，我們就進不了宅屋。這也是一等十八年、還縋不到一條替命的緣故。」

「照你這麼說，這行當可還怎麼做？」畢順風猛搖起頭來，「家家戶戶都有傘，為了出入取置方便，自然都是放在門後。教你這麼一忌諱，我看別說人家那姓畢的男丁回不回來，他就是已經橫死在外頭，你也討不成替的了！」

「不不不！討得成，討得成！我這十八年孤魂野鬼也不是白做的——有個老產鬼，教過我一門身法，說是家家戶戶當初起造房宅，落成之際，都有瓦匠領工勘驗，所謂『探頂子』是也——『探頂子』的時候，多少總會留些個『堂穿』，取其不至於『滿招損』之意。那老產鬼教我的身法，正是藉由這些『堂穿』縋下『血餌』，一樣能取了產婦的性命。」

「既然如此，」畢順風乾脆將那只盛酒的皮囊遞了過去，笑道：「既然如此萬全，就只合在此為你小娘子先慶功了！畢竟投胎轉世是大功果，你喝完這一囊，趕緊上路罷，老朽腳程慢，不敢耽誤你呢！」

誰知那產鬼卻像是鬧起俚戲來了，抓起酒囊湊在鼻子前猛吸了幾口，一面打著嗝兒，望著天邊斜月，說：「咱倆這一聊、一耽擱，看光景，今夜頂多還能再趕個十幾里地，就要天亮了。我白晝裡不能趕路，如今走得再快，也還得到明日前半夜才到得了地頭。索性喝罷了找個地蔭子休息一天，明日再去不遲。老人家，何不也一道喝兩口，歇息歇息再說呢？」

「小娘子到了嵩陽就算功德圓滿，老朽我還有百把里前路要走呢！不然，你看我夜來不宿店，忙和些什麼呢？」畢順風說著起身，又恭恭敬敬朝產鬼作了一個大揖，道：「但盼小娘子奇緣佳會，隨時而致。老朽還得趕死去！趕死去！」一面說著，一面撒開腿便朝前走。

畢順風一到家，產婆已經在屋裡忙和著了，老婆果然是難產。但見這畢順風搶出搶入大半天，上左鄰右舍家張羅了不知幾十把大大小小的傘來，屋前屋後張置遍了。此夕太陽才甩西，產鬼便來了，打從黃昏時分起，便在畢家宅子牆外呼嘯旋繞，時而悲啼，時而怒叱；最後似乎發現了主家翁竟然就是夜來野路之上所遇見的畢順風，更是厲吼村罵，聲嘶不竭。

畢順風的答覆很乾脆，還是生意話：「你這產鬼的行當不成理——顧全你一人投胎，卻要我家賠上兩條性命！哪有這種渾事？」

畢順風一家子暫且逃過一劫，按理說，故事就結在此際。倒是那還來不及出生就撿回一命的孩子，卻另有奇緣。雖曰難產，但是一旦呱呱墜地，求生之意忒不尋常，從小就魁梧健碩，百毒不侵。到了十七歲上，他應省選，成為第一批赴日本成城學校留學的士官生。

這是當時張之洞一力推行的重大育才政策。一批又一批由各地方面大員親自遴選的健兒，跨海求經，以謀國族武力之更新強大，影響近代中國最早的軍事以及政治至巨。首批留日士官生一共四十五人，順利完成實習的有四十名，但是只有三十九人畢業，沒畢業的那漢子就姓畢。身形特別高大壯實，在學期間從不生病，然而，偏就是患了一場小小不言的傷風，打了幾個噴嚏，人就在寢室裡故去了，只脖梗上有個顯著的紅點兒，看得最清楚的，就是睡在他鄰床的姚維藩。此事日後在新軍陣營中沸揚喧闐，茶餘飯後，無口不傳。

辛亥革命發生後，首先響應的就是山西的新軍。管帶姚維藩親自抽點所部五百人組成敢死隊，再派遣其中五十個「選鋒」衝陷撫台衙門，其餘的則攻打旗兵營區。不料一接陣，姚維藩派遣的殺手只隨手開了兩槍，兩發子彈出銃，詭異地命中山西巡撫陸鍾琦和他的兒子陸光熙的脖梗，父子一時斃命。姚維藩不能置信，於俯身驗勘那兩具屍體之時，猛地大喊了一聲：「血餌！」旁人事後問他：「管帶喊了啥呢？」他居然渾不自知。

第一話

丁連山生死流亡

（先要說明的是：在後文中出現的「寶森」、「寶田」實為同一人，根據資料源不同，而有異呼。）

丁連山是個鬼魅一般的人物，但這不是生成胎就，而是有一段特殊的淵源。若非涉入一段中日之間、北洋與國府之間的祕辛，他自己的人生，不會老是在黑暗裡摩挲，用他自己的話來說：「從此，我便墮入了鬼道！」

這事關乎一九一二年的奉天血案，但是背景還要上推到一九〇五年的「刺殺出洋五大臣」事件。

光緒三十一年乙巳（一九〇五）九月二十四日，滿清輔國公載澤、兵部侍郎徐世昌、戶部侍郎戴鴻慈、湖南巡撫端方、商部右丞紹英，五大臣正式出洋考察。消息傳出得很早，看來也很準確——五個人從北京搭火車到天津，再轉乘海輪，西遊取經，看是否能由攻錯西洋憲政的妝點，來為君主制度贏得些苟延殘喘的時間。

光天化日、眾目睽睽，整起爆炸事件被各方面考掘得十分詳細。一般咸信：刺客就是當場被炸死的吳樾。由於他裝扮成親隨模樣、卻操著一口桐城腔的話語，被人識破了，在行將就逮之前倉促發難，只讓五大臣受了些皮肉輕傷，吳樾自己則當場給炸成七零八落的碎片。

據說：吳樾行刺前數日，曾經在「蕪湖科學圖書社」的閣樓上和同志趙聲與陳獨秀開祕密會議。趙聲，字伯先，也是一個坦蕩、豪邁的志士，搶著要北上從事這必死的任務。吳樾說了一段話，影響革命史十分深遠：「捨一生拚與艱難締造，孰為易？」伯先曰：「自然是前者易、後者難。」吳樾遂道：「然則，我為易，留其難以待君。」這幾句話，看來要比一聲炸彈的巨響更為震撼人心，因為它把生死看得太從容、太淡然。

雖然事前吳樾留有遺書，表示並無同夥，以免牽累革命同志，清廷偵辦此案的官員也傾向於以一人涉案、獨力行凶定讞，以免震駭那驚魂甫定的慈禧太后。然而，此番炸彈暗殺不只是有組織、有計畫的行動，還有另一個同行掩護的共犯，叫張榕。

張榕是山東濟南人，本名張煥容，和當時許多熱血青年一般，讀了鄒容宣傳革命的小冊子《革命軍》，深受啟發與感動，把自己的名字也改作「張容」，頗現追隨之意。鄒容早於一九〇三年因《蘇報》案發，主動到案，以為可以藉著法庭辯論再一次宣揚反清建國的理想，卻沒能如願，兩年後瘐死獄中，得年二十。

鄒容號召的年輕人很多，改名為「容」的就不少，張容其一也。行刺五大臣失敗之後，張容逃匿了一段時間，身分卻完全暴露，栽在一個曾經擔任過火車檢票員的楊以德手中。楊某年少時就在天津車站檢票，練就一門過目不忘的本事，憑這本事進了探訪局當差，一眼認得張容在行刺那天的動靜。

被捕之後，張容吃了一段短時期的牢飯，卻又憑靠著江湖人物宮寶森的幫忙，得以越獄而亡命日本，成了新創的同盟會之一員。究其實而言，無論「吳樾」或「張榕」，名字裡的木字偏旁都是身為重大罪犯而被強加的「蔑稱」，這是當時將政治犯汙名化的手段，其情有如稍早破獲洪門械鬥團體時，會將涉及重大犯罪的棍痞與盜匪名字上加「水」字偏旁一樣。

幫助張榕越獄的宮寶森沒有想到，他這一出手，牽動了數十年恩怨流離，其中還包括他八卦門的大師兄丁連山。

名字上給添加了「木」字偏旁的張榕非但沒什麼不痛快，反而引以為榮，從此以「張榕」之號行走江湖。他是在辛亥革命之後不久回到東北的，發起「奉天聯合急進會」，成為一方人物。

辛亥年武昌起義成功之後，關外與南方革命團體得以桴鼓相應的組織和勢力都不大，新軍之中只有兩號主要人物，還都是湖北同鄉，一個是和蔡鍔齊名、並稱「北吳南蔡」的吳祿貞，一個是曾經在日本陸軍大學深造有成的藍天蔚。這兩人在民元前一年十一月上旬到中旬的一週之內，一個死於親兵之手，另一個被拔掉了兵權。殺吳祿貞，據傳是出於袁世凱的唆使；而驅逐藍天蔚，則是張作霖下的手。當時張作霖受東三省總督趙爾巽倚仗，授與奉天城防司令和剿匪司令之職。

張作霖其實無匪可剿，軍權到手之後，必須找一個對象來立威，他想到了張榕。此人頂著個「行刺五大臣」與「同盟會同志」的頭銜，並沒有號召革命和發起暴動的實力。張榕是漢軍旗人，祖上一直為清太祖努爾哈赤守陵墓，頗有貲財，東渡日本回國之後，在他寄籍的遼東之地就漸漸流傳起一則故事，說他曾經在東京擊敗過日本黑龍會的浪人，武功不凡——這一點，實則無可考辨。倒是在丁連山和宮寶森這一對師兄弟的生平記事中可以略見端倪，姑且留待後話。

此處得先從張作霖說起。為了進一步鎮壓革命勢力，他設計了一個幾乎可以說不費吹灰之力的局。當時東三省諮議局的副局長袁金鎧聽說張榕在運動東三省獨立，便立刻把這個情報賣給了張作霖，張的反應出奇詭異，反問道：「那他怎麼不來運動我呢？」

袁金鎧嚇了一跳，躊躇起來，以為張作霖也要變節。豈料他這是故弄狡獪，隨即道：「要是讓他來拉拔拉拔我，你看他會有何手段？」

袁金鎧聽出這話中有話，卻不敢對一向擅於見風轉舵的張作霖妄自表態，隨即抖了個機靈，說：「那就要看司令的手段如何了。」

張作霖不再說什麼，只比了個一刀斬殺的手勢。

一九一二年一月二十三日，張作霖假作有意「因勢利導，策動東三省獨立」，而赴了張榕的飯局之約，席間忽然聲稱另有要公，必須先走。張作霖離去未及轉瞬，兩個槍手隨即衝進來，把張榕打成了一個蜂窩。當天遇襲而殞命的還有一個旗人，名叫寶昆；一個漢人，名叫田雅賓——都是「奉天聯合急進會」的同志。從這一夜以後，張作霖展開了多次暗殺行動，對象就是一個又一個「剪了辮子的可疑人物」。

張榕這個名字很快就被掩沒在一連串屠殺血案的底層。但是同樣深為同盟會的老成員、當年營救過他一回的宮寶森卻極不甘心。

「革命不是我們這樣的人幹得了的！」丁連山冷冷地對宮寶森說。

日後宮寶森在一封給他女兒宮若梅的家書裡寫道：「而憶昔所以念茲在茲者，豈其革命耶？毋乃報仇而已矣。十年磨劍，以為一快可圖，殊不知猶溷落賊之圈套耳！」

此處所稱之「賊」，還是張作霖。

終吳樾一生，不知道自己的名字給添了個木字邊；越獄的張榕則是個豪邁自喜之人，對於被腐敗的封建王朝視為罪犯（枷鎖銬鐐之人）的印記，他反而相當得意。有一個說法——

見高拜石《古春風樓瑣記》，以為救張榕出囹圄的是獄吏王喜璋（字少堂），王有感於張的俠義之風，利用一次收牢交接的機會，給張換上獄警的號衣，兩人聯袂而逃。

這一段記載有兩個小錯誤，其一是王喜璋沒有「少堂」這個字號——倒是有個王小堂，是張榕越獄後組織「奉天聯合急進會」時代的一個激進成員。王喜璋當時放張榕出獄，純粹是被綁架，真正主謀和執行這一援救任務的是丁連山和宮寶森師兄弟。丁、宮二人不但救出了張榕、策反了王喜璋，還籌措了一筆旅費給張榕東渡日本。張榕在東京交了不少朋友，其中有些是浪人——但是在張榕回國後膨脹起來的傳說裡面，這些浪人都具有了武士的身分，說這些武士「每以劍術自詡，而嗤支那人為『東亞病夫』。張榕不服……約期比劍，連續敗其著名者五、六人」。

這個附會痕跡本來十分明顯的傳聞卻成為辛亥年張榕返回東北組織「急進會」的有力宣傳。值得再帶一筆細述的是：此一「急進會」和一個「革命策源之地」有關。簡單地說，就是：應該在哪裡發起革命最有效？

武昌起義尚未發生之時，革命黨人十仆十起，總不能在神州大地遍野開花，於是便有了這樣的討論：既然滿族倚長白山之王氣入關，豈能仗南方尚未結成一龍脈的五嶺之氣以應之？不如「發難滿洲，直搗黃龍」，索性在努爾哈赤發跡之老穴作亂，這是「漢族反正」的一套論述。

可是沒想到，武昌一役，意外成功，東北新軍也蠢蠢欲動，成立了「奉天國民保安會」，想要把方面大員給強拉下馬，推舉當時的東三省總督趙爾巽為會長，下設內政、外交、軍事、財政、交通、教育……七個部，儼然一獨立國矣。

張榕是在武昌首義之後回國的，眼見趙爾巽之勉強就任那個什麼「保安會會長」根本是虛與委蛇的緩兵之計，於是自行號召，另外成立「奉天聯合急進會」，顧名思義，其焦憂可知。張作霖賴趙爾巽護持提拔，受封為奉天城防司令和剿匪司令之後，屢思有為，卻又不敢真正攖民黨之逆鱗，所以就下了個暗手。透過當時的諮議局副局長袁金鎧之約，在德義樓飯莊設局，一陣亂槍殺了張榕還不算，袁金鎧才回報了張榕的死訊，張作霖的第一句反應居然是：「他那些急進會的同黨呢？」

「張榕的同黨」是張作霖此後多年的一個噩夢。到一九一五年，他又設了第二個局，試圖將這些人一網打盡。至於是哪些人，他自己一無所知。但是從對立面來看，根據丁連山日後的回憶，他和宮寶森俱是自投羅網的彀中之人。

張作霖是馬賊出身，一九一二年九月，被袁世凱任命為第二十七師師長，比之在趙爾巽手下幹司令，反而更覺踏實，因為老袁看起來倒不了。一九一五年，為了支持袁世凱洪憲帝制，張作霖一方面盡力打壓滿清親貴之餘孽——宗社黨；一方面更大力清除當年的革命勢力，也就是急進會的殘兵遊勇。他想了一個引蛇出洞之計。

當時，奉天監獄裡關著一個流落在地、精神失常的日本浪人。此人名叫薄無鬼，本來醉心革命，是「來華義舉」的同志，可是民國一旦肇造，似乎沒有人搭理他了，抑鬱經年，忽而有一天行到通衢之上，拔刀狂舞，勢若要斬殺無辜的路人。

薄無鬼很快地被張作霖捉進官裡，治了個擾亂地方秩序之罪——好歹這也是剿匪司令的業績。但是居住在奉天的日本人卻不高興了，以為他小題大作，不過，小題大作之人豈能因為這樣的壓力而縮手呢？一旦縮手，不反而真應了小題大作之譏嗎？薄無鬼一押數年，不審不放，人就更瘋了。

丁連山回憶錄式的《歸藏瑣記》中有〈薄無鬼〉專章。此公行文雖然夾文夾白，甚至不免顛三倒四，但是描述得卻很清楚，茲抄錄於後——首先是薄無鬼的出現：

乙卯春，奉天大雪，忽而市井傳言，獄中逃出一人，即薄無鬼也。一身簇新武士直裰，上衣交領右衽，三角廣袖，胸前繫寬帶子，緣顏色晶亮好看。下袴似裙，有水雲褶縫，十分熠耀。此外，尚有外布衣及大紋，大紋據說乃是家族紋章，似花瓣，於前胸做裝飾，緣以菊墜。短刀斜插腰際，長刀在手，若新發於硎，似是初添購的。

不但長刀看來是新添購的，連薄無鬼的整個兒扮相和服飾，都像是被「整體造型」過之後才亮相的。但是沒有人仔細尋思這一點，丁連山、宮寶森以及當時城裡所有看見、轉述薄無鬼行徑的人，都只注意到他所說的話：

「凡此劍所到之處，即是大日本國之領土，擅入者死。」

一面說著，薄無鬼一面用劍尖兒在六、七寸厚的雪地上畫了一個徑可丈許的大圈兒。之後，便不斷重複著那幾句話：「凡此劍所到之處，即是大日本國之領土，擅入者死。」他說到了，也做到了；不多時，雪地上那個工工整整的圈兒裡便橫三豎五地躺著幾具屍體。據說他們都是一接近劍圈兒就被斬殺了的，可薄無鬼從未離開圓心半步，而他的劍也只有三尺多長。不知道是人們的錯覺還是薄無鬼真有什麼邪門的本事。

過不多時，圍觀於較遠之處的老百姓卻漸漸察覺：地上那劍尖兒劃過的圈子怎麼在不知不覺之間彷彿慢慢兒擴大，原先只占半條路的寬度，數刻之後，似乎兩條馬路的十字路口都在圈兒的範圍之中了。丁連山如此回憶：

> 我遂與寶田商議，此人不除，還不知有多少鄉親要無辜受害。然寶田支吾再三，似有苦衷，經我追問，乃告以：「彼為當年同盟會之同志。」我即罵他渾蛋，習武的人，萬事沾染不得，乃胡亂與人拉幫結社耶？要知道：「萬人敵」與「一人敵」固是二事，猶如大便入坑、小便入池，萬不可攪在一處混帳！你與人牽扯既多，顧忌便深，江湖奈何走得？此事由我一人幹去便了。
>
> 寶田當即勸我：「本門還有賴大師哥撐持掌理，爾這一去，非身死、即是殺人，如何是個了局？」我遂問他：「殺人逃刑、被殺送命，與夫撐持掌理一門戶，孰為易？孰為難？」寶田曰：「當然是殺人、被殺來得容易；撐持掌理一門戶來得難。」我便道：「諾！我今為其易者，爾且任其難。」刻直趨通衢，攫薄無鬼襟而掌殺之！

雖然與革命一些兒干係也沒有，令人感到「何其壯哉」的可不只是「攫薄無鬼襟而掌殺之」之舉，還有那兩句顯然脫胎自吳樾與趙聲訣別之詞的交代。但是丁連山萬萬沒有想到：放出薄無鬼來鬧事，根本是個陷阱。張作霖的目的是要東三省的革命勢力藉由反日而浮出水面，再留給日本人去追討其餘。

丁連山在《歸藏瑣記》裡描寫他攫殺薄無鬼於一瞬間，似是有點兒簡略了，但實情也差不多是那樣速戰速決。不過這一段回憶的重點，似不在攫殺，而在於薄無鬼這個人——以及他所代表的日本人的心情：

彼邦（按：指日本）之人，協同發展革命，締造中華，實有功於民國。但是居功之心不泯，便要時刻來討索。

所以薄無鬼不是一個人，而是一種人、一群人。從丁連山所記的細節可以揣見：當張作霖從獄中放出薄無鬼之時，還特意為他量製或添購了新行頭，讓他在通衢大道之處亮相，這在在都顯示，薄無鬼是個誘釣金鼇的香餌。盱衡推度，若是有那看不慣薄無鬼在中國土地上撒野的，必屬民黨之流，他們一旦出手，就只有兩個結果——亦即丁連山與宮寶森所謂之「殺人逃刑」或是「被殺送命」；張作霖兩面借刀，兵不血刃，就把薄無鬼之流「調度」成「剿匪部隊」了，其用心深刻險狡可知。無怪乎高拜石對東北胡匪出身的軍閥打過這樣的比喻：「張景惠宛如《水滸傳》裡的晁蓋，高拱而已；馮麟閣威權烜赫，似玉麒麟盧俊義；張作霖

城府較深，和眾家兄弟頗能號召，像呼保義宋公明。」（語見《古春風樓瑣記》）

斬殺薄無鬼似乎很容易，但是丁連山為此不得不亡命天涯，數十年不得在家鄉安身立命，而且時刻有來路不明的人藉故尋釁、挑戰、暗襲甚至追殺，連正兒八經的一塊八卦門招牌都扛不住了。只是由於丁連山敘事稍涉淆亂，有些交代心跡的話語，並沒有詳述其出於何時何地，我們只能猜測：就《歸藏瑣記．金樓之會》來看，他與宮寶森是在薄無鬼死後將近二十年（也就是一九三五年左右）才於廣東佛山金樓重逢之時，揭開了這個上當的底蘊。

當時宮寶森以八卦門掌門的身分，率領眾弟子南下廣東，藉由推動「中華武術會」名目，倡議「南北合」，間接謀求武林同道支持南京政府。沒有想到上了金樓，宮寶森才發現大師兄隱跡於庖廚，伺候了他一碗湯。一嘗那湯，宮寶森知道是故人到了，大事也不談了，親自尋入廚下，果然見著了鬼魅也似的丁連山。

丁連山記曰：「我別無長言，僅對寶田道：『彼日出手殺薄無鬼，我便墮入了鬼道。此後你我便有如衣服，爾為一表，我為一裡，儘管彼此相依，卻也兩不相侔。然南北議和之事，切記不宜橫柴入灶、操之過急，你也要學會「反穿皮襖」！』」

「反穿皮襖」是一句童子能解的歇後語，意指「裝羊（諧『佯』）」。這話合著先前「有如衣服，一表一裡」、「儘管彼此相依，卻也兩不相侔」之語，便更有意思了，丁連山漂泊江湖數十年，所參悟的一個意思，說穿了，就是「不上檯面」。這大概不只是「衣服裡子」當慣了，與人無所爭而已；更深刻的一個覺悟恐怕還是徹底拋卻了江湖人每每縈懷掛心的「門戶」、「門派」、「門牆」之我執。

以武術同道為號召，讓早年在革命時期充分被利用、被發遣、被徵召捐軀赴義的會黨人物再一次鼓勇而出，為民國效力，倡議南北合作，這是光明正大、冠冕堂皇的事；即使爭不得封妻蔭子的富貴，也占得上愛國救民的聲名。但是丁連山提醒宮寶森的卻是：這一切都充滿了虛妄的期待，因為「武」、「武術」、「武林」、「武俠」……早就是純屬虛構的事；「裝羊」，毋寧也就是取義於羊之乖順隱伏了。

這話說了沒幾個月，剛從歐洲考察返國的胡漢民神祕地暴死在一枰棋局之上，地點就在廣州。蔣介石隨即要收編廣東省主席陳濟棠的軍政大權，以反戈消滅桂系的李宗仁，兩廣事變接著就發生了。而那一夜金樓之會，宮寶森幸而聽取了丁連山的一番話，並未強人所難地鳩合在地各武術名家誓師護國，否則，他也必然是要墮入鬼道的。

民國建立在一片混亂之中，而且它不像月份牌上標誌得那麼清楚，撕去一頁、換過一本，就是新紀元。絕大部分在模糊的想像之中應屬全新的事物，並不會隨著民國紀元而自然生發出現；而絕大部分在理所當然被拋擲、淘汰、遺棄的舊社會事物，卻毫無障礙地通過新紀元而留存了下來。

宮寶森雖然不是一個新派人物，不過他同情革命、加入同盟會、幫助受難的民黨分子，也在一般人性的角度上傾向於服從多數而得到最大的和平。對他而言，金樓之會根本不是一個政治號召活動，而是一個藉由「南北合」的帽子所象徵的具體實務——中華武學各個門派打開門戶、交流子弟、切磋技巧、融會心得。這些個在三家村的武師看來十分迂闊而大膽的意見，根本上還有一種「欺師滅祖」的況味。不過對於宮寶森來說，這是一念之轉、一蹴可幾的功業。他畢生唯一表述過的「政治意見」是在寫給女兒宮若梅的信上：「總理孫氏上李相書有『人能盡其才，貨能暢其流』語，其武學之謂歟？吾輩欲健其身、強其國、優其種、神其技，寧不盡才暢流，以增益其所不能乎？」

此處的總理，指的是同盟會總理孫文，李相則是李鴻章。從治國經濟看去，宮寶森當然是「誤解」了孫文的學說；但那正是民國人物對於一切所能承繼與發揚之事的想像力使然。換言之：開放門戶之於其他偉業究竟如何姑且不論，之於宮寶森則是一個殷憂啟聖、多難興邦的譬喻。

在廚灶間驚鴻一瞥地見到丁連山（這可能是他們師兄弟最後一次會面）當晚，金樓之會走上了他意想不到的岔路。那是因為廣東當地各個門派根本上既不相信「中華武術會」的和平號召，反而懷疑這是北方武師強龍壓境、裹脅收編的一個策略——猶如當時（一九三五）南京政府之覬覦廣東資源的一個試探。就在宮寶森離席的一小段時間裡，他的弟子和三數個在地門派的武師起了口角，雙方約以「封門會手」的方式一決高下。

就在兼領八卦、形意二門的北方武師（也是宮寶森的徒弟、馬姓行三者）出手盡占上風之際，驚動了隔壁煙霞館（鴉片煙鋪）裡的一個本地的紈褲。此人祖籍南海羅村鎮聯星譚頭村，祖上開設藥材行，幾代發家，寖成富室。到了他這一代上，便只通練拳弄技的門道了。

忽然間起了這麼個南北較武之局，便有好事之人穿梭往復，再三再四地通報，將金樓之中兩造交手的招式——向他陳說，這個作壁上觀的紈袴原本只是「默拳」——也就是依著來報的口信在心頭默默演練雙方交手的實況——可就在聽到某招某式之處，他猛地起了身，親自踱到金樓，前去向當局交手的討教。他從默拳而得知：來人的確是高手。

高手介入高手的局，後來怎麼過招，沒留下記錄。我們只知道這紈袴不但打了馬三，還傷了宮寶森，但是卻意外地被宮若梅收拾了一頓。又過了十多年，江山易幟，丁連山逃亡到香港，不期然遇見這已經開宗立派的後生，彼時此君已過中年，而丁連山卻是個垂垂老鬼了，他寫這一次面晤：「我告以：天不欲武學昌明，才不叫我晚生二十年、或不教汝早生二十年！」這話的意思是：兩代宗師人物居然沒能湊得上一搏，其感慨頗似陳三立之「吾生恨晚數千歲，不與蘇黃數子遊」（《肯堂為我錄其甲午客天津中秋玩月之作誦之歎絕蘇黃之下無此奇矣，用前韻奉報》）。

此君姓葉，本名叫葉繼問，為人寡言辭、有俠氣，紈袴之間互相慣愛調笑，都叫他「燜雞」；這個不好聽，於是便把「繼」字省略，改名葉問。

再歷三數十年餘，兩次世界大戰再劫復重生，世界的局勢與描述和記憶這世界的方式迥異於前，以《歸藏瑣記》這樣的筆記理解世情者漸漸減少，而以電影、電視打造歷史的人卻成為求知記事的主流。於是，儘管涉身打造整個時代之共業如丁連山、宮寶森者流，卻識者漸稀，反倒是因為娛樂拳術明星李小龍之享譽全球，葉問又受惠於李小龍曾拜師之德而暴得大名，的確是一、兩代以上之人發夢所不能及的詭譎之變。

王家衛於二十一世紀初回頭拍攝《一代宗師》，人皆以「葉問正傳」目之，認為這一部片子有別於香港影人所拍攝的武打電影，而彼等商業類型之作又實不能歷述葉問之生平。此論大謬不然！論者殊不知王家衛之居心用意，實有借眾人感覺有趣之熱鬧人物另探民國史之罅隙。換言之：來問葉問事者，豈不於丁連山、宮寶森處得以窺民國武壇與東北軍政之一斑乎？

我與王家衛原本不曾謀面，若彼此聲聞，也就是經由作品而已。二〇〇三年，他請自家澤東公司駐台經理陳寶旭代為聯繫，說是急於一見，「與葉問題材電影故事有關」。隨即自港飛來，飛機甫落地即租車直驅新店敝處，見面無他語，第一句話居然是：「你那鉢兒還在嗎？」

「鉢兒？」

「那個銅鉢兒——」

王家衛所說的銅鉢兒，既曾經出現在我的作品之中，也一直在我的床頭。那是一個具體的實物，也是一個情感的允諾，一個捨己忘身、慨然幫助他人的允諾；只是我一直沒有切身實踐過。

第二話

人間藏王

我所認識的藏王在與我道別的那一刻，大約是希望我不要把接受幫助的事放在心上，他告訴我：「幫人找回他丟掉的東西，是我們的工作；你不要放在心上。」

我們的下一個故事，是在一個很長很長、長得一本書都裝不下的故事裡，不時地會提到地藏王，而且要從尋找地藏王開始說起。

不過，在進入下一個故事之際。我還是得嘮叨一下，把我親身經歷的幾件事交代一下。這不但跟地藏王有關，也跟地藏王傳說融入現代人的真實生活經驗有關——地藏王如何粉碎鬼的地獄？解脫鬼的痛苦？如何實踐「地獄不空，誓不成佛」的信念，也許該有更清楚的描述。不過，我一定要先提醒讀者：無論事件如何離奇、怪異、超乎自然，它都是發生在我們所生存的這個次元裡的。同一個人間，而不是異質的時空。就像是幾篇內容、形式、旨趣、興味各自不同的短篇小說，給發表在同一個集子裡一樣，它們彼此不相連屬，個別衍生的情節也沒有任何枝節的牽涉，然而一旦編成一個合集，彷彿分享了一個世界。

今天清晨我夢見在中、朝邊界的長白山上，有一人滾坡而下，滾了幾十尺，才勉強煞住，我上前伸手要幫忙，沒撈住他的臂膀，倒是一腳丫子踩住了他的風衣。他卻繼續往下滾，我拾起他的風衣，風衣像魔術師吹過氣兒一般不見了，捧在我手裡的，是一個銅缽兒，徑不足一尺，渾圓橢扁，闊口鼓腹，泛發著陳舊的光芒——到哪兒它都跟著我。

當我醒來時，銅缽兒還在那裡。

一九九〇年夏天，我的老朋友、也是知名的電視節目製作人詹德茂約我見面，說是要開一個新的節目，會邀請幾位作家親自赴大陸，各人負責一條獨立構想的旅遊路線，擔任「屏幕領隊」，也就是一般人所熟知的「主持人」。每一位作家必須親自在那條旅遊在線待足每一分鐘拍攝時間，攝影機全程伺候，作家眼見什麼景、心想什麼事，都可以對著鏡頭說，就像是在主持了。之後，跟拍的導演再依據節目需要做剪接，看能剪成幾集就做幾集，算是彈性很大的一個拍攝計畫。

當時約聘同行的導演是周定闊，執行製作是王理和邵懿德，皆堪稱一時之選；但是能面對鏡頭，還侃侃而談、滔滔不絕的作者卻極少。就我所知，真正玩兒了一趟、還把製作單位要的東西拍回來的，只有我和詩人林燿德。

林燿德挑的路線是東北中、朝邊界，有鴨綠江、長白山，還有說不通話的一大堆高麗棒子；我特別記得在他拍回來的影帶裡有滑險坡下山、還磨破了褲襠的一個畫面，可見其辛苦。

我挑的路線則輕鬆得多：乾隆遊江南。也就是先在南京安排好拍攝機具，搭渡輪過長江，從鎮江出發，大致上跟著當年乾隆的行腳，一路經過揚州、常州、無錫，繞太湖轉半圈，再上蘇州、杭州（甚至還特別為了上魯迅故居而跑了一趟紹興）。春夏之間，雖說有點兒熱，可大體而言，是追隨著乾隆的腳步，我所受到的禮遇也頗讓我自覺像個皇上。

這就要說到杭州的藏王了。那一天我同邵懿德兩人先在杭州城逛了一上午書店，主要當然還是一句老話：「臨時抱佛腳」，搜集搜集未來三、四天即將在這古城裡拍攝的口白資料。一摞書堆起來有兩尺多高，照例是邵懿德幫我拎著，我說上西湖邊兒上的柳樹底下去看書，豈不風雅？

這主意出壞了——因為當時西湖邊兒上的柳樹新栽的多、成蔭的少；這一株底下曬頭，那一株底下曬臉，一連換了兩三回座兒，我才猛裡發現：掛在脖子上的一個護照袋不見了。裡頭有護照、機票、證件，當然還有些現錢、信用卡。想一想，是換座位的時候，回身幫著邵懿德整理一大堆書籍，嫌那袋兒垂掛在胸前礙事，摘下來扔在椅子上了。再沿路踅回去，當然還是找不著。皇上當場發了脾氣：老子回宮了，不拍了！而且我的意思是立刻回台灣，根本不玩兒了。

其餘人等一面安撫我、一面報了案。到如今我還記得周定闓臉上的表情是惶急之中略帶著一絲肅殺之氣，給我的感覺好像是在說：「不拍的話，你會像護照一樣消失的。」

沒料到的是第二天一大早，公安局的電話直接打到旅館來：那護照袋找著了。管西湖的公安局應該不止一個，我們去的那一個居然在湖邊林下，可謂「綠蔭深處」了。遠佇凝眸，與前一天曝曬在天晴樹小之處迥然是兩個世界。我幾乎不能想像：這是同一個西湖。我還記得，一時居然完全忘記遺失了護照袋的事，我在柳蔭下逡巡良久，一些不明來歷的詩句便在波光雲影之間浮沉、閃爍。「玉驄難繫柳絲長」，這是從《西廂記》曲詞裡顛倒拼裝而來的；「詩才未必輸陶謝，謦欬居然變柳禽」，這是從謝靈運的詩移花接木而來的；「恣意東風信柳催，影絲煙信踏波來」，這是全無出處的兩句開篇……總之，剎那之間，我在現實裡失落了現實，在時空中拋擲了時空。不知今夕何夕，亦不知此地何地。

直到邵懿德喊我：「我們還是領護照去吧？」

進去之後，公安核對了我的身分，我則檢查失物，一樣不少，可說是完璧歸趙。非但如此，感覺上一沓子尚未換成人民幣花銷的美金好像還多了些。關於這一點，坦白說，我報案的時候只提到有大約三千美金，並不記得裡頭的實數。這時一張一張清點，居然有四千三百多。公安局方面似乎不以為意，我自然樂得裝糊塗。

那負責辦銷案手續的公安對我說：「是兩個農民撿到的。」拾金不昧的農民說什麼也不肯向失主公開姓名地址，但是那公安卻說：「你們身為台胞的，還是應該『意思意思』人家一下，寫封信、道個謝都好。」於是給我看了看對方填寫的報案單，一個叫第五明，一個叫蕭金山，就住杭州城外。

我把那兩位拾金不昧的農民的姓名、住址抄寫下來，再三致謝，並謹慎地問：「這『第五明』是個人嗎？」

那公安一瞪眼，道：「不是個人，難道還是鬼嗎？」臨別時他還特意地強調：「祖國的農民是最可愛的，你回台灣去要給表揚表揚。」我說當然當然。

接著，我跟周定闊商量，看可不可以從拍攝時程當中勻出半天空來，讓我去拜訪那兩位老兄一回。周定闊一面改寫著工作程序表，一面冷冷地對我說：「皇上要起駕，為臣敢不從命嗎？」這話很凶的。

利用那一個算是偷來的下午，我按著公安交付的地址，在一個顯然稱得上杭州城郊的小村落裡幾乎沒拐彎兒就找著了第五明。看上去，他約莫有五、六十歲了，是個大約一有點錢就去鑲個金牙的農民，遠遠地一見我，就齜著金牙迎上來，主動說：「蕭金山不在，有話屋裡說去。」

一時之間，我也沒什麼可說，捧上了兩大籃水果，進屋擱在桌上，直嚷著謝謝、不成敬意、笑納笑納之類的應酬言語。我隨即發現到這間正屋的牆上唯一的裝飾品（仔細思量一回，你可能還會懷疑：它算個「裝飾品」麼？）。那是掛在北牆正當央的一把三弦，通體木質無漆，應是手工打造，由於有了點兒年代，或許是汗澤沁潤，看得出敷染著些黯淡的油光。那油光是反射過來的，順著亮光看去，光源則居然像是桌上被兩籃水果遮住了的一個陳舊的銅缽兒。

看一眼那把三弦、再看看那銅缽兒，回頭再看一眼那把三弦，倒是想到了一個破解初識尷尬的話題，我隨即一指北牆：「您也演奏樂器啊？」

第五明斜瞄一眼三弦，笑笑，用一口杭州腔極重的普通話對我說道：「什麼演奏啊？彈彈，就是彈彈，親朋戚友、舊雨新知，見面不就是彈彈嗎？」他手裡比畫的是個彈三弦的手勢，嘴裡說的，卻像是「談談」，說話、聊天這麼個意思。接著，他卻流露出一副迫不及待、忙要開門見山的模樣：「廢話不多講——你錢都收到了呵？」

我說：「收到了，謝謝、謝謝！」

「多出來的也收到了呵？」

我登時脊梁骨一麻、心一冷，支吾了兩聲，硬起頭皮，道：「收——阿也收、也收到了。」

「那好。」第五明微微笑了笑，道：「兩年之後，煩你轉交給一個同你說起『杭城風雲』四字之人，我就先謝謝啦！」

「『杭——城——風——雲』？」我一個字、一個字地重複了一遍。

「不錯。這錢，是那個人的一個朋友的，不多不少十三張。」第五明接著道：「你就跟那人說：叫他那朋友還是別打『藏王』的主意了。」

「『藏王』又是個什麼東西？」

「人嘛，你說算個什麼東西？呵呵呵！」第五明依舊齜著一嘴金牙說道。

「藏王」，勉強算是一個「職務」罷？我也只能這麼說。

坐在我眼前的第五明就是「藏王」。而那位我一直未曾謀面的蕭金山也是「藏王」，蕭金山是第五明的前任；你也可以這樣說：第五明是蕭金山的徒弟。不過，當時我並不明瞭。

我先前說過：那是一九九〇年。在那個年代，杭城四河，一條不剩，可「藏王」居然還在呢。

「藏王」是有來歷的。傳說杭城裡有河的時代就有這故事了。杭州耆宿都知道：「有河就有幫，有幫就有王。」意思就是說凡事要有「單一窗口」，絕不容令出多門。這裡所謂的「有幫就有王」，就是指「人間藏王」。

這是怎麼回事？就要往杭城四河說去——

杭城原有四條城河。自西而東，分別是浣紗河、施腰河、鹽橋河與菜市河。施腰河又名小河，在城區中間，東起鹽橋河新宮橋之北側，北至洗馬橋接浣紗河出武林門，全長十里，是杭州古河道。聽說這河道在抗戰期間就淤塞了，淤塞的原因是居民長年以來不斷傾倒糞便垃圾之故。民國三十五年索性修築成馬路，叫光復路，這路才修成就往下陷，所以當地人常拿「光復」、「陷落」兩個詞開玩笑，大意不外：「怎麼才光復又陷落了？」一九四九年政權更迭，關於這條「糞底兒路」的流言俗諺，可謂一語成讖。

杭城市裡走船，例有專職船夫。四河船夫分兩幫，浣紗、施腰二河一幫，叫「清湖幫」，因為浣紗河舊時又名清湖河之故；鹽橋、菜市二河是另一幫，叫「運河幫」，因為菜市河舊時又名運河之故。這兩幫各有幫主，平時互不往來，只在一年三節以及祭河伯的日子，兩幫會合力主持典禮，迎賓酬神，揖讓升飲，俱能中節有度，稱得上是相當平和的地方勢力團體。

這兩個幫，有一名義上的共主，叫「藏王」。「藏王」是一脈單傳，誰也不知道他會將這共主寶座傳給誰，且多少年下來，十之七、八，是不傳給這兩幫弟子、而盡付於外人的。最有意思的也在這裡：共主的寶座——在幫中人丁看起來——是誰也不想坐的。

這又怎麼說呢？打個世俗的比喻吧，杭河二幫行的是「虛位元首制」，兩幫原本非親亦非故、無怨亦無仇，各做各的生意，賣的都是勞力，也沒有什麼特別的利市，是以即便當上共主，既發不了財，也改不了運，孬好還就是個撐船的。可一旦當上了「藏王」，撐船的時間就少了。因為每一位「藏王」都有個使命，非得在任上完成不可；那就是物色下一任的「藏王」，物色到了適當的人選還不算完差，還得傳授一門「藏王功」。少則十年，多則二、三十年，把前任所傳下來的這一門技藝完完全全再傳授給新任，才算是交卸了職責。所以「藏王」的閒事不少，卻肯定賺不了什麼錢，身上只有一樣值點兒銀子的東西：一個銅缽兒，可以到處要飯吃。據說在前清時代，上杭州常見的「門板飯」飯鋪嗑一頓，憑著手上的缽兒，只一個制錢就許吃一頓，還外帶一勺子又香又濃的「澆裹」。

你可能會問：就算是個鄰里幹事、街坊委員之類基層公共服務人員，起碼「藏王」名目聽來地位崇隆，應該頗受人尊敬。其實大謬不然。——在有河有船的時代，「藏王」不外就是個撐船的，淤了河、沒了船，就連撐船也談不上了。

你還可能會問：不是有一門「藏王功」嗎？世論言及功法，不是強身，就是會武，養生自衛帶嚇人，也算是了不起的能為了。然而，事實擺在所有人的眼前，從古至今，沒有外人知道過：那「藏王功」是什麼玩意兒？究竟練得成、練不成？什麼人才、花什麼力氣才練得成？練成了又有什麼得利得便之處？沒有人知道。至少，除了「藏王」之外，沒有人知道。

杭城河幫起源甚古，甚至早於庵清、早於糧米幫，還有說宋代就有「清湖」、「運河」兩幫了。「清湖幫」和「運河幫」原本各自勞力營生，之間既無瓜葛，也無芥蒂。不過，施腰河在城區中間，東起鹽橋河新宮橋之北側，北至洗馬橋接浣紗河出武林門，全長十里，是杭州古河道，為兩幫交接之地。人說船過水無痕，水世界茫茫蕩蕩，也並沒有地標；你幫之船、我幫之船，就算划過了界，冒出去三、五里地，也不該有什麼計較的。

偏偏在新宮橋和洗馬橋之間，船夫與船夫常有些摩擦。人就是這樣，有計較處且計較，沒計較時找計較。有那麼一回，為了這沿河十里的迎送往，兩幫鬧起意氣來。運河幫裡一個船夫拿篙子打破了清湖幫裡一個船夫的腦袋，攪得浣紗、施腰二河裡三天找不著駕船的——這兩河的人丁連夜把手下所有的船隻拉上旱路，一總堵上了鹽橋、菜市二河的各個渡口；這就是要打混仗了。

有人報了官，縣父母其實早就得著清湖幫方面的稟報，揚言官府裡不得干預，否則本幫之人拚死也要殺盡另幫之人，那麼一來，杭州城裡的水路交通就非癱瘓不可。

可是官裡不管，兩幫打得就更野了！從船上打到水裡，再由水裡打到橋上，足足打了兩天兩夜，打著打著肚子餓了，招呼一聲便各自收手，找一爿門板飯鋪嗑上一大碗「門板飯」，吃飽了再回原地打去。

有那麼個清湖幫裡的愣小子，長得高頭大馬，平日手上使的篙子也特別長，就在混戰之中，這愣小子一篙杵對方不著，重心盡失，連人帶篙有如今日那撐竿跳的選手一般，筆直倒栽入水，說也奇怪，一栽下河，就沒了頂，別說人沒上來，連篙子也不見了。

這是極不尋常的事：一根竹篙子，怎麼會浮不起來呢？這是開打之後的第二天黃昏，眾人又廝纏了大半夜，終於有個運河幫裡的癩痢頭船夫覺得過意不去了，打著打著，把手上的傢伙一扔，道：「不成！那大塊頭死活得有個交代！」說著便跑回現地，一頭跳進水裡，隨即也滅了頂。大個子、癩痢頭分屬兩幫，各有各的朋友，當然都不免心焦，可自凡是誰在那塊水域裡下去尋，就算是尋著了什麼也不會有別人知道——因為無論是誰，一旦下去了就上不來了。直到天大亮，兩幫裡連先前那兩口子算上，一共滅了七頂。

就在這時，武林門外踅過來一個身著一襲嶄白絲袍，劍眉星目、器宇舒朗的後生，見眾船夫圍觀議論，便笑著說：「這是驚動了河龍了！」

眾船夫聞言，不由得面面相覷，一時紛紜議論起來，有那年長些的，很聽不得年輕人大放厥辭，遂斥道：「老夫在這河裡撐了五十年的船，從沒聽說過有什麼河龍的。」

「在山是山龍，在河是河龍，山山有龍，河河亦有龍；龍在山則興雲布雨，在河則鼓風作浪，有什麼稀奇？」那白袍少年說：「這浣紗、施腰、鹽橋、菜市四河原就是一龍之四爪，此龍潛修千年，正要化行於天，卻叫你們這兩幫混混攪擾，千年修行，眼見就要毀於一旦了，人家，能不忿忿麼？」

才說著呢，這河道之水就像是條被人給抖擻了一下的布匹，打從遠處滾著不高不低整整三尺的排浪湧了過來。此時無風，如何能夠起浪？這且不疑它，浪頭由下游翻滾回上游，更是千古奇觀了，看得眾人膽一戰、心一驚，悉數朝河面跪了下去。

那白袍少年又道：「諸君且將你們的船都繫了，待我同那河龍說上幾句。」

目睹此景，又聞聽此言，船夫們哪裡還敢叫囂頑鬧，紛紛下河去繫船，也有船和船夫不在現地的，自有人前去招呼知會，這就不煩贅述了。且說這白袍少年打從袖筒裡取出一個金光閃閃的缽兒來，念了聲：「阿彌陀佛！」隨即將缽兒高舉過頂，眼睛則垂視著河面，喃喃說道：「我聽說龍出則水湧山崩、風馳電掣，經常損毀禾麥田廬，今番若非我道經此地，汝這孽畜恐怕還是要傷及無辜的。我既然已經來了，汝何不先發還那幾條性命來，我也好記汝一筆功德。」

話才說完，那河面近橋之處猛可噴起一根徑寬尺許的水柱，一柱噴出，又接一柱，一連七柱，幾與橋邊護欄同高，水柱漸漸向橋身移近，「嘩啦」一陣作響，水柱登時傾圮，而橋欄上則俯臥著七口滅頂的人丁——正因肚腹給那欄杆抵著難受，嘴裡便大口大口嘔吐著泥漿水了。

此時橋當央那白袍少年又向河說道：「汝好生不殺，我佛自會勾記你一筆。若是先前被人攪擾，有個什麼閃失跌損，我倒是可以在汝衝霄凌雲之際，幫上一點小忙。如何？莫羞怯，汝且來！」

這時，原本萬里無雲的一片朗朗青天忽然打從正中央的所在，裂開一條大縫兒，烏雲從中滾出，如吹如注，黑色的霧氣稍一渙散，那蠶豆般大的雨點兒便串成千萬條鞭子似地捶撻下來。雨水落入河面，卻像在剎那之間變成了黏稠不堪的膠質，不時在河面上牽扯起一片簾幕一般的黑色水牆——不不不，不是水牆，被雨水從河中牽拽出來的，居然是一片三丈來寬的尾巴；光是寬，就有三丈，可知這尾巴少說也有一里多長了。

此龍由尾至頭而出，最後龍頭出水之時彷彿打從河底冒出一座山的模樣。山上當然少不了頭角鱗甲，光焰赫赫，才拔起來約莫二、三里許之高，又低頭俯衝而下，直向橋上的白袍少年衝去。那白袍少年一不躲避、二不抗拒，端端是一副任撲任咬的神情。河龍倒也乖覺，每俯衝一程，身形就小了一半，轉瞬間打從半空裡來到白袍少年的頭頂，居然只餘尺許長，「啪嗒」一聲，掉進缽兒裡，不過三寸有餘。

「風停雨歇之時，劫難開過，黎庶無咎，此後再無羈身之事！」白袍少年將手伸進缽兒，抓條泥鰍一般地抓起那河龍，另隻手將空缽朝眾人一傾，缽兒穩穩當當地放在橋欄頂端，他和那河龍卻一齊消失不見了。風雨乍停的晴空之中傳來一聲佛號，接著，是一段如經似偈的話語：

爾時。諸世界分身地藏菩薩。共復一形。涕淚哀戀。白其佛言。我從久遠劫來。蒙佛接引。使獲不可思議神力。具大智慧。我所分身。遍滿百千萬億恆河沙世界。每一世界化百千萬億身。每一身度百千萬億人。令歸敬三寶。永離生死。至涅槃樂。但於佛法中所為善事。一毛一渧。一沙一塵。或毫髮許。我漸度脫。使獲大利。唯願世尊。不以後世惡業眾生為慮……佛贊地藏菩薩言。善哉。善哉。吾助汝喜。汝能成就久遠劫來。發弘誓願。廣度將畢。即證菩提。

打從那地藏王的神話流傳開來，杭城清湖、運河兩幫就有了人間藏王。菩薩留下來的，不過是個斤把重的銅缽兒，缽兒就搖搖墜墜放置在橋欄上，可恁是誰也動彈不得。然而某日來了個乞丐，隨手一抓便取走了。有個船夫在一旁瞧見，覺得很不尋常，跟著那乞丐穿街過巷，偶一失神，只見那乞丐居然走進一堵牆裡去，不見了蹤跡。

往後這乞丐經久不曾現身。直到某一日，這個盯梢的船夫在洗馬橋頭繫纜索的時候，猛裡一歪身，倒在碼頭上死了。怪的是，空船的纜索逕自鬆解，船頭調轉回西，沿著浣紗河順流而下，直漂到武林門，才忽然在河當央停住，連打了二、三十個鏇子，這時左近幾里之內閒慌無事的船夫也都打陸路水路上趕了來，眾目睽睽之下，艙棚裡晃晃悠悠走出來一條漢子，一邊兒揉著惺忪的睡眼、一邊兒說：「藏王有旨：該幹活兒的就幹活兒去，這船歸我、篙子歸我、櫓子歸我、缽兒歸我——還有這藏王的勞差苦力也一總歸了我啦！」話說完，眼一睜，彷彿不知道自己先前說了些什麼，踉踉蹌蹌站穩了，脫口大叫：「誰把我搖過河來啦！快搖我上去啊！」

此際在河在岸的船夫早將這漢子團團圍住，忽而有人大喊了一聲：「他就是拿走那缽兒的花子！」

這個花子，就是杭城首任的「藏王」——清湖幫、運河幫兩幫船夫的共主。至於第五明是第幾任？沒人數得清，只知道他和歷任的藏王差不多，原先都是不肯幹這差使的。

藏王地位、職稱與所做的事業，還可以旁求他證。也就是說：倘若某一藏王認為某事合乎他的良知良能，不可自外其事，他是有權力超越兩幫事務而插手的。清梁章鉅《浪跡叢談》裡，有「掃秦」一條，可明緣故：

戲場有《掃秦》之瘋僧，即濟顛，俗以為地藏王現身。《江湖雜記》載其事云：秦檜既殺武穆，向靈隱祈禱。有一行者亂言譏檜，檜問其居止，僧賦詩，有「相公問我歸何處，家在東南第一峰」之句。檜令隸何立物色之。至一宮殿，見僧坐決事，立竊問之，答曰：「地藏王決秦檜殺岳飛事。」數卒引檜至，身荷鐵枷，囚首垢面，呼告曰：「傳語夫人，東窗事發矣！」

濟顛的故事如今是家喻戶曉了，清人郭小亭便是參考王楚吉（即「西湖香嬰居士」）編撰的三十六回著作《濟公全傳》，以及題署「天花藏主人編次、西湖墨浪子偶拈」的《濟顛大師醉菩提全傳》二十回，用這些故事當題材，寫了一本長達兩百四十回的《評演濟公傳》，演變到後來，無數說書人之師父師祖，乃至於無數師祖之徒子徒孫相互參商融合，居然又將這故事講寫成兩百八十回本的《濟公全傳》。

總之，這些以杭州西湖靈隱寺濟顛和尚為核心的故事就是藏王（或地藏王）神話的一個支脈、一條岔路。熟悉濟顛和尚行誼的人不難發現：杭城四河河幫裡的藏王，反倒像是更貼近現實的濟公活佛。藏王故事，也正是濟公故事的另一個版本——另一個較能還原庶民社會歷史真相的版本。換言之：在還沒有「人間藏王」這個傳承的時代，菩薩的活兒還是很忙，事還是挺多，杭州出身的看官就算把濟公和尚想像成地藏王的分身，亦無不可。

祖籍浙江寧波，生於上海的電影導演張徹在二十世紀六、七〇年代以武俠片和一代又一代的武俠演員弟子而揚名港台，他不但發掘武打巨星，也提升了武術指導在電影工業中的地位，非但王羽、狄龍、姜大衛、陳觀泰、傅聲等人由他一手捧紅，就像是吳宇森、劉家良也可以說是師承於張徹。

張徹極熟悉江南文史，尤其傾心於豐富多姿的杭州典故，當他以充滿男性情誼和陽剛個性樹立起新派武俠電影的風格之後，一直想要有所突破、有所改變、有所提升。他曾經多次和另一位名揚國際的導演胡金銓討論：如何能夠把「人間藏王」的故事，用一種現代武俠的手法和美學，表現在電影裡面，讓他當時最得意的弟子陳觀泰領銜演出，片名暫訂為《杭城風雲》。

張徹根據有限的民間傳說一頭熱地編故事，胡金銓還是氣定神閒的那句老話：「你得明白事兒。」

意思再簡要不過：不能有了個題目就編排文章，如果要拍攝一部以杭州河幫藏王為題材的影片，就得先搜集材料、訪問耆舊，弄清楚它在現實世界裡是怎麼一回事。

幾經周折，還真透過地下管道穿透當時被西方媒體聲稱的「竹幕」或「鐵幕」，打聽到現實中的藏王依然代有傳人，而且據說此人頗有不凡的神通，往往被視為具有「特異功能」之人。此人有名有姓，就在杭州落戶，不難查找。

不過，張徹身分比較特殊，他早年受國民黨文化工作頭目張道藩的提拔，又是蔣經國身邊的簡任職等祕書，歷經機要，又轉進紙醉金迷、聲色犬馬的電影圈，在「文革」期間是不可能出入大陸地區的。倒是胡金銓好整以暇地跟他說：「你不是要見識見識人家藏王的能為嗎？就約個日子，讓他上香港來；來得了，必然假不了！」

其間如何安排打點，外人無從與聞，只知道屆時果然來了個自稱是「藏王」的人物，聲稱此事甚祕，非單獨約見導演不可，但是「要一萬塊錢港紙填缽兒」才肯說。張導演答應了，和對方約在九龍半島酒店的一個房間裡晤談。

那人生得是形容猥瑣、樣貌醜怪，渾身還散發著一股魚腥泥臭，一見面就要錢。張導演沒提防，身上的港紙現金又帶得不夠，倒是美金還有一沓，立刻換算了一陣，如數掏出。對方翻來覆去點了好幾遍，硬說少一張百元鈔。張徹拿回去再數，果然少一張，只好補了。那「藏王」又算一遍，赫然還是少一張。張徹依樣將所有的鈔票抓回手裡再數一遍，果然還是少了，無可如何，只能再給補上——如是者一連十二次。

不信邪亦不能不信——雖然張徹肚子裡明白：自己身上就只剩一百塊錢了，卻還是準備豁出去再數一遍，孰料那「藏王」乾脆伸手道：「你口袋裡還有一百，掏出來就是了。」張導演依言掏了錢，交給「藏王」。「藏王」隨即一抬屁股，朝房間的大面窗戶大步走去，道：

「讓你看了十三回都看不出，還當導演呢！我看你根本是個騙子！」說時人已經鑽進窗玻璃裡去了。張徹大驚，起座開窗一看，外面是空的，臨街俯首，不過是幾十公尺近乎透明的峭壁樓面，那「藏王」不見鬼影，而張徹自己身上連一個鏰子兒都不剩了。

那一部《杭城風雲》畢竟沒拍成。直到好幾年之後，張徹也才敢把這件事向幾個較為親近的朋友坦白說出，我則是多年後輾轉從胡金銓導演那兒聽來的。

我在杭州遇見第五明之後整整兩年，為了商量一個劇本，忽然有機會上美國加州帕薩迪納小城去見胡金銓。我在胡導演家附近的一爿汽車旅館裡住了七天，每天沒日沒夜地和他討論劇本——後來那部戲的下場卻很慘，因為胡導要價太高，出活兒又太慢，給撤換了，我的劇本當然也被新換上來的導演丁善璽改得面目全非，不忍卒睹——他把一部原本應該是歷史宮闈劇的大戲變成了帶武打的春宮影片，丁善璽擅長如此，就算是一部大爛片，也自有出錢的電影公司會埋單。

但是對於我個人來說，那一趟加州之旅卻很有收穫，除了談劇本，胡導演還有說不完的故事。閒談間他提起了張徹壯志未酬的《杭城風雲》，登時把我嚇出了一身冷汗；悄悄屈指一算，離我上一回見著第五明，不恰恰是兩年嗎？我卻沒有把那一千三百美金還出去——不是有心暗槓，而是當時身上真拿不出來，就不好意思提——結果兩位導演先後過世，我到今天還欠著這筆錢呢。

至於那形容猥瑣、樣貌醜怪、渾身散發著一股魚腥泥臭、在半島酒店裡把張徹導演嚇出一身冷汗的人，正是蕭金山——第五明的前任，「文革」期間的人間藏王。

藏王第五明是我平生僅見的一個介乎陰陽兩界之間的人物。平常時節，儘管有許多靈媒、巫祝、乩師之類的人物，在我們的身邊、在這個世界的底層，辛苦地活著，畢竟幽明異路，也許正因為現代社會的發展使然，讓這些人都不可能位踞要津，一言而為天下法，他們的活動和思維也只能在同樣一個階層裡施展、作用並接受檢驗。正由於不能跟這個時代其他領域的知識和生活齊頭並進，這走串於陰陽之間、人鬼之間的行業便愈來愈封閉、愈來愈萎縮。如果說有人打著鬼神的旗號招搖撞騙，說不定還會喚起無知無識之人的恐懼之情、甚至信任之心，這就反而讓真正的鬼神蒙上了一層更加曖昧、轇轕的神祕氛圍，益發難以獲得真正的認識。

我所認識的這位藏王在與我道別的那一刻，大約是希望我不要把接受幫助的事放在心上，他告訴我：「幫人找回他丟掉的東西，是我們的工作；你不要放在心上。」說著，一面將兩大籃水果放在門前的石階上，一面招呼左鄰右舍的孩子們過來吃。接著，他又招我到他身邊，在我耳邊嘰哩哇啦說了一大套。最後，他叮嚀了一句：「你也要幫忙人找丟失的東西，也不要放在心上。」

「我？」

「就是你，你總也要幫忙人找丟失的東西的。你能幫忙人找丟失的東西，就不會在意錢，就不會只知道買。」

日後，每看見一群人（尤其是小孩子們）分食水果的時候，我就自然而然地會想起他的話。在這些話語裡，最令我感到恐怖的，是最後一句，那時我手上的確暗暗攥著一把鈔票，想當謝禮，耳邊卻清清楚楚聽見第五明說：「回去罷，該你還的時候，就跑不了你的；它會找你。」他朝桌面抬了抬下巴。

他說的當然不是水果籃，但是事隔二十多年，直到今晨我醒來，再一次目睹那染帶著陳舊意味的光芒，才想起水果籃旁邊的缽兒。

是的，缽兒還在那裡。

至於王家衛究竟如何得知我和蕭金山、第五明那種不言而喻的承諾，我其實一直沒有追問，或可能是打從心底我就覺得他們電影圈的人總有一種類似黑幫分子暗中流通消息的管道，也許是胡金銓、也許是張徹，雖說兩位在過去幾年間已然謝世，但是在他們生前，總有機會把這個連我都耳熟能詳的詭異故事告訴任何他們圈子裡的人吧？

有趣的是，王家衛自己憋不住了，當我們為了《一代宗師》中的宮二小姐究竟應該年輕一些、還是年長一些而大傷腦筋的時候，在香港澤東公司的辦公室裡，我們之間隔著一玻璃缸可口的餚果，兩人卻坐困愁城，全無胃口，一言不發，只能彼此吞雲吐霧。他忽然說：「沒有一個合適的女人，就拍不成一部男人的電影。」

我以為它說的是眼前的宮二，不料他話鋒一轉，說：「《杭城風雲》就是碰到了這種狀況。」

原來，《杭城風雲》並不是只有一個故事背景。或者我們可以這麼說：一個故事的緣起，在電影人發展它的過程之中，就不斷質變成其他的故事，質變的原因可以是金錢、可以是環境、可以是演員，也可以是遙不可及但是一蹴而就的外來影響力。

本來是一個可考的民間信仰與世俗生活結合而成的現實傳奇，活跳跳、生鮮鮮以撐船為業的地藏王菩薩，如何在街頭巷尾拯救小老百姓於饑溺之間，即使穿插了一些誇張的武打，猶不失其直質與樸拙。張徹原先只有一個難題：穿插不進一個女主角的戲份。

這個難題讓《杭城風雲》拍攝計畫面臨了第一階段的延宕，接著，張徹的老東家「國防部總政戰部」的某公聽說了這個「以杭州地理風土為背景的劇情片」計畫，而橫裡殺出另一個想法：「浙江人革命歷史可歌可泣的也很多」、「為什麼不拍些革命題材的故事？」「秋瑾秋風秋雨愁殺人偉大的劇情的！」礙於那些曾經共事者的情面，張徹虛與委蛇了一陣，還看似認真地安排了幾個主要演員的試鏡。陳觀泰的徐錫麟、戚冠軍的呂公望，但是秋瑾呢？張徹還真不熟悉女角。

故事裡的呂公望是個秀才，無意間讀到了梁啟超編的《新民叢報》，生出革命熱情，找人介紹認識了徐錫麟、秋瑾，進入紹興大通學堂。王家衛手頭還有一部分當時用秋瑾故事寫成的劇本，極可能出自張徹親筆——

那是電影的尾聲，有這樣一段倒敘：呂公望和包括蔣介石在內的幾十個革命青年去保定參加陸軍軍部速成學校的招生考試。忽然間看報紙得知徐、秋先後在安慶和紹興壯烈成仁了。呂公望回想起不久前和秋瑾見面的情形。秋瑾執手相慰勉：「今日就有這麼多同志，我真興奮，但現在時局很緊，萬一有機可趁的話，我很願你們都回來，可是我有要緊的事，要回紹興去了。」

這是秋瑾和呂公望等人留別的話，也是一次永訣的贈言。這番話顯然深深打動了歷史舞台上的呂公望，而張徹的劇本就是從這個基點上發展出來的。但是，他大概也就寫了這麼一點點。這個令人惋惜的故事最要緊的教訓是：革命的號召再偉大，畢竟不是創作者初衷裡的《杭城風雲》。

「革命版本的《杭城風雲》後來根本沒拍，」王家衛接著說：「他的下一個版本的《杭城風雲》故事就是白安人。」

白安人，本來就是我心目之中宮二的原型。

第三話
白安人

話說浙江蕭山縣寒士鍾俊連捷登第之後，入翰林院為庶吉士，在同年宴上結識了御前侍衛山西人白某。白氏家境素豐，有女及笄，想贅一個風流俊賞的讀書人為婿，好改換門庭。鍾俊是個素心人，讀書就是為了消閒，原本沒有做官的巴望，也沒有什麼振家聲、顯父母、耀門楣的大志，考得了功名，想是起碼過幾年安穩日子，不料有人來給說合，結親就結親，隨緣無不可。

南陽府地屬河南，實亦轄湖北襄陽，是個大鎮。從京城到南陽，走水路雖然繞遠，但是行程最為便捷，雲帆高舉，不數日即至維揚，再換船溯江西行，也只有幾天的航程就能抵達。但是舟行也有麻煩的地方，啟程泊岸之際，上下行李，比之騾馬馱橐，要費事得多。尤其是白家老丈人，身為廷衛，久居宮禁，結交的達官貴人不少，新婚饋贈所得自然非比尋常。加之以自家備辦的妝奩，其豐厚可知。於白侍衛而言，送女婿登程履新，應該算是一大盛事，所以刻意鄭重其事，光是陪嫁的丫鬟奴僕，就有百人之眾，雇來扈從運送的船隻，竟多達數十艘。啟航從京師至通州四十餘里，連路旁看熱鬧的都絡繹不絕於途，沿河逐走，看了一天一夜，人潮才漸漸散去。

這一頓排場，在白侍衛而言，不誇誇然熱鬧一回，還真怕江湖中人不知道是他老人家的閨女要出閣呢。換言之，正是這麼敞開來炫耀，倒帶著些許諸葛亮撩撥司馬懿的意思，彷彿是說：哪個有膽不要命的綠林宵小敢做這一趟打劫的買賣，就不要怨我白某人事先沒打上招呼。

可白侍衛不曾料到，宮門長鎖，衙門長開，大內之中上下百多年，打轉的不過是一家人；

可官場之上也好，江湖之中也罷，風水人事畢竟是活絡的，誰不會說幾句「彼一時也、此一時也」、「彼何人也，予何人也」這一類的話。說這話是個什麼意思呢，不外就意味著後起之秀未必能明白、也未必肯敬重老輩兒人的身分；換言之，總有那麼些不曉事、不通情、不知分寸的人物，還是看上了鍾俊他小兩口兒的一大綱家私。

有心幹它一大票的不知道白侍衛名震京衛，也不計較船上有些什麼人，只知這船隊沿途停靠的俱是通都大邑，等閒不好下手。而船行卻越走越慢，彷彿雇主並不自覺已經身在覬覦者的眼下掌中，仍自好整以暇，貪玩風月。

這一天舟抵維揚，要從運河換入江行，不但得改為西航，有一部分貨運還得換船。鍾俊和年輕的妻子白安人為了騰出艙中的空兒來讓家僕出入，索性在船首架了個矮几子，小兩口兒對起棋局來。落子之初不過是申正時分，到中局，天色已經向晚了，白安人下得興起，不肯離船，鍾俊也覺得港口一片熱鬧，吵擾得很，小夫妻倆一合計，說是乾脆溯江而上、繼續趕路的好，畢竟維揚是個大地方，再走個幾十里路，未必沒有小一些也靜悄一些的港汊津渡，自凡能泊舟過夜，也沒什麼好挑剔的。

奴僕們傳喚船家啟航的話一嚷嚷開來，尾隨而至的船匪們可就樂了，他們知道，無論今夜在何處停泊，這一支船隊都逃不出他們的手掌心兒了。眼前他們能做的，就是趕忙聯繫附近水滸之中能通上聲氣的同行，收拾更多的載運船隻，於一戰得手之後，立刻搬運贓物，鑿沉原舟，而不驚動十餘里之外維揚港口的官兵。

地頭上也的確是另有幾撥兒水盜，各擁一、二舴艋小舟，但是合起夥來，共奉一名水性極好的江湖大哥為首。此人姓王，單名一個淩字，外號鎮江王；顧名思義，其勢力之大，可以溯流而上，直達鎮江。不過，另有一個說法，說他能夠溯江上泅，一鼓作氣，由維揚直達江寧，這樣的本事，就算是當年梁山泊的「浪裡白條張順」都不能及，可謂能夠「威鎮長江」了。所以「鎮江．王淩」才算是他真正的諢名兒。

「鎮江王王淩」也好、「鎮江王淩」也罷，總之一聽有這等好買賣，哪裡還肯放過？登時催發了百數十艇快船，呼嘯而至。船家們眼尖，遠遠聽見打呼哨，再看火炬分而復合、和而復分，這是水面上的買賣家慣玩兒的把戲——也算是一門絕活兒了——將火炬隔舟拋遞，往來不停，遠遠望著，在一片黑暗之中只見鬼火飛跳，此起彼落，倏忽明滅，聲勢十分駭人。船家水手看不多會兒，紛紛喊叫起來：「是『鎮江王』的勢頭！是『鎮江王』的勢頭！要死人啦！要死人啦！」

鬧亂是幾數息的工夫就傳遍各大小船艘的，奴僕們將水手的言語跟鍾俊一叨咕，嚇得這書呆子登時觳觫不已。就在這時，卻聽一旁的白安人開口道：「小丑何敢跳梁？」

一句話說完，回身朝一個貼身的丫鬟使了個眼色，但見那丫鬟向空一甩雙臂，作了個揖，外罩的長裙已經在轉瞬間脫了去，半空中卻爆起了個不大不小的煙火。接著發生的事讓鍾俊驚訝不已：一霎時間，各船船頭都站出來個丫鬟，人人短打衣靠，黑衫黑褲，望之猶如一片黑墨，這些個黑衣丫鬟似乎是不約而同、或者是早就操練過了似的，分別囑咐船家水手，立刻將各船船身用鐵鎖串連成一氣，打熄了燈火，合拱著鍾俊所在的官船居中。

片刻之後，眾丫鬟已經排成了一列隊伍，一個兒輪一個兒來到矮几之前，由白安人發給一握棋子，吩咐說：「不過是些個蟊賊，萬萬不興許放他們登上船來，要是驚嚇了官人，我唯你們是問！」

丫鬟們銜命而去，白安人這也才好整以暇地甩開自己身上的連身長裙，露出了裡頭的黑羅衫褲，青布蒙頭，不知從什麼所在摸出一囊沉甸甸的鐵丸，掛在腰間。鍾俊看她神色是眉立目揚，英武神俊之態，一點兒也不像新嫁以來的模樣，不由得期期艾艾地問：「你、你、你要上哪兒去？」

白安人嫣然一笑，道：「不就是防賊去麼？你要是不害怕，隨我來，瞧瞧。」說著，拉起鍾俊的手，相偕躡步藏在艙門裡側。

此時「鎮江王」的盜船也已經一字排開，與官船居中的這幾十艘貨船隔著不到一箭之遙的江面，緩緩靠了過來。這是個陣頭，此時的貨船要是不至於驚惶四散，盜船便仗著船多，乘隙圍攏，待把貨船像驅鴨趕鵝似地侷促到團團一隅之地，不消半晌工夫，便可以登艙擄掠了。

說到這兒，就得岔嘴說一說白安人的布陣之道了。這一番防賊禦盜，當然不外是行前白侍衛的一套交代：平日習武不輟的這幾十個丫鬟們，人人駐守一船，外服長裙、內著短靠，遇事先將船隻鎖了，免得臨陣讓人驅趕成聚食之蟻的一般。

至於為什麼鎖上船、而不怕船盜用火攻呢？道理很簡單，一旦要放火，必然是飽掠金珠財物之後；換言之，必然是賊夥登船行劫、事畢之後。倘或一對陣就放火，船船鐵鎖相連，當然難以收拾，那麼放火的盜賊反而一無所得，白忙一場。這是為什麼白安人仔細叮囑「萬萬不興許放他們登上船來」的道理，因為一旦讓船盜登舟，那些熟練的強人還真會在得手之後放一把火，那可就萬劫不復了。

這日回過頭，說「鎮江王」這一頭。「鎮江王」在這長江中下游一帶討生計，也不只三年五載了，仗著自己水性高人一等，聚成大夥，都說是當年橫行大宋朝十數年的洞庭湖楊么托生的水中丈夫，數百載以下無與倫比者，可連這首領王凌也沒見識過：居然有這麼一支既不似官艚、又不似戰艦的船隊，能夠擺出這麼個陣式來，而且諸船一字橫江之後，竟熄燈偃息，不見一絲一毫的動靜，這——到底是怎麼回事？

懷疑未決之際，片刻如經時，等盜船逐漸逼近，雙方船頭之間不過是丈許寬而已了，王凌左顧右盼，看這排面拉得太寬，怕號令不及，萬一有個平素往來疏遠的水滸弟兄一時認不清號令，或者是著慌放了火，船鎖連綿，把這筆大好的買賣付之一炬，豈不可惜可憾？於是匆促之間，急飭所屬：趕緊滅了火把，持撓鉤利刃登船，一探究竟。

接下來的事，就更出人意料之外了。王凌一聲號令才傳下，有那早就盯梢許久、知道船上有眾多女眷的水賊，根本不屑得取兵刃，赤手空拳便搶著往這邊船頭蹦跳，可說也奇怪，不過幾尺寬的水面，卻沒有一個跳得過的，頭一撥兒或是發狂吶喊、或是嘻笑喧騰的水賊便像餃子落進湯鍋裡的一般，全下了水；更令王凌不解的是：這些平日水性精熟的餃子們一下水就彷彿沉了底，一個都浮不上來了。

饒是王凌耳聰目明，看見這些個嘍囉們縱身半空之中的瞬間，似有尷尬物事，像暗器一般，來得迅猛凶險，於是搶忙呼喊：「退退退！」說時已遲，那時已至，喊退卻還來不及退的節骨眼兒上，又給暗器打落了十幾個。

王凌一則以驚，一則以怒，想：此時不殺向前去立威，我「鎮江王」這一塊招牌豈不立馬就砸了？轉念到此，順手抄起原先立在船頭防箭的大鐵盾，握著五尺板刀，猛提一口真氣，飛身朝當央那條看來大了許多的官船撲躍過去。人還在半天裡，就聽得鐵盾之上叮叮咚咚雨點冰雹也似地砸落了不知多少物事，待他雙膝蜷定，兩腳落實，人在甲板上一寸一寸向前挪移的時候，不料鐵盾底下一時留了個縫兒，教飛進一枚鐵丸兒來，正擊中了大拇趾。手指足趾連心，疼痛自是難忍，王淩一低頭，鐵盾歪開，頂上又捱了一枚鐵丸，這一下他可釘不住了，仰面翻倒——練家子畢竟還是練家子——就在這匆匆一跌之際，他瞥見了官船艙門口的女子：青巾覆額，黑衫黑褲，眉目姣好，玲玲瓏瓏的纖腰上掛著一囊讓他栽盡跟頭的鐵丸。

「鎮江王」一落水，眾船盜再也無心戀棧，紛紛呼喊：「大王下水啦！大王下水啦！」語畢，投江而遁，連船都不要了。

局勢逆轉，也就是頃刻間事，白安人當即做了處置：讓眾船一齊舉火，照耀江面，如同白晝，看看有沒有倖免於滅頂的盜匪，搭救上船，用麻繩索子縛了，準備第二天派人解回維揚去。

鍾俊開了眼界，恭謹之色溢於言表：「夫人究竟有何神術？治大盜竟如同約束小兒一般，果然是將門的豪傑，看來是所向無敵、所向無敵；佩服！佩服！」

「說無敵就忒誇了，實則也沒什麼。」白安人雲淡風輕地說：「父親喜歡騎射，家中庭院，總是整治得比較寬敞。

「我小時候窗外有長牆一堵，牆裡的小徑又直又長，父親將就地勢，以之作為箭道。我沒旁的可玩兒，便拾些石子兒扔那箭道上的靶子。父親看我扔靶子扔得有興致，定了賞格，我練得就更起勁兒了。非但自己樂之不疲，還夥著身邊的丫鬟們一塊兒練，不過兩、三年之間，人人都能夠百發百中了。

「這還不算，父親又用人形做靶，周身畫上穴道，倒也不算難，久而久之，熟能生巧，便不失手了；最後再用牛革製靶，練鐵丸投射之技，四、五年下來，所擊無不洞穿。

「倒是父親還常開玩笑說：『這娃兒可已經稱得上是天下無敵女將軍了！』不過，練得一班老小丫鬟們能認穴、打穴罷了，所擊之穴不失分寸，的確可以傷人，可稱不上什麼無敵就是。」

「只不過棋子是個小玩意兒，能傷人也的確是神奇。」

「方法用熟，粒米可以殺人，何況是棋子呢？」

「還有一樁不明白，」鍾俊道：「這些個丫鬟們領了棋子，各回己船，怎麼不見她們出來應戰，卻已經克敵致果了呢？」

「這倒是預先就想妥了的。」白安人笑道：「我料江中必有賊盜，才讓丫鬟們早早穿了黑布短靠，猱踞於桅杆之上，由上往下俯視，非但目力明，且用力遠，衣色恰在夜色與杆色之間，闃暗朦朧，賊盜亦無從察覺。」

「你自己卻匍匐於艙下，這又是什麼道理？」鍾俊還真是打破沙鍋——璺到底！

「賊首一見嘍囉們不能取功，就想要一舉擒殺吾等主帥；主帥究竟置身何處呢？在他們看來，必然是中央這一艘大官船。即便他猜中了，也必然以為我們也躲藏在桅杆之上，顧了高處不能顧低處，就不免下盤露空，予我以可乘之機了。」

鍾俊聽白安人侃侃道來，略無半點驕矜之色，自然是益發欽敬了。

閒話不多提，且說鍾俊赴任之後，倏忽六載，任滿之後，調首邑，先署理布政使司，算是權掌河南一省政務，地位僅在巡撫之下。

在之前這擔任南都之宰的六年裡，他最主要的功績也是軍功，不過這些個軍功倒不是白安人給立下的，主要的是——前書說過鍾俊還真是打破沙鍋璺到底！——南陽府也兼領著襄陽地區的防務，在這段期間，地方上不是沒有水旱綠林之輩想要乘勢鬧祟，卻總是能敉平於未發之際。

起初鍾俊也同一般的官吏一樣，還倒是官運亨通，諸事大吉，不料自己這麼個不忮不求的為官之道，還真獲得了老天爺的憐寵、庇佑。久而久之，同湖廣總督和河南巡撫這一班封疆大吏接觸得多了，才間接得知：能夠敉平地方上的匪類，清剿盜藪，並不是倚仗自己洪福齊天，而是介乎河南、湖北兩省之間，有一支隸屬於湖廣總督轄下的游擊部隊，數年來偵伺、潛伏，時時掌握盜賊行蹤動向，往往制敵以機先，防患於未然；而那部隊長銜加游擊，姓許，單名一個傑字，正因為直屬湖廣制台調度、節制，所以鍾俊幾乎不知道還有這麼一號人物。

倒是有一回豫、鄂督撫會食，鍾俊才得以同許傑見了面，鍾俊見這許傑身形魁梧，膀闊腰圓，星目隆準，大耳虬髯，的是一流的英雄人物，自然歆羨歡喜，一攀談，發現此人慷慨豪邁，果真不負他堂堂儀表，心下更是崇敬有加，刻意要深相結納。

知府卸任前夕，是大暑天氣，京師裡傳言鑫出，都說鍾俊署理河南布政使的時日不會太長，說不定一到任就真除了，畢竟是娶了個好媳婦兒，朝中有梁木撐持，際遇自是不同。謠諑紛紜，夤緣交際、趨走攀附的更不在少數，由於天氣實在炎熱，送往迎來本已不勝其擾，而鍾俊又十分不耐應酬閒話，正準備閉門謝客，門上投了拜帖來，打開一看，是游擊許傑。

許傑來謁，應該不是虛與委蛇、拍馬捧場來的，他開門見山遞上來一卷輿圖，鍾俊展卷一看，大為訝然：原來這是一軸手繪的運河輿圖，自凡是京師以南、經通州而揚州，子午一線，所經之地水滸形勢、盜匪盤據情況，無不隨圖附注，巨細靡遺。

許傑的話說得也簡明扼要：「某與大府相見恨晚，然而看大府神色不凡，逸出群僚之上，是孜孜矻矻、戮力於民事之慈悲長者，乃肯以此卷相贈。

「大府若是署理河南政務，但請持此圖一一尋訪，與各地盜藪約說，請無害於商民。江湖賊盜之屬，鋌而走險，往往迫於無奈；但須有長者扶持導教，開拓生理，往往令至而晏然。大府持圖而去，又能說之以情，而不加之以兵，他們自然也會畏懼、感念，一旦方面有警，不定還會是莫大的助力。」

對於即將履新的鍾俊而言，這一份輿圖大禮不只是捕盜用兵的諜報，也是撫庶輯民的指引，一番愉悅之情，自清涼無汗；回頭見許傑頭頂上還戴著頂笠子狀的官帽，端的是汗出如漿，鍾俊隨即吩咐小廝：給許游擊打來熱手巾把兒，順便捧了帽子去，好涼快涼快。孰料許傑連忙搖手，道：「不必！不必！」

鍾俊怪道：「這麼熱的天，咱們又是便中清談，怎地還戴著帽子呢？」

許傑想了想，道：「實實不敢相瞞於大府——我原先是長江裡的巨盜，以『鎮江王淩』聞名，因為擅劫官船，不慎失手，非但葬送了百數十名兄弟，瓦解幾十處水滸，自己也受了傷，額頭頂門之間捱了一粒鐵丸，削去頭骨一塊，幸虧後首以『兒腦丹』治癒，可卻不能經風，是以無論多麼炎熱的天氣，都不敢除帽。」

鍾俊聽到這兒，略有所覺，遂接著問道：「老兄勇冠三軍，在襄陽一鎮立下戰功無數，敉平盜匪數以萬計，怎麼會受這麼重的傷呢？」

許傑歎了口氣，苦笑道：「說起來，這傷了我的女子，還真是我的恩人呢！她那一鐵丸打在我頂門上，我才看清楚：傷了我的居然是個姑娘家——大府試想：一個女流之輩隨手便能夠把我『鎮江王』打翻在水裡，幾至於溺斃；我，還能闖蕩出個什麼天地來呢？可是空有一身筋骨膂力，別的事也貪圖不得，不如投軍，立幾級『首功』，倒還順理成章。能夠忝然混到今日，當得一員游擊，豈不都是恩人那一鐵丸所玉成的呢？」

「那麼之後老兄見過你那恩人沒有？」

「落水之際，匆匆一瞥，之後再也不曾見過。」

「想不想見見你那恩人呢？」鍾俊笑著問道。

「天涯海角，如何見得？」許傑搖了搖頭。

「來呀！」鍾俊跟那送手巾把兒的小廝吩咐了一聲：「有請白安人。」

俠女和大盜不打不相識，因殺機而獲生機，化仇作恩，竟爾別後重逢的故事在此作結是恰當的。

然而人事經歷有如江水江花，豈有終極？化名許傑重新做人的王淩所獻的輿圖非但於當時提供了朝廷以剿以撫的參考，時易事往，這卷圖輾轉流落，幾番易手，據說曾經多次落入不知情的人手中，皆以之為尋常畫稿，不但沒有藝術的價值，也沒有買賣的品相。之所以未入爐火，大概還是看著它工筆細繪，畫的人像是耗費了不少心力，所以不忍毀壞。的確，人施妙手，天成巧物，冥冥之中，鬼神必欲旁生慧眼以附之，方為不辜負。

日邁月征，歲節更替，細瑣不煩贅言；單表百數十年以後，袁世凱歸隱洹上，居養壽園。此園最南面有山石所堆積之臨洹台，俯瞰彰德城郭，雄立高瞻之勢，已足見老驥伏櫪之心了。據當時監建此園的管家袁乃寬透露：養壽堂竣工之日，瓦匠領工勘驗，並「探頂子」（即試看滲漏）、並預留「堂穿」，以為急雨時水泄渠道，不意卻在天溝曲折處發現了一卷輿圖。

從人以為是袁公庋藏的軍政文件，不敢私匿，立刻上報了。袁乃寬將圖卷上呈之後，但見袁公仔細審視了一番，忽而虎瞪起一雙圓眼，伸出一隻粗短的食指，指著圖的邊角處，笑道：「以此圖視之，武昌、漢陽地位要緊，過於江寧。」

殊不知這幾句隨口言語，卻是袁世凱韜光養晦、靜觀世變的一番心得。兩年又七個月之後，辛亥革命爆發，袁世凱身居南北之間，欲兼滿漢之權，如何於指顧操縱時盡收漁利？他略一盤算，想起了那張輿圖——昔日一霎時間老眼迷離昏花，誤看了山川形勢，還自以為好笑。

然而，這也不能算誤看，那反而是一個奇險絕倫的角度。當下，袁世凱把心一橫，下令馮國璋之所部大燒漢陽，而在另一個城區戰場，卻刻意讓南京失守，拱手於同盟會數百殘兵。他的算盤是：若不焚掠漢陽，不足以令清室快意而邀其寵；若不棄守南京，又不足以令朝廷危疑而信其謀。袁氏在清宗室與革命黨之間優游取容，兩面得利，關鍵就在漢陽、南京的一操一縱。

第四話

中原鹿正肥

民國三年，袁世凱派遣長子克定到河北正定牛家莊跑了一趟，路途不算太遠，然交通不便，對於銜命往來的瘸子哥而言亦是相當辛苦的事。但是臨行前袁世凱交代得很清楚：「聘卿不來，你也不必回來了。」

聘卿是「北洋之龍」王士珍的字。王士珍可以說是袁世凱的大弟子，無論在「新建陸軍」以及「武衛軍」時代，或者是山東清剿義和團事件上，都顯露出卓爾不群的器識和謀略。他一生不慕榮利，故能韜養品望，在北洋諸將之中，德操聲譽無人能出其右。辛亥清室遜政之後，王士珍就回老家正定，打算終老不問世事了。但是袁家父子不肯放過他，還是希望能仰仗其地位號召，出面籌備一支嶄新的部隊，號為「模範團」——也可以這麼說：這是為了將來袁克定接班所必須擁有的一支武力。

王士珍為人老成持重，在北京西城旃檀寺籌組模範團的時候，也知道這就是「御林軍」，是以招收學員生之際，往往對於能夠兼資文武的人特別識拔，希望能多在袁氏父子身邊栽培一些「國士」。打從一就任籌備處長，王士珍就看上了幾個和袁世凱有舊誼、且秉賦佳好的世家子弟，其中一個是張鎮芳的過繼兒子張伯駒。但是張伯駒當時年紀還小，只有十二、三歲，一直到洪憲帝制垮台，軍校還一息尚存，默然反對袁氏復辟的王士珍雖然和極力幫襯袁氏稱帝的張鎮芳在政見上十分歧異，卻仍一力鼓舞張伯駒從軍，希望他日後能夠以軍領政，成就一番偉業。

張伯駒也就在民國五年考入中央陸軍混成模範團騎科，中規中矩畢了業，在直系和奉系軍閥曹錕、吳佩孚、張作霖之間周遊，卻沒能真的投身大政。因為在本質上，他還是一個文人，一生對於保存珍貴文物的貢獻——如將展子虔《遊春圖》、李白《上陽台帖》、陸機《平復帖》、杜牧《張好好詩卷》、黃庭堅《諸上座帖》、吳琚《離家詩》乃至趙孟頫《章草千字文》等獻給國家——也是眾所周知的事。

張伯駒生前未了的一樁心願是重新標點、編輯、刊刻他的一部著作《續洪憲紀事詩補注》。在他之前，已有麻子哥劉成禺的《洪憲紀事詩》二百零八首，其中九十八首還有作者的自注。不過張伯駒顯然不認為劉成禺之作道出了洪憲帝制的原委，甚至還有歪曲事實之處。於是他也續寫了一百零三首七言絕句，名之曰「續」，其實有辯、有駁、有補遺、有別解。張鎮芳之於袁世凱——用他自己的話來說，是：「不惟為袁黨，且有戚誼。」張伯駒自然也不例外。他的《續洪憲紀事詩補注》第九首是這麼寫的：「韜居指顧望銅台，不數阿瞞橫槊才。猶記雄風傳詩句，一行獵馬急歸來。」

就詩論詩，張伯駒不及劉成禺多矣。僅以近體格律論，他這一百零三首之中，破格出律之處不勝枚舉，然而這一首卻作得特別蒼勁，其中關鍵語還真是袁世凱的句子。據張伯駒箋解：袁世凱在宣統元年被滿清親貴罷黜，退歸彰德養痾，所居之處在洹水之北、漳水之南，恰與世傳之銅雀台相鄰。其〈冬日即目〉之詩有此二句：「數點征鴻迷處所，一行獵馬急歸來。」

〈冬日即目〉其實是一首七律，在袁克文所刊刻的父子合集中題名為〈春雪〉：「連天雨雪玉蘭開，瓊樹瑤林掩翠苔。數點飛鴻迷處所，一行獵馬疾歸來。袁安蹤跡流風渺，裴度心期忍事灰。二月春寒花信晚，且隨野鶴去尋梅。」如果不僅僅是割裂其中兩句、而是整體地看這首詩，袁氏之才比之於曹阿瞞的剛健雄奇，就差得太多了。

仔細讀〈春雪〉，不難發現：除了頷聯的「數點飛鴻迷處所，一行獵馬疾歸來」之外，頭聯和尾聯各句大約都有一種「堪消落寞堪消怨，半是淒涼半是愁」的柔軟況味。而腹聯「袁安蹤跡流風渺，裴度心期忍事灰」用袁安、裴度的典故十分酣暢而冷雋，不能不稍作說明。

《後漢書》卷四十五〈袁安傳〉引《汝南先賢傳》說過這麼一個故事。某年下大雪，積雪丈餘，洛陽縣令親自出巡，見家家戶戶都掃除積雪，有出入之跡，多乞討之事。唯有袁安家門口無法出入，縣令還以為袁安已經凍死了，待強行除雪進屋察看，卻發現袁安僵直地躺在床上，還有一口氣息。問他為何不出門，他就回答：「大雪時大家都餓，不能再去干擾人。」縣令因此以袁安為賢，遂舉為孝廉。這是腹聯出句所詠之故實，讚賞袁世凱退居洹上，不與人爭，頗有當年龔定庵的詩句所述「儕流百輩無餐飯，忽動慈悲不與爭」的格調。

至於落句的「裴度心期忍事灰」，說的是唐憲宗元和十二年（八一七），裴度以宰相領淮西節度使、淮西宣慰招討處置使，自請督師赴前線，出發時，裴度慷慨誓道：「臣若賊滅，則朝天有期；賊在，則歸闕無日。」感動得唐憲宗為之垂涕不已。最後終於生擒吳元濟，蕩平淮西，震懾河北，這就是歷史上著名的「元和中興」，而詩句裡的關鍵詞「心期」乃出此，非但以裴度之功業相標，而且「忍事灰」一語反用原意，更顯幽峭孤深。

問題是這樣流麗允洽地用典，似非袁世凱這不知書的人所能支應。

由於現存袁世凱的詩多由袁克文（寒雲）編纂，此中大有蹊蹺。宣統二年（一九一〇），袁克文編定《圭塘唱和集》，集前有袁克文親筆寫的短序：「家大人以足疾致政歸，課耕訓子之暇閒，以吟詠自娛，賓友酬和，積稿累寸，大人輒以示克文，因次其目錄，都為一編，命為圭塘唱和詩云。」

這「大人」之次子袁克文是知名的公子哥兒，喜詩詞、擅演劇，還能寫一筆帶些瘦金韻致、又帶些山谷風骨的行楷，所以這《圭塘唱和集》裡的許多作品，極有可能是做兒子的給潤色、增修過的。

一字一句揣摩〈春雪〉，還可以體會出那是三種筆意，除了「數點飛鴻迷處所，一行獵馬疾歸來」有一種粗豪獷悍之氣以外，頭聯「連天雨雪玉蘭開，瓊樹瑤林掩翠苔」以及尾聯「二月春寒花信晚，且隨野鶴去尋梅」皆柔弱纖穠，應該是標準的寒雲手筆，補綴痕跡甚明。至於前揭用袁安、裴度故實的一聯，則像極了杜甫和李商隱的筆法，如「匡衡抗疏功名薄，劉向傳經心事違」（〈秋興八首〉之三）和「賈氏窺簾韓掾少，宓妃留枕魏王才」（〈無題〉）。這第三種筆法，看來又非袁氏父子之才與學所能辦，只能暫且存疑。

關於袁世凱寫詩的能力和動機，一直是個謎。他洹上養病（足疾）的時期，常刻意拍些小照，影中人戴笠披蓑，狀若漁樵，以示略無進取之意，這便可以看出：連詩情都是造作出來的，是以袁世凱並無寫詩的真誠。不過，在《續洪憲紀事詩補注》裡，張伯駒引某筆記：「謂項城年十三四歲，書一春聯云：『大澤龍方蟄，中原鹿正肥。』塾師為之咋舌，知非凡器。」

問題是：流傳甚廣的這一聯，是他寫的嗎？

看袁世凱的詩，須從煉句看起。他有一首號稱七律的〈懷古〉，據說是十五歲上寫的，設若以年事尚輕視之，不應過於挑剔，但是用字之率性出格，大約也不會因為人生歷練之累積而返求繩墨，畢竟霸才虎視之人，管它什麼詩律呢？〈懷古〉原文如此：

我今獨上雨花台，萬古英雄付劫灰。謂是孫策破劉處，相傳梅頤屯兵來。大江滾滾向東去，寸心鬱鬱何時開。只等毛羽一豐滿，飛下九天拯鴻哀。

少年抱負，空談自喜，這不能說是病。但是從第三句「策」字開始，第四句「頤」字皆出律，「屯兵來」三平落腳，第五句「向」字拗，而第六句非但未依律而救，「寸心鬱鬱」完全失對，又寫成一個「何時開」的三平落腳；第七句「羽」字出律，第八句「下」字、「天」字則完全失對，像這樣一首連三家村的塾師都會搖頭太息的劣作，居然也就因人而傳了，也不見他身邊那些個就學邃密的老文士給丹黃批改一番，後人品頭論足，還許稱道此作「一派豪情」，果然是英雄欺人，也沒有誰知道或敢於指摘他敗壞詩教。

這樣的才具和學養雖不足以驕人，畢竟還能在他的老家項城組文社，稱盟主，留下了多首〈詠懷詩〉，如：「人生在世如亂麻，誰為聖賢誰奸邪？霜雪臨頭凋蒲柳，風雲滿地起龍蛇。治絲亂者一刀斬，所志成時萬口誇。鬱鬱壯懷無人識，廁身天地長咨嗟。」一樣句句是坑洞，不勝彌縫。此首第一句拗五六字，而第二句不救，一樣失對且三平落腳；第三句「蒲」字出律，第五、六句的拗而不救與首聯同；第七句六字出律，第八句三平落腳——仍舊是百孔千瘡的一首詩。

再如：「不愛金錢不愛名，大權在手世人欽。千古英雄曹孟德，百年毀譽太史公。風雲際會終有日，是非黑白不能明。長歌詠志登高閣，萬里江山眼底橫。」非但仍有格律上的毛病，其談吐懷抱之侈鄙粗豪，尤甚於前。可知此人根本無意於詩；而詩之於項城，不過是發牢騷的七字句而已。

經過三十年在軍政界翻雲覆雨——其間連一首詩都沒寫過——之後，袁世凱自朝鮮而小站，從疆臣而樞機，其「鬱鬱壯懷」舒展到令滿清貴胄感覺臥榻之側的酣眠擾人了，趁著宣統即位，載灃監國，遂有倒袁的密謀。袁世凱知道這不只是「凋蒲柳」，恐怕還有「一刀斬」的大難，於是趕緊辭官，回到洹上養他的「足疾」。居然又開始寫詩，而且多屬放閒歸隱而強作甘心的意思。

可怪的是，三十年不通文墨，袁世凱在寫詩上的表現卻出人意表地好了起來。前揭〈春雪〉暫且不論，像是〈落花〉：「落花窗外舞，疑是雪飛時。剛欲呼童掃，風來去不知。」就相當有意趣。〈病足〉二首之一：「行人跛而登，曾惹齊宮笑。扶病樂觀魚，漁翁莫相誚。」還巧妙而詼諧地用了《左傳》上衛使孫良夫等四國使者在齊頃公宮中受嘲辱的典故，僅以這涵養和胸懷而言，斷然不可能是袁世凱自出機杼之語，而應該是他身邊時時伺候著的「語言侍從之臣」所點竄修整之作。

至於世傳他年少時節的那一聯：「大澤龍方蟄，中原鹿正肥」，據說是明末極無品的貳臣牛金星獻給李自成的諂詞，果若屬實，張伯駒把這一聯栽給了袁世凱，不知道是不是也暗藏春秋褒貶之意。

無論如何，舊體詩之作，除了從格律上爬梳肌理之外，通篇、連章而讀，一玩味即真假立辨。遙想張打油的「黃狗身上白、白狗身上腫」（〈詠雪〉）還比較實在。

關於舊體詩的種種玩索、體會，不是在譏嘲袁世凱的不文，而是在翻看袁世凱的詐偽。略加舉證，足以提綱挈領。姑容我稍稍節制，掉過筆頭，交代一下之前在提到《杭城風雲》的時候一筆帶過、卻沒有說完整的一個關節。這個關節與我對袁項城的理解有直接關係。那就是跟我說了「人間藏王」故事的胡金銓導演。

一九九七年一月十四日，胡導演心臟手術失敗，病逝台北榮民總醫院。他生前的朋友聚在一道說起來，每個人都會想起一部他發願而未能成就的作品。有人說他的《華工血淚》沒能拍成，最屬遺憾。有人說他還想拍《徐光啟傳》，才跟北京電影製片廠談出個眉目，也因為大氣候上有所顧慮，倏忽沒了下文。也有人說他晚年鍾情於動畫片，策畫《劉海戲金蟾》的卡通，光是原畫手稿就有近千張，卻苦於沒有資金，連腳本都出不來，於是齎志以歿。

我跟胡導演多年前合作過兩個計畫，一個是香港徐克的《笑傲江湖》，一個是台製魯稚子的《將邪神劍》。前者開拍之後完成了幾場戲，徐克收回去自己導了，本子作廢。後者則還沒開拍，胡導演便遭撤換，本子給接手的丁善璽改得體無完膚、不成面目，從歷史宮廷劇變成了武打風俗劇。可我先前領過稿費，沒有申覆的權利，只能在台灣電影製片廠提供的文書上簽名，表示願意轉讓。倒是不久之後，胡導演給我打了個越洋電話，劈頭就問我：「對袁世凱有沒有興趣？」

「聊的興趣很大，寫的興趣沒有。」我說。
「那咱們聊聊。」他說。
就是在胡導演過世前一年的東京影展上，胡金銓應聘擔任評審，認識了一個叫藤井賢一的財主。此人做西陣織發家，是和服工業的鉅子，也憑藉著這個出身，跨足影視服裝製作，甚至成為許多時代劇的出資人。這個藤井賢一的祖上有人出資在北京開過一家「川田醫院」，後來還輾轉到偽「滿洲國」任過官職。對於中國近代歷史極感興趣，很想出資拍一部跟「滿洲國」有關的電影。也不知道胡金銓是怎麼跟他扯絡的，就在影展期間，寥寥數晤，藤井賢一改了主意，願意投資胡金銓拍一部《扮皇帝》——後來改名叫《護國記》、又名《南國之冬》。
不過，乍聽之下，我還以為所謂的「扮皇帝」就是上世紀六〇年代香港邵氏公司拍過的《江山美人》，題材出自稗官野史所述明武宗正德皇帝在梅龍鎮調戲民女的「遊龍戲鳳」呢。那是一部當時極為流行的黃梅調電影，由當紅的皇帝小生趙雷和玉女林黛主演。胡金銓還幫趁了個男配角大牛，主題曲就是〈扮皇帝〉。
「從『滿洲國』到梅龍鎮，這也差太遠了罷？」我說。
「不是正德，是袁世凱。」胡導演在電話裡說：「不過呢，要說扮皇帝，還得從真皇帝身上說起。」
真皇帝說的是光緒。
接著，胡金銓在電話裡就開了講。說：光緒即位之後，親爹醇親王奕譞一家子反而很受慈禧的氣。

有那麼一則傳聞，是李鴻章說出來的——醇親王病重的時候，直隸總督李鴻章推薦了個大夫登門看診，老醇親王推阻再三，就是不讓那大夫把脈，最後，歎了口氣，同那大夫悄聲囑咐道：「你回去替我給少荃捎個話，就說太后『照顧』我，每天都差遣御醫來診視好幾回，藥餌醫單，悉自內廷頒出，我，沒有延醫之權啊！」

說完竟有泫然欲泣之態。大夫正準備告辭，忽然又聽醇親王說：「敢問：有壯盛男子，多所娶而不育，這到底是什麼緣故呢？」

大夫驚問：「王爺說的是哪位？」

沒想到醇親王當即淚如雨下，不能成言。好半天才豎起個大拇指，說：「今上！」

這段故事的玄機甚深——慈禧使了什麼手法讓光緒不能生育呢？從結果上看，光緒、宣統的帝位皆慈禧一言而決，光緒晚年歷盡殘酷非人的待遇，醇親王那「一指頭禪」裡的懷疑，不是沒有道理。

「我心裡想的第一場戲，就是那一指頭禪！」話筒裡的胡導演這麼說。

胡導演說的這個段子我隱約聽過，但是由於情節過於慘酷，說得慈禧西太后甚至為獨掌大權而長期暗中下毒而令光緒不育，如此辣手，聽來不只悚然，直以為禁中根本不可能讓任何人這樣壟斷操弄，於是一向不敢置信。

「老醇親王這話真假如何我不敢說，」我不忍拂逆胡導演的興奮之情，只好淡淡答道，「不過，小醇親王（按：即宣統的親生父親載灃）在光緒、慈禧相繼死後攝政的事，似乎和袁項城的關係更密切一些。」

他一聽就笑了，道：「你小子又在作那些餖飣文章了是吧？」

是的，他沒說錯，那是我生命之中最堪稱「浪費」的幾年。堪說是焚膏繼晷、夜以繼日地，我整個人泡在中古以後任何朝代的古典詩裡，說是浸潤學習，也不盡然是為了研究或創作，更不多心思是為了掌握詩歌的美學或技巧。稍稍具體一點的念頭，無寧說是常透過舊體詩隱晦的遣詞、用事，而一窺古人生活或生命之中許多潛伏的、隱微的、深埋而守藏的祕密情事。換言之：我是為了發現那些刁鑽字句裡最平凡庸俗的八卦而正襟危坐讀古詩的。

胡導演說得沒錯，我又在拆解那種除了窺祕之餘別無用處的字謎了。當時，我並沒有料想到那會是我們此生中的最後一次通話，只知道這位曾經享譽國際的大導演現在也只能在閒談中拍得一嘴好電影。坦白說，我心頭有很激盪的感慨，也泛起了很深的同情，可是我知道我幫不上一點忙。而他的每一個無邊無際的大計畫、大構想，都只能像一圈一圈不斷向外擴張並消弭的漣漪一樣，逐時逐刻消失在閒聊話題的盡頭。

可是，他卻像是看穿了我的生活、我的心思一樣，如此說道：

「你可以先看看袁世凱寫給你師傅的曾姑丈的兩首詩，」胡導演接著說：「袁項城不是個簡單的人物，你會懂他的。」

他說的「你師傅」，是胡導演打這通電話之前五年（也就是一九九二年）已經去世的歷史小說家高陽。至於「那位曾姑丈」，則是指曾經官居內閣侍讀學士、順天府尹、漕運總督、河南巡撫，乃至四川、湖廣以及直隸總督的陳筱石。高陽學問淹貫，家世也相當顯赫。清中期以後，浙江仁和許家不只世代簪纓，透過姻親關係所締交的閥閱門戶也不勝枚舉，陳筱石制軍其一也。

第五話

詩詐

〈寄陳筱石制軍二首〉寫於袁世凱初隱洹上之時，接到這兩首詩的陳筱石可能會覺得很奇怪：這袁項城是想勉我？還是想害我？

武衛同袍憶十年，光陰變幻若雲煙。
敏中早已推留守，彥博真堪代鎮邊。
笑我驅車循覆轍，願公決策著先鞭。
傳聞鳳閣方虛席，那許西湖理釣船。

北門鎖鑰寄良臣，滄海無波萬國賓。
湘鄂山川謳未已，幽燕壁壘喜從新。
鳴春一鶚方求侶，點水群蜂漫趁人。
旭日懸空光宇宙，勸君且莫愛鱸蓴。

德宗升遐，西后歸天，清廷一變，朝柄在轉瞬間落入攝政王載灃之手。載灃有殺袁世凱以為光緒報仇的素志，有一天還召見了一向與袁不和的張之洞，詢問下手的機會。張之洞卻立刻跪地碰頭，連稱：「國家遭逢大故，不宜誅戮舊臣。」

袁世凱掌握了這個危及身家的訊息，立刻找上了英國駐華特命全權公使朱爾典（John Newell Jordan, 1852-1925），也就憑藉著朱爾典的掩護，袁立刻搭乘火車潛逃出京，躲到了他的親家——袁之四子克端的老丈人何仲璟天津的故居。當時何仲璟已經物故，其弟何頤臣暫時予以容留;直到朱爾典居間斡旋多時,算是保住了袁的性命,才有日後「洹上隱居」的一段歲月。

袁世凱號稱退隱,如何甘於在池中久蟄?這種「我將再起」的話是不能說、又不能不說的。不能說,是為了避免親貴疑忌;不能不說,則是為了試探與號召同其心、齊其志的儕流。於是他想到了一招:寫詩。詩以言志,有傾訴隱衷的傳統,尤其是經由詩句中「用事」(操弄典故)的技法,借古述今,引喻成義,讓那個特定的讀者透過對典籍所載故事的獨到體會,轉化成對寫詩之人的親切理解。袁的學力當然無法支應這種事,於是他身邊便少不了「二楊」——楊士琦和楊度。

前引的兩首詩大約就出於這「二楊」的手筆。第二首比較簡單,首句用《左傳.僖公三十二年》:「杞子自鄭使告於秦,曰:『鄭人使我掌其北門之管,若潛師以來,國可得也。』」末句則用了《世說新語.識鑒》裡張翰那個知名的段子:「張季鷹在洛,見秋風起,因思吳中菰菜、蓴羹、鱸魚膾。曰:『人生貴適意耳,何能羈宦數千里以要名爵?』遂命駕便歸。」這就把話說得很直白了:閣下如今身寄邊防大命,千萬不要輕言退隱啊!一個自己已經作態退隱之人,為什麼還要勸人進取呢?尤其是他所勸的這個人跟他根本不熟!

對照陳筱石的說法,更能見出袁世凱詩中的虛憍。陳筱石,名夔龍,光緒十二年(一八八六年)進士,歷任順天府尹,河南、江蘇巡撫,漕運及四川、湖廣總督,宣統元年(一九〇九年)任直隸總督兼北洋大臣。根據他的《夢蕉亭雜記》所言,他和袁世凱之於新建陸軍的交情,只有一次奉陪榮祿往小站陪同閱兵之際,算是一面之緣。但是在前揭袁世凱的第一首詩裡，竟有「武衛同袍憶十年」，圖將「十年前見過一面」之語，化為「十年來同袍不棄」之意，這是很狡獪的。

倘若依著寫詩之人相互酬答的慣例，陳筱石必須有所回應；然而，這的確很難響應。試看：袁世凱以既退之身，申勸進之意，把明明沒有什麼深交的關係，倏忽拉近為袍澤知己，關鍵就在第一首詩裡所運用的典故——頷聯「敏中早已推留守，彥博真堪代鎮邊」——袁世凱顯然要拖陳筱石下水。陳筱石本來就是一個老實樸厚、帶幾分固執傻氣的人，從多年後他大力擁護辮帥張勳復辟可知其「寧效愚忠，不合時宜」的脾性。袁之所以倩「二楊」撰詩相挑，就是要借力於這人的天真。

這還得從「敏中」、「彥博」說起。

「敏中早已推留守，彥博真堪代鎮邊」是〈寄陳筱石制軍二首〉之一的頷聯（第三、四句）。袁世凱拿這兩句詩中的于敏中、文彥博來自況，足令後人啼笑皆非，陳筱石不會看不懂，然而越是看得懂，越是笑不出來。

有清一代，大臣遭毒殺的傳聞很多。康熙朝理學名臣湯斌據說是被大學士明珠毒死的。乾隆朝的制藝名家管世銘（韞山）到處宣揚要彈劾和珅，卻讓和珅一黨的人給毒死。傳聞江南狂生龔定庵則是介入了貝勒奕繪和西林顧太清的婚姻而遭毒殺。林則徐則是被廣州十三行的人（一說姓伍者）毒死。至於于敏中，連《清史稿》都寫得極其曖昧：「（乾隆）四十四年，病喘，遣醫視，賜人參。卒，優詔賜恤，祭葬如例，祀賢良祠，謚文襄。」（《清史稿》卷三一九列傳一百六）故實：大臣死，有御賜陀羅經被的恩典；然而于敏中只是犯喘，卻賞下了陀羅經被，遂有「賜死」一說，于敏中也就只好奉旨服毒了。

于敏中不明不白死後一年，由於子孫爭產而暴露了于氏家財價值高達二百萬兩，乾隆甚至將于敏中的牌位撤出了賢良祠。至於于敏中究竟貪或不貪、冤或不冤，眾說紛紜；也有一個傳聞是說他無意間洩漏了代皇家撫養私生女的祕密而遭禍，顯然那「千古艱難」之際，是有可憫而不可告人之痛。這是袁世凱對陳筱石所做的自剖之一，彷彿他這個洹上釣翁也蒙受了御賜陀羅經被的不白之冤。

其次是文彥博。文彥博累仕於北宋仁宗、英宗、神宗、哲宗四朝，五十年間，身兼豪帥與良相，卻在耄耋之年，敗於和王安石、章惇不能兼容的黨爭之中。

所謂「彥博真堪代鎮邊」還有一層潛台詞在底下，也就是說：袁世凱除了以文彥博自擬之外，顯然也把陳筱石比作了狄青。當年文與狄分掌東、西二府，同執相權。文彥博基於不欲在主客觀形勢上造成狄青功高震主的聲勢，堅持讓狄青出鎮外藩。宋仁宗不能遠慮，只道：「狄青是忠臣。」文彥博則回應道：「太祖寧非周世宗之忠臣乎？」這話表面上險薄，其實內存忠厚，為的就是讓君臣兩造皆不自處於嫌疑之地。

正因用心深沉磊落，文彥博也才會在答覆狄青的詢問時留下那句看似挑唆，實欲防患於未然的警語：「無它，朝廷疑爾。」淺見者當然會以小人之心度君子之腹地懷疑文彥博有心屏擋狄青於中朝樞府之外，殊不知這樣減少猜疑摩擦，正是防微杜漸的君子之道。然而，狡謀之人卻正好利用這樣的語境來為難陳筱石。袁世凱的詩句說白了就是：「看看我這樣兒你就知道了：他們（按：指親貴朝廷）信不過你！」

狡謀之尤者，在於袁世凱非常清楚：陳筱石接到這兩首詩之後，是不可能張揚出去的。他自己當年手領光緒片紙之諭，卻拿到榮祿面前市恩，一夕之間摧毀了百日維新，也扼殺了光緒的生機。身為這樣一個在危疑動盪之際求生獵祿之徒，袁世凱太知道如何利用此一「不可告人的感動」——在他推想之中，能夠在滿朝才俊一空的情況下，以敦謹晉升大吏的陳筱石只消有稍許積極進取的野心，便不難加以籠絡，成為他袁某在京中的一副耳目。袁世凱的「二楊」師爺，大約就是透過對詩中典實所繫的兩位宰輔之推崇和惋惜，對陳筱石故示無限的恭維和祝福。

袁世凱卻不知道，從《辛丑條約》簽訂、兩宮回鑾之後開始，陳筱石已經注意到他玩弄權術的性格，《夢蕉亭雜記》裡就描述過，當李鴻章過世之後，袁世凱是怎樣為人做官的：「遂以疆吏遙執政權。一意結納近侍，津署電話房可直達京師大內總管太監處，凡宮中一言一動，頃刻傳於津沽。朝廷之喜怒威福，悉為所揣測迎合，流弊不可勝言。」

險詐人在敦厚人面前賣乖，竟未得逞——於是那詩句就顯得益發可笑起來。

這兩首七律裡面，其宛轉邃密的用意是一層，而其狡猾巧詐的動機是另一層，我像剝洋蔥似地一點一點推敲出來，覺得有一種在深深的隧道裡透見遙遠之處微微露出一點光明的欣喜，不意正是這樣，已然落入了胡導演的陷阱。我開始對「扮皇帝」三字有了別樣的體悟——「扮皇帝」當然不是真的當皇帝；果若為皇帝而不當真，則非一般人所謂的擁權自重之徒，那麼，胡導演想要讓我去揣摩的袁世凱，又是什麼樣的一個人呢？在近代國史上形象如此鮮明鞏固的一個人，還能有什麼新的角度去加以映照逼視呢？

一九九七年一月十四日，胡金銓導演遽爾過世。在葬禮上，人人紅著眼。除了排隊行禮如儀，坐著的、站著的，無不喁喁互道逝者未竟之功、長遺之憾。我也像是著了寂寞的傳染，流連不忍去，同許多電影圈兒裡相熟或不熟的前輩瞎三話四，才猛可發現成為一張巨大遺像的那個人居然有那麼多想幹而沒幹了的活兒。想幹而沒幹了的活兒一經全面比對揭露，給人的感覺就不只是可惜，甚或還透著幾分荒謬之感——我想：就算是再給胡導演一百二十年，他也拍不完想拍的故事。

「我想就是再給胡先生一百年，他也拍不完想拍的故事呀。」說這話的是個小個子，在給那張遺像行鞠躬禮的時候，小個子與我並排。我們並不相識，但是面前莊嚴的死亡讓隨機而遇的我們看起來彷彿一對老友。隊伍緩慢地前進，或一排兩人、或兩排四人，有的更多些，都算是一個致祭單位。我身邊這矮個兒接著忽然用一種聽得出生硬的口音問我：「我不是很熟悉這種場合的做法，先生你是哪個單位，我就跟你一起，這樣可以嗎？」

站進行告別禮的隊伍之前，我用的是「張大春工作室」的名義——在九〇年代初的幾年裡，我製作兼主持好幾個電視節目，會計告訴我：無論什麼開銷，都得報到公司的帳上，這叫蒐集發票。我一向不知道送奠儀可不可以報帳，然而當參加公祭之時，人家安排你上香，請問你屬哪個單位，開發票的本能便蹦出來了：「張大春工作室」。

我衝小個子點了點頭，並且順手掏出一張名片遞過去，說：「『張大春工作室』，可以嗎？」

那人雙手捧住，似乎十分意外，又似有更多的驚喜，連忙要掏名片給我，不意卻教司儀的呼喚打斷了：「『張大春工作室』，上香——獻果——一鞠躬——再鞠躬——三鞠躬，禮成！」

不，禮沒有成。我身邊算是本工作室臨時員工的這位，竟然猛可朝前一步，趴下身去，深深地、緩緩地、有如虔敬之極地對著微笑中的遺像拜了下去，額角貼伏地面——所謂頂禮——之際，口中還咿咿唔唔吟哦起來。這個突兀的動作使我相當尷尬。我並不想跪拜，而一個忽然算是我的員工的傢伙當眾行此大禮，我總感覺要為他執拗的敬意或者瘋狀盡點兒什麼責任，於是只好愣著、杵著、等著。這位矮個子立時成為焦點，吸引了所有在場之人的視線，連帶地我也遭殃，像是牽了頭特別調皮、不聽使喚的寵物，進了獸醫院。原本該悲戚、起碼肅穆的場合居然點綴出了荒謬的趣味。

小個子行完了他自己的那套禮，站起來朝我一攤手，像是咱倆早就商量好的這一幕，我卻似乎絲毫沒有反抗的能力，順著他手掌指示的方向，從廳堂的側門就出去了。當我再一回身，他的手上多了一張名片，十指密捧，恭恭謹謹遞上前來：「張先生，這一次我來參加胡導演的告別式，也是特別來想見你一面的。」

名片上黑大光圓四個正楷字體居中：藤井賢一。

「有什麼事嗎？」我問。

「關於胡先生生前的一個拍片計畫，胡先生曾經同我說過：要向張先生您請教。」說著，他像是對著遺像一樣深深一鞠躬。

「是那個《扮皇帝》嗎？」

「呃——這個嘛，」藤井賢一遲疑了片刻，笑了：「《扮皇帝》也可以，《竊國風雲》啦、《護國記》啦也可以，什麼《南國之冬》也可以，最不重要的就是名字。計畫是有一點改變了，是的。我們可不可以談談呢？」

「現在？在這裡談嗎？」我回顧一下靈堂，裡頭正在獻果的是香港來的媒體人李怡和金鐘。

「只要張先生有時間，現在談也可以，我們再約一個會也可以。」

「老胡死了，我是沒有興趣再給人寫本子了。」我收起了那張名片，掠過一個無關緊要的念頭：這名片上的正楷頗有碑體的底子，還真是一筆好字。

藤井賢一似乎早就料到我會這麼說，立刻道：「不不不，不是寫腳本，是提供一些具體的思維。」

「提供一些什麼？」

「一些具體的思維。」他堅定地再說了一遍。

老實說，我對於一轉念就變卦十萬八千里遠的那種電影發想會議已經倒足胃口。通常就是這樣的：一群抽著菸、嚼著零食、甚至喝著烈酒的漢子，圍坐在一間密不通風的冷氣房裡，晨昏不辨，朝夕不停，隨口胡謅一些帶著九成欺罔性質的奇遇或幻想，再把這些彼此原本無涉的段子用簡陋的情緒因果、或者比被雷劈的機率還低的巧合串連到一起，討論的人們在熱切而充滿誇張驚訝的氣氛之中誤以為這就是驚人的敘事藝術。我一想到這種場面，就覺得厭煩。而且，每一次我參加導演或編劇的告別式的時候，都覺得這種會議和他們的離世才有著不可切割的邏輯關係。

如此轉念一想，我更覺得和這個藤井賢一再談下去已經有對死者不敬的意思了，便不耐煩地說：「你對這種題材有興趣，請胡導演可能是找錯了人，跟我談更是浪費時間。」一面說，我一面朝庭院走去。

不料這小個子一竄身橫在我面前，一面伸手從上衣內袋裡掏出一方摺疊得整整齊齊的米白色信箋——一看就是胡金銓上一次參加東京影展時在神保町買到的寶貝，之後他再回到寄居的加州帕薩迪納，給老朋友寫信，總愛用這種仿毛泰紙的日製灑金箋。

灑金箋抖擻開，上頭是寥寥幾行：

> 賢一吾兄鑒：前信言及「扮皇帝」事，須從辛亥前後革命實務考察入手，非有具體之思維，不可得故事。弟即將赴台做心導管手術，諒能一晤。弟抵台北後再約大春，若能與兄見面詳談，可望於農曆年前打定初步預算。金銓。十一月二十三日。

胡金銓是老派人，不大用新式標點，所以引號「」很可能就代表著書名號《》——換言之，就是作品的意思。如果說「扮皇帝」是《扮皇帝》，那麼，這會是一部籌拍中的電影嗎？而另一個引人遐思之處是：明代正德皇帝的風流故事，老早就被一年前故去的李翰祥拍成了一部黃梅調電影《江山美人》，在我還是個孩子的時候，可以說是家喻戶曉、婦孺皆知的；

若說胡導演真要重拍此片，會是帶著一種追懷故人的心情而為之的嗎？這難道是他另一個沒有來得及實現的夢想嗎？

信的確是胡金銓導演的親筆，看信末所署日期，是他回國前不久寫的——甚至還可能是大導演在人世間留下的最後一封信函。

然而令我吃驚的是那引號裡的三個字：扮皇帝。「扮」字寫得很糊，又像「換」字，提手偏旁塗改過，又像是「火」字偏旁的「煥」字。說他寫的是「扮皇帝」，乃基於《江山美人》而顯得順理成章，理解起來並無不妥。若說原文其實是「換皇帝」，用來旁注於民國新成之時，袁世凱暗存復辟思想，後來還果然做了八十三天的皇帝，隨即「龍馭上賓」，雖說是鬧劇一場，但是與藤井賢一所說的什麼《竊國風雲》啦、《護國記》啦之類的名稱，倒也理路一貫。

至於「煥皇帝」，不但不為荒唐錯謬，「煥皇帝」還真有其人！而且，這個「煥皇帝」還真和「辛亥前後革命實務」有著密不可分的淵源。

第六話

呂公望心灰辛亥

章太炎被時人稱為「章瘋子」，陶成章則被章瘋子呼為「煥皇帝」（按：陶成章字煥卿）。不論是做學問還是搞革命，章太炎雖然持論甚激，卻總言而有據。他對陶成章的戲稱大約也反映了陶專斷自為的個性。

陶成章在民國元年（一九一二）一月被蔣介石親手狙殺於上海法租界金神父路廣慈醫院的事，雖然史述不免刪削，但是根據蔣的自敘，以及較早期的歷史檔案，都能推而揭之，還原本事——槍，的確是蔣開的。「制裁」了「逼死徐錫麟」、「詆毀先烈」、「喪心病狂、已無救藥」的陶成章之後，蔣介石即為了逃刑而辭卻滬軍第五團團長的職務，出走日本。

關於這一樁始終未能在法治上還死者一個公道的案子之所以發生，有謂革命黨內部之哄鬥所致，乃盛稱這是同盟會系統壓制光復會系統的手段；也有謂南京光復，黃興被推舉為大元帥，而浙軍不服，無奈折衝之下，遂以黎元洪為大元帥，黃興副之為調停，傳聞就是陶成章鼓譟發動的。

章太炎也於陶遇刺後發表談話，稱：「滬都督陳其美嘗與浙軍參謀呂公望言，謂致意煥卿勿再多事，多事即以陶駿葆為例。」的確，陳其美才剛在年前的十二月十二日，槍斃了鎮江軍政府的總參謀陶駿葆。以彼陶儆此陶，順理成章。

但是既然提到了呂公望（一八七九—一九二五），就不妨以這位親歷其境的人自己的文字為證以揭之。

呂公望是老革命黨，浙江金華府永康人。十九世紀的最後一兩年，他進過秀才補過廩，還當過三年塾師。偶然間讀到了壬寅年梁啟超編的《新民叢報》，激發出熱烈的革命思想，夤緣入紹興大通學堂，成為徐錫麟、秋瑾的同志。

光緒三十三年（一九〇七）七月六日，徐錫麟發動安慶起義，在巡警學堂畢業典禮上槍殺巡撫恩銘，隨即在第二天殞命。此案當下便牽連了秋瑾，於七月十五日在紹興古軒亭口被砍了腦袋。這個時候，呂公望已經是陸軍軍部速成學校的學生，之後又經遴選，送往日本士官學校的炮科深造。呂公望有一篇簡述生平的文章，後來收錄在《杭州文史資料》第四輯之中，由編輯命名以《呂公望先生自傳》問世。文中透露不少江、浙當地革命的祕辛。

從出身派系的角度來看，呂公望算是「光復會」系統的人馬。但是早在一九〇六年間，他就已經「對光復會很灰心」。為什麼呢？《自傳》如此寫道：「我主張到軍隊裡去運動，秋瑾主張利用亡命之徒。後因所用非人，秋瑾的主張沒有收到效果。」此外，秋瑾還主張每個光復會的會員交出十元英洋來打戒指，戒面上鐫以「光頭復腳」的一個怪字來當表記。什麼是「光頭復腳」呢？就是把「光」字的頭四筆和「復」字的末三筆，上下相疊，合成一個新字，念作「光復」。看來秋瑾這主張還是不脫小孩子扮家家酒的天真爛漫之氣，但是這讓一向以為「不革命則已，革命就不能離開軍隊；離開軍隊，此後無事可做」的呂公望為之深深不安了。

日後，呂公望是在保定看報紙得知徐、秋犧牲的消息。當時他正和另外三十九個浙江青年——其中包括蔣介石——同船共赴天津、復轉保定，參加陸軍軍部速成學校的招生考試。其間道經上海，呂公望和幾個比較熱心的同志還上《女學報》去見了秋瑾一面。秋瑾的臨別贈言是：「你們一共有四十個人，今日就有這麼多同志，我真興奮，但現在時局很緊，萬一有機可趁的話，我很願你們都回來，可是我有要緊的事，要回紹興去了。」

這是秋瑾和呂公望等人留別的話，也是一次永別的贈言。

呂公望看革命，有一個戰略觀點，那就是：「欲擁有力量，便不能離開軍隊。」這個觀點，一直到民國成立以後，他都堅執不移。

徐錫麟因襲殺恩銘而死，遭剖心致祭的過程見諸報端，隨即又株連尚未舉事的秋瑾也橫遭大戮於紹興，引發了驚人的媒體效應。當時一直有傳聞：紹興太守貴福已經掌握了名籍簿冊，隨時可能一舉查拿新軍裡的革命黨人，在赴日深造途中的黨人不是沒有顧慮，像童保暄、林競雄等就有意潛逃，但是呂公望表示：離開軍隊，無事可做，生不如死。是這番話讓眾人隱忍下來，可也居然沒有發生令他們惴惴不安的大追查。

留學之時，呂公望入炮科學習，他形容自己「連星期日都不出去的」，反而趁著同學們例假外出的時候，專找字紙簍裡同學們遺棄的信件草稿，藉以理解這些人的政治傾向。一旦發現某人對當局不滿，或是表達過嚮往自由、民主的心跡，便一力攀交，使結莫逆，三年下來，吸收了二十三個同志。這裡面有一個廣西人，叫陳以祿，由於個性激烈，很發揮了些凝聚黨人情感的作用。

一九〇九年，這一群士官生畢業了，按例由浙江送出門的學生，就得回浙江投軍，但是陳以祿另有想法。他和何遂、王勇公、楊增蔚等人一直認為：革命不應該只發生在「中心地區」，一朝風雲色變，若要神州大地各個角落都能桴鼓相應，邊省必須有人、有槍、有言論。陳以祿也跟呂公望說：「人人逐鹿中原，雖豪傑不能自樹立耳。虯髯故事你是知道的，那有先見之明的道士說過：『此世界非公世界，他方可也！』這話我們應須體會。」

這番話顯然深深打動了呂公望，他還是依律回浙江八十二標第二營報到，隨即辭職，準備到廣西去施展；所辭不能照准，他就搭海輪溜了，同行的，據說有三十條好漢。

這些人不是準備「投軍」，而是要自辦兵營、軍校，還風風火火地設置了幹部學堂、兵備處，計畫到蒙古買馬匹，還一連辦了三份宣揚革命的報紙，分別是《指南報》、《南風報》和《南報》，辦一份、禁一份；禁一份、辦一份；每份報的銷量從兩千份到四千份不等，按照識字人口來看閱報率，算是相當熱門的媒體了。

何遂在宣傳革命的時候曾經因為一時激動，要學生以跳天橋的行動來宣示獻身革命的決心，還真有學生跳下來，當場摔斷了腿骨——那摔斷腿的始終覺得納悶：怎麼前面帶頭跳的那人沒摔出毛病來呢？帶頭跳的是陳以祿，他原本練過幾天莊稼把式，落地扎樁，還贏得了滿堂的喝采。

在這段期間，兩廣總督張鳴岐忽然間對革命黨人表示了極大的善意。有一天，這位制軍大人毫沒來由地請了幾個素以鼓吹革命著名的中級軍官吃飯。受邀的楊增蔚是兵備處處長，陳之驥是陸軍小學堂堂長，席間張鳴岐向黨人故示親近，掏出身藏的短槍，慷慨陳詞，說：「我是贊成革命的，隨身帶著槍，將來有大事可舉，隨時派得上用場。」說了還不算，把槍交到一個平素輕狂自喜的尹昌衡手裡，尹昌衡毫不猶豫，連放三槍，當場打破了兩塊玻璃，張鳴岐一噱而罷，絲毫不以為忤。席間且饋贈各人以紅綢包裹的安南刀，還請了歌妓佐觴，盡歡而散。

回到陸軍小學堂裡，不勝酒力的楊增蔚對呂公望說：「我今天得了四樣寶貝，太快活了！」

「什麼寶貝？」呂公望問。

「第一寶是一把安南刀，第二寶是一張岳飛像，第三寶是一名美妾，第四寶是得到張大帥這樣一位大同志！」

呂公望一看他這神情就知道：事情壞了！

「借助於既成勢力」看似是革命黨在一路發展過程中的必要之惡。如果楊增蔚能冷淡觀之、冷靜度之，不會看不出來，得自張鳴岐的所謂「四寶」根本是廉價的收買和空洞的允諾，去梁山泊式之「投名狀」遠矣！

張鳴岐本來就極狡獪，從一年之後對於辛亥革命的反應可知。武昌義旗一舉，兩廣隨之震動，廣東的民軍立刻攻占了香山、新安，並與惠州民軍組成聯合作戰部隊。在那個時候，廣東諮議局的士紳們遊說張鳴岐宣布獨立，以免老百姓徒遭兵燹之苦。張鳴岐一口答應，殊不料沒過幾天，湖北方面戰事膠著，傳聞革命軍落於下風，張鳴岐立刻翻臉，封了廣州城門，準備負隅頑抗。

在那個節骨眼上，反倒是革命黨早就滲透動搖的另一股「既成勢力」穩住了陣腳——分領一支部隊駐守虎門的李準，居然在當地炮台升旗誓師，廣東諮議局因之自行宣布獨立，卻還是「推舉」張鳴岐為廣東都督，張鳴岐嚇得跑了。

這一節在日後發生的鬧劇，一方面顯示了末代滿清的封疆大吏之無擔當、無節操、無信諾，亦無審時度勢的眼光，可是卻有絕佳的機會在舊朝新黨交替之際占盡一切資源和便宜；另一方面也說明了「借助於既成勢力」根本是革命黨人內化極深的一個思維邏輯。他們口口聲聲要建立民國，然而心心念念所想的，卻是如何順順當當地經由割據一省之方面大員「領導」獨立。兵不血刃而得天下當然是上策，為達目的而不擇手段的便宜行事也就為革命事業、民主價值、建國理想蒙上了難以磨滅的陰影。

尹昌衡逞其意氣，用大帥的手槍，發三彈打破會客室的玻璃窗，這的確激發了張鳴岐極大的迫切感，他亟需有更多信得過而又能治軍打仗的能人在身邊參贊機要，以便對付革命勢力。可是放眼神州，但凡是有一點新學新知新教養之士，無不親革命而遠朝廷，方圓千里猶如咫尺，就是沒有可用的智囊。實在不得已，他還是想起一個人來。此君雖不令人放心，但是處境窘困，勉可收降利用，他的名字叫蔡鍔。

世人所熟知的蔡鍔是在他羽翼豐滿，聲威震鑠之後一呼反袁而天下景從的一節。但是一九一〇年時，他差點身敗名裂。

梁啟超在長沙辦時務學堂，蔡鍔是這裡的學生。十六歲（一八九八）入學，次年即赴日深造，再過一年又追隨他在時務學堂的老師唐才常回國參加自立軍。失敗後再赴日本，入陸軍士官學校，他是在同盟會成立之前一年（一九〇四）畢業回國的，這個年份很重要，只要不過分積極活動，他過去參加自立軍的一切革命履歷都不會有人知道——因為他在二度留日的時候改了名字——即「鍔」；原先的「艮寅」已經如煙而逝。由於看似不涉會黨，朝廷便略疏所防，蔡鍔因此得以先後在湖南、廣西、雲南等省教練新軍。

前述他差點身敗名裂，就是初任陸軍小學堂監督的時候，包庇了一些用舞弊手段考進來的湖南籍學生——誰不照顧同鄉子弟呢？但是清廷早有明令：新軍應招收本省之人，即令各省多少對此都有所通融，但是一旦涉及就學機會之有無，便與一生的生計有關，當然要計較。事後，根據出身陸軍小學堂的廣西軍閥李宗仁回憶：蔡鍔包庇湖南子弟的情事不只此一端，甚至在考試內容上也明顯有所偏袒，這便引發廣西本籍學生的高度不滿，甚至爆發了學潮。張鳴岐看準這一點，把蔡鍔調到學兵營當營長，兼幹部學校校長，不久之後又接替蔣尊簋充任兵備處總辦，這就是廣西的新軍首領了。

對於原先擔任兵備處總辦的蔣尊簋（一八八二——一九三一）來說，情勢最為尷尬。他早年是杭州求是書院出身，光緒二十六年官費留學東京成城士官學校，爾後又進入日本陸軍士官學校騎兵科卒業，學歷完整。在留日諸生之中，以學行優異著稱，和蔣百里、蔡鍔並稱「南方三傑」。

蔣尊簋既是光復會成員，也是同盟會幹部，卻一向受滿清督撫——如張增揚、張鳴岐等人——的信賴。這種帶有些特意加賞的信賴有如雙刃刀，一方面可以提升他們在軍隊甚至政治場域裡的地位，一方面也容易引起同儕、同志間的猜疑。

張鳴岐大用蔣尊簋就顯然是動過機心的。他明明知道蔣學成歸國之後與徐錫麟很親近，徐錫麟辜恩刺殺恩銘被戮，蔣也受到當局的疑忌，於是一方面把蔣調來廣西，看似重用，一方面又在他不甚知情的狀況下，忽然逮捕了一名囂囂昂昂的革命黨軍需處長孔庚。

這讓蔣尊簋很下不了台——倘或他為了營救孔庚而和張鳴岐翻臉，是小不忍而亂大謀；

但他要是隨主官之見押人取供，則只能進一步深化和同志之間的裂痕。果不其然，一個和孔庚換過帖的王勇公在得知孔庚被捕的當天晚上，便抽出佩刀要找蔣尊簋拚命，還是呂公望把他給攔下來的。

呂公望硬著頭皮到蔣尊簋的辦公室跪求，蔣尊簋當下的第一個答覆是：「大帥（按：即指張鳴岐）明天早晨八點開軍事會審，說是要殺幾個腦袋給他們看看。大帥要怎樣辦就怎樣辦，我，是無法可想的。」

事態尚不須演變至此，呂公望也早已看出張鳴岐殺雞儆猴的用心，但是他明白：一旦除去了一個孔庚，接著再處置王勇公、楊增蔚等人就更方便了。這是各個擊破。順藤摸瓜多麼容易？只消軍中革命黨自己沉不住氣、互相洩漏就成了。

幸而蔣尊簋還是給指點了一條明路：一大早趁天不亮，去求見廣西按察使王芝祥。王芝祥（一八五八—一九三〇），字鐵珊，學不過舉人，官不過臬司，是個徹頭徹尾的滿清漢官，民國前從未參加過任何新潮的革命組織。但是此公卻極有風操，為人寬和，厚接士庶。比起「革命同志」蔣尊簋，他對前來跪求的呂公望的責備便慈悲多了。他說：「你們這群小孩子太胡鬧了！我不救你們太可憐；我若救你們更不知要鬧到什麼地步！」此言一出，呂公望心頭一喜——這便是願意救人的言語了。

王芝祥果然說服了張鳴岐不召開軍事會審，只把他看不順眼的王勇公、孫孟戟、楊增蔚和陳之驥逐出廣西，限期三日離開桂林。這一段波折橫生，會讓讀史者納悶：新軍之中的革命黨人怎能如此大意失算？追根究柢，還是不肯放棄「借助於既成勢力」的迷思；至若「既成勢力」之難以撼動，更遠非「這群小孩子」所能想像。

呂公望所幹的最危險的一樁勾當，是試圖「運動布置」一個巡撫的官職。

王勇公、楊增蔚等四人被逐之後一個月，呂公望也辭職離開桂林，取道上海，準備回浙江自己原先應該報到的部隊當差。話是他自己說的：「革命就不能離開軍隊！」

呂公望是浙江子弟，當初意氣風發地上廣西投軍，純粹是為了「走異路，逃異地，去尋找別樣的人們」（魯迅語），但已經違反了浙江留日軍校學生回省參軍的約定，是要受罰的。好容易通過人事關係，避免緝拿，到八十二標第二營任督隊官，又接到營長的口諭：「你每月只來領餉，不必到營辦事，也不必隨隊出操。」這是什麼意思呢？呂公望登時明白過來：人家已經懷疑他是革命黨了。

在這樣的環境之中，他還是待了九個月。直到留日的同學蔣作賓推薦他到駐紮石家莊的北洋軍第六鎮統制吳祿貞手下發展，才離浙赴京。蔣作賓還告訴呂公望一個來源甚為神祕的消息：吳祿貞有出任山東巡撫的風聲。

吳祿貞是光緒二十四年（一八九八）選送日本士官學校第一期習騎兵科的興中會老同志，參與革命的資歷比蔣、呂還要深。早年甚至還加入過唐才常的自立軍，反清的志力無人能及。呂公望一想，這是個絕大的好機會。

彼時，全國都在練新軍，目標是一省練一鎮（大約是後來的一個師的部隊，約在萬人左右），唯山東未練。倘若此議是真，當然還是為了派吳祿貞去練一鎮新軍。依照袁世凱練兵的傳統，總是在練成一支部隊之後，將原部隊拆散，再編新旅，如此新舊攙和，生熟相濟，乃為北洋軍擴充的慣例。

呂公望看到了機會，立刻透過書信往來，倪蔣作賓居間聯繫，還跑了一趟吳祿貞僦居之地：方家園。吳祿貞為人有燕趙風，不拘小節，披了件短衣、穿了雙拖鞋，就和呂公望談起大事來。他也不矯飾，開門見山地說：出任山東巡撫的消息是有的，但是慶親王奕劻要二十萬銀洋的賄賂，他拿不出來。

沒想到呂公望卻說：「今年三月底廣州黃花崗起事之前，南洋捐了一大筆款子，大事壞了，錢也沒用完，有四十萬的結餘，兩個月之內可以如數籌到。但是，有三個條件。其一，接濟買官的款子是革命經費，到任之後應該立刻開撫庫歸還。其二，到省後練新兵應以同志為主。其三——」說到這裡，呂公望停了下來，沉吟半晌，語氣一變，道：「第三恐怕辦不了，不說也罷。」

吳祿貞立刻接道：「這樣不好。你還是說了，咱們商量著辦。」

「陶煥卿你是知道的，他也是光復會的老人了，可是受徐錫麟案的牽連，成了欽犯。他——能入幕嗎？」

這的確是個難題。身為亂黨欽犯，就是在任何一地公開露面活動，都有極大的危險，更不消說要到巡撫衙門做幕吏了。然而吳祿貞想了幾分鐘，道：「可以入幕。你讓他把名字換了罷。」

呂公望站起身，對吳祿貞行了三鞠躬禮，道：「我佩服統制到極點了！有肩膀、有膽略、有辦法。我明日就動身回上海去辦這事，就在此辭行了。」

這一筆二十萬元的鉅款，由呂公望居中協調，果然從香港匯到杭州，再由杭州的同志李執中、王文慶千里間關，攜往北京。人和錢安然抵達的那一天是一九一一年陰曆八月十六日。這一天，武昌城響起了革命的第一槍。對盼望民國成就之人而言，這是爆竹一聲；對吳祿貞、呂公望而言，原本規畫已久的前程好景卻忽然給震碎了。

吳祿貞更不會知道：他還剩下一個月不到的壽命。

吳祿貞之死可以看作是民黨勢力內訌的一連串暗殺事件的開始。雖然一般公認是袁世凱為了阻止吳與山西的閻錫山會師合攻北京，因而買凶行刺。不過，受賄之人以及行凶之人畢竟都是吳祿貞的「自己人」。

辛亥年十一月四日，吳祿貞授署理山西巡撫，當天他就辦了一件像是造反的事。原來有一列載運軍火的輜重車由北京開往漢口，這當然是為前線馮國璋的部隊做運補的。沒想到車行經過石家莊，卻教吳祿貞給攔了下來，吳並且代替兩名副協統李純和吳鴻昌簽名，發出連署通電，警告清政府應該立刻停止作戰，大赦革命黨。並且強烈表示：他願意親身前往武漢前線，作為清政府與革命軍的談判代表。在這封電報裡，吳祿貞還明確地表態：應該立刻將在漢口狂殺濫燒的馮國璋調回北京，並且治主帥蔭昌之罪。

這一封通電措辭強烈，有「將士忿激，一旦阻絕南北交通，妨礙第一軍（按：即馮國璋部）後路，祿貞不能強制」這樣的話，根本像是弔民伐罪的檄文了。拍發了這封檄文之後，吳祿貞立刻乘火車到娘子關，在車站上與山西革命軍會商，談出一個「燕晉聯軍」的名目來，由吳祿貞出任大都督，閻錫山為副都督，兩軍的目標就是北京。

袁世凱當時正醞釀著復出，他很清楚：滿清王室不能傾覆得太快，一朝土崩瓦解，他便失去了居間牟利於兩造的機會。於是乃有「石家莊血案」——由段祺瑞出面找著了他一個安徽同鄉周符麟，此人剛因吸鴉片而被吳祿貞開革了第十二協協統之職，周符麟再花兩萬銀洋買通吳祿貞信之不疑的衛隊營管帶馬步周，在十一月七日凌晨突然掏槍射殺吳祿貞，還割下了他的腦袋。

這段期間，曾經試圖協調吳祿貞賄買山東巡撫之職的呂公望也沒閒著，而他曾經一力推薦入吳幕辦事的陶成章也有自己的憤慨。大約就在武昌槍響之後的幾天，呂公望應約到上海和李執中、陶成章、王文慶等人開會商談江浙響應之舉。沒想到陶成章開門見山就罵人：

「陳英士是一個沒有心肝的人！我五年來在新加坡等處籌來的款，約一百幾十萬元，給他做組織革命之用，現在我回來一查，都被他大嫖大賭用掉了。現在我再不與他合作了，聽說他託姚某（按，即姚勇忱，是呂公望在光復會的老同志，大通學堂系統出身）到杭州和你們接洽，我勸你們也不要與他合作。」

指控同志長期貪汙，這不是一樁微罪，而且呼號奔走如此，可見憑據確鑿。呂公望乃在回憶錄中有如下一段極有趣味的曲筆，勾勒出陳英士的嘴臉：「陳英士因陶煥卿（按：即陶成章）說他用了許多錢，革命毫無組織的話，陳英士想挽回面子，組織了一批流氓、伶人去打製造局（按：即江南製造局）失敗，被清兵押住，拿在局內。」

後來還是革命同志李執中見陳英士「還肯拚命，還不失為人，應當去救他」，這三句話字字刀筆，可見呂公望對於陶成章之於陳英士「大嫖大賭」的指控有多麼痛心了。那麼，究竟該怎麼辦呢？「李執中率領了各同志再攻製造局，上海光復，陳英士亦出來了。陳英士聯絡報館的人提議選舉都督，結果陳英士選上了，陶煥卿因此要打倒陳英士。」

呂公望的回憶樸實直質，不假雕飾，想是口述而成。口述其事，最容易在思路轉折之處見出回憶者對於材料的直觀判斷。陳英士的貪婪和虛矯，恰可以從呂公望的敘述次第中得見。

而呂公望，在革命的路途中，卻堪稱走一步失望一步。

絕大而顯得可笑的對比，是走一步卻懷著兩步希望的楊增蔚。他在獲得所謂的「四大寶貝」的第二天，挎著他的安南刀，捧著他的岳飛像，摟著他的美妾，自己穿就打扮了一身戎裝，也勉強有幾分像張大帥吧，算是四寶俱全，到街頭的攝影館裡去拍了一張照片，沖洗放大了不知道多少張，到處分贈友人。

對於一般人來說，這樣有如符咒一般的東西，受之無用，拒之非禮，只好唯唯以應，回家就「過化存神」了。卻有一張落在當時位居管帶的郭向天手中。這郭向天有個流落在京津之間的叔叔，不遠千里回廣州祖家來向親戚故舊告幫，郭向天問起這位族叔：即將駿業大展的，究竟是什麼生意啊？那叔叔一說是攝影館，郭向天就樂了，忙道：「我能資助您的，比銀子有用多了。」說著，連忙到裡屋去請出了帶刀的楊增蔚和美妾以及岳飛的合照，說：「老叔，這是大帥本人的照片，這就像是您攝影館的門神了；有了他在門口，誰還敢不賣老叔您的面子呢？」

楊增蔚的肖像就這樣流落到天津，北地老百姓在那段年月裡知道楊增蔚的人的，可以說一個都沒有，但是那一身軍禮服，配上高帽隆纓、帶勳章勳表，管他是誰，又誰不敬畏三分？

這裡就暫且打住，掉頭說回袁世凱家去。

袁世凱的二公子袁寒雲，在一樁誰也不知道緣起的糾紛之中，從特務手裡救過一個人，這人姓王。這人的孫子在打算找胡金銓導演合拍《徐光啟傳》的電影公司裡幹攝影助理兼打雜，已經很多年了。胡導演是老北京出身，由於接接送送認識了，聊得特別起勁。有一天無意間敘起舊來，這老王將當年袁二爺搭救他爺爺的故事說了一個通透，還說：「沒有袁二爺，就沒有我爺爺；沒有我爺爺，就沒有我，這恩情大了。」老王能想到的報恩方式，就是有那麼一個像胡導演一樣的人，能夠把袁寒雲袁二爺的那些個事兒拍成片子，給表揚表揚。

這應該是在《徐光啟傳》拍片計畫中道夭折之後，讓胡導演想起袁世凱這個題材的關鍵。在袁寒雲自己的筆記《丙辛祕苑》裡記載過：當時的步軍統領江朝宗是個特務頭子，要抓一個十幾歲的小孩兒——那孩子原先是天津日本租界一家攝影館的學徒。那是大清垂暮之時，袁世凱與慶王政爭失敗，放歸洹上，休養「足疾」。袁世凱特意找了這攝影館的郭老闆給拍了張《蓑笠垂釣圖》，取景中嶽嵩山，表示自己已經絕意仕途，一心歸隱。

那可不能用圖片背景作假欺罔，得真到嵩山走一趟。

一行人到嵩山拍照的時候，郭某還帶著兩學徒，其中一個就姓王。袁世凱看出這拍照的事兒其實玄機不少，很能大加利用。小照拍完，就把郭老闆和這個姓王的學徒留在府裡當差，日後袁家再發跡起來，多少張刻意流傳出去的照片，都是這一郭、一王師徒二人拍的。姓王的小徒弟後來就一直跟著伺候袁寒雲，也隨著這位袁二爺住在一個叫「流水音」的園子裡。

可是，步軍統領江朝宗持卷要捉拿這孩子也不冤枉——他本來就同情革命黨，仗著讀過幾年書，會寫幾行字，在報紙上投過稿子罵人，叫人給舉發了。江朝宗到流水音捉這孩子原本也是分內。

然而，袁二爺一向看不得江朝宗這般仗勢凌人的奴才嘴臉，登時抓著根拐杖，把江朝宗連帶著一幫偵探，全數掏了出去。老王的爺爺保全下來，幾十年歲月流逝，輾轉有了老王。

老王念念不忘要對一個在歷史上號為巨奸大惡者的兒子報恩，胡金銓當然不會為著聊這麼一段閒篇就拍一部電影；但是，藤井賢一卻不是憑空出現的，他也有往事，他的祖上也有往事，這些往事，在某個基於時間與空間的巨力沖積作用下，竟然亂針交織，粗具可以辨認的畫面。

此時，我還不能將藤井賢一與東三省在民元前後的時局史事發展聯繫到一處，但是他卻似乎早已經審慎而堅定地掌握了我身後的亂針圖案。我們在喪禮之後的某一天下午約在新生南路的紫藤廬茶館一間小小的榻榻米包間見面。他是習慣盤腿而坐的，我則始終跼蹐不安。才寒暄了幾分鐘，我的兩條腿就痠痛得要麻痺了，直到他忽然提起一個名字：

「薄無鬼。」他保持著低沉的聲調，說了第二遍：「薄無鬼——這個人，張先生應該是認識的吧？」

這就像某人忽然問你：「你認識令狐沖吧？」或者「你認識任我行吧？」我還沒來得及整理思緒，告訴他：這是一個在近代民間歷史著作裡面經常被提及的名字，但是作為一個人物——而非角色——的薄無鬼，我還沒有把握用「認識」二字加以敘述。

然而，我卻萬萬沒想到，藤井賢一卻立刻接著說：「那麼，我們就先從比較接近一點的人說起好了。王岷源先生，您應該聽說過吧？或者是王靜芝先生，您應該認識吧？」

王岷源，關外金州永江出身，曾經在清末民初的十數年間出任過不計其數的官職。民國成立，受知於張作霖，代理奉天省長兼財政廳長。王岷源一力提攜的一個本家後進秀異青年王鏡寰也曾經在張作霖入關前後歷任東北行政與財政要職，王鏡寰的二公子，就是我大學時代的系主任及經學通論、詩經、韓非子等課目的授課老師，靜芝先生。

「豈止認識呢！我是靜芝老師的學生。」

認真說起來，靜芝老師也是我虧欠最深的一位老師。

應該是本世紀開張之後不多久，我到處接著些電影公司編劇顧問之類的活兒，那是一段看起來我還相當活躍的時間，忽然長出了不少白頭髮。有一回應大學、也是研究所同班同學陳美妃之邀，到她任教的學校做一場文學本科生如何增加就業能力的演講。

昔年陳美妃對我一向不理不睬，我原本也不想應付。可是轉念再思：總是老同學了，歲月如梭，距離大學畢業已經要以一個十年、兩個十年來計算了，何不見見？就算是彼此驚看老態，也不為無趣。

果然，講座完後散步出校園，陳美妃先嘲笑了我的白髮，又向我禮貌性致謝，之後忽然面色凝重地對我說：「有一件事我不吐不快。」接著，她反而沉吟起來，好半天才半低著頭說：「應該說不是你的錯，但是我怪罪了你二十年，雖然你也不知道，可是我還是非常不安，總想跟你說說。」

當年在校之時，我和美妃雖然同窗六、七年，卻很少過從。尤其是進了研究所之後，我一直在報社打工，平日瑣事，不是撰小說，就是編劇本，甚至寫政論；行有餘力，才有一搭、沒一搭地準備準備學位論文。美妃所謂的什麼有錯沒錯、該罪不罪的事情，應該和我都無干係。但是，人家這麼鄭重其事地追憶起往事，即使有什麼誤會，我也只能暫作洗耳恭聽之狀。

「進研究所之後，我非常不諒解你。」

「我怎麼了？」

「我剛說了，不是你的錯。」美妃的神情堅定得近乎嚴厲，說：「是老闆。」

「老闆」一直是我們背後給靜芝老師的暱稱。

「當時我急於自立，只想進了所裡，可以兼一份助教的差，那樣生活壓力會減輕許多。可是，老闆卻一口回絕了，說他要把『位子』留給張大春，留給你。」美妃這個時候稍稍恢復了平靜而略無表情的面容，說：「沒有別的原因，只說男生比較不麻煩。」

上世紀七〇年代的最後一年，大學裡的系所主任的確還能夠堂而皇之地跟前來求職的女學生說：「你們女生太麻煩了，將來一結婚生孩子，系裡面的事就要一團亂……」這話，可以想見。然而，我所知道的原因還不只性別問題。

其實，應該就是在陳美妃去見靜芝老師之後的一、兩天之內，他請系上較熟識的老師打電話把我找了去。那是我第一次進入研究所的辦公室，但覺莊嚴寧靜，別有一種既讓人瞻慕、也讓人卻步的氣味。可是那一天靜芝老師根本沒有提讓我擔任研究所助教的事。他先問過我的里貫，問我知不知道張姓的堂號，還問了家中祖上所事，閒談無端，還說他的大哥本名也叫大春，而他的母親則與我同宗，也姓張。最後又問我進了碩士班學程之後有沒有什麼打算？有沒有什麼計畫？他的問話相當籠統，日後對照起陳美妃的話仔細想來，靜芝老師似乎並不以為我會對就任助教有任何異樣的想法。然而事實上，我早就答應進入當時號稱第一大報的《中國時報》副刊去兼一個編輯的差事。

「學術這條路是冷清的，」靜芝老師長歎一口氣，說：「我們這一代人不如你們運氣，一個大學可以念好幾次都畢不了業，那都是因為戰亂的緣故。而我們這一代人就算想要做學問，都開始得晚；有人甚至根本沒機會——

「你們這一代就不同了，你們做學問，與教育，有的是時間，但看發願如何而已——把這拿回去看看——」就在這個時候，他拿起了書桌邊沿上的一個銅缽兒，那缽兒底下壓著一本薄薄的小書，他抽出了書，遞給我，封面上印著毛筆字題簽《稼青叢稿》四個大字，作者伍受真。靜芝老師接著說：「教育不是天經地義成就的，教育是要有人能發願助人、救人的事業。」

那一刻，我覺得老闆的話真是老生常談之極，而那缽兒，金光晶亮的，真是好看！

第七話

社會居然有教育

民國人物還普遍保留了筆記寫作的習慣，這個習慣和晚近以「現代文學作家」為書寫核心，大量印刷、商業出版、市場運作以「結集成書」的思維是很不一樣的。

筆記寫作當然是一個很大的範圍，天文地理歷史政治詩論詞學街談巷議食單花藝可謂無所不包、無所不及。內容深刻獨到者、文筆清雅優美者，或者是作者另有不替之名而籍籍於世者，往往一部小小的、隨性的手札也被當作古典文學的翹楚而流傳著了。

但是絕大部分從事筆記寫作的人並非專業作家，他們只是慣性地視著書立說為此生思見付諸後世公斷的一個必然手段。大多數不能藉「孔門四科」之目以揚名聲、顯父母，浮沉於仕紳、庶民之間的讀書人，只好憑著幾枝禿筆，隻字點墨地述志抒懷。在清末民初生長生活的幾代人，往往因時潮沖刷、身世飄零，更具複雜坎壈的懷抱，也因此而多於筆記之作中留下冰炭滿懷的跡證。

一九六八年，台北中華書局出版了一本《稼青叢稿》，作者伍受真，稼青其號，江蘇武進人。書前小序有「旅台廿稔，刻書五種，敝帚自珍，蓋亦書生結習也」以及「文不足觀，惟紀人紀事，率以略有裨於文獻者為歸」之語，可見作者肝鬲。

這本《稼青叢稿》正是從前述五種著作中剔搜而成，有文錄十二篇，副以詩存、聯話、語剩等各一卷。在文錄中，有這麼一篇〈記先叔博純先生〉。若非此文，後人不易得知在民國之初，所謂「社會教育」這樣一個概念以及實務是在什麼樣的背景之下「不得已而形成」的；但是，即使為先人立傳而其書不能傳，似乎也在數十年後徒留惘然。

伍受真的二叔伍博純，本名達，字仲良，生於清光緒六年庚辰（一八八〇），也就是「民前三十一年」。大約是因為家道不好，五歲由母親開蒙、授以「三百千千」之後，便送進一個張姓大戶人家的私塾寄讀，雖然課業優良，卻在那兒受了些刺耳言語的委屈，說什麼也不肯繼續讀下去，後來輾轉跟著個叫吳德生的老儒學制藝，二十歲上就中了秀才。

在當時，這樣的成績算是夙慧英發了。但是伍博純童年時期受的窩囊氣並沒有消除，他對教育這件事有了不一樣的體會——在他看來，功名科考、科考功名顯然只是獵取個人身家地位的排他手段。除了在心理上開始同情康有為式的變法圖強之外，他更對新學有了興趣。由於秀才身分，勉可家給人足，他還和同里的三五友好合資聘請了一位日本教師，以手談的方式跟從受學，內容包括日文和數學、理化等科目。

這個經驗顯然讓伍博純感受到兩個面向：教育與功名是可以切割的，教育與每一個人都是不可分割的。在一個現代憲法國家，這不是什麼高深的道理，但是在朱門半掩的舊中國，這種基於對知識的好奇和分享所獲得的體認卻真可以說是鳳毛麟角。

這時我們會問：國民教育，不就是普設學校，讓每一個成長中的孩子都能夠均沾雨露，獲得知識的浸潤，並且奠定學習的基礎，不斷在人生的道路上開啟智能嗎？不過，伍博純的設想還多了一層：那些從來沒有機會受教育，卻已經捲進了大社會的變局之中，而且缺乏謀生和求知能力的成人又該怎麼辦呢？在新式小學堂、中等學堂已經廣為國人甚至官僚所注意的時候，若是根本沒有顧慮到社會上普遍存在的文盲，則下一代真能安心受教育嗎？這確是一位先知的視野。

用伍博純過世之後，中華通俗教育會北京分會所題的輓聯來形容，的確驚動世人耳目：

「社會居然有教育，國民永不忘先生。」

僅僅從伍博純早年求學的經驗上查考，便可以理解：那一代在青壯之年入民國的「小知識分子」，本身就處於一種不得不然、也不得已而然的速成教養環境之中。

如前文所述：五歲始由母親授開蒙之數而識字，到二十歲中秀才，這十五年間，伍博純還是在一種「對於科名並不重視」的心情、以及「科舉之在當時，早成強弩之末」的背景下從事學習。可是我們卻不能不驚訝：僅憑二十到二十二、三歲之間，與三五好友合聘日籍教師學習日文和數理的能力，居然編著了一本《最新文法教科書》，和一本《簡明藥典》。

雖說內容大部分取材自日文書籍，是一種「針對國情而改譯」的專著，但是能夠在上海兩家頗有規模的書局印行，公開上市，銷路還很不錯，這樣的成績，在今天受嚴密分流、分科、分系控制之教育出身的人看來，簡直是不可思議的事——文法學和藥學在今天的學術體系裡根本不可能畢集於學習者一身；更何況，伍博純之所以出版這兩本書，還純粹是因為在二十二歲上，由於用功過勤，病肺咳血，在家養病，而得暇以兼之的緣故。出版了這兩本看似風馬牛不相及的書，大約也為伍博純帶來了相當不惡的聲名，在一九〇三至一九〇六年之間，他已經可以出入桐城吳摯甫（汝綸）家，擔任西席之職，其「才學貴重」可知。

為什麼說能在吳摯甫家當塾師是不容易的事呢？吳摯甫是同治四年（一八六五）乙丑科進士，更曾在曾、李幕府多年，當過直隸州官，更重要的是他在任官之地都開辦了書院，親自登壇授課。辭官之後，還在保定蓮池書院任山長，光緒二十八年（一九〇二），還應張百熙之邀做過京師大學堂的總教習，是一個「舊學商量加邃密，新知培養轉深沉」的人物。

伍博純在教授舊學之餘，除了繼續自修日文以及由日文所負載的知識學術之外，還開始為上海《申報》寫專欄，並因文名遠播之故，在宣統二年（一九一〇）應聘為家鄉武陽（武進陽湖）勸學所的「總董」，大約相當於日後的縣教育局局長，在他任內，武陽縣增設了一百多所小學。然而，這只是他「發現」整個時代教育問題的一個開端。

想要謀一邦之長治久安、國富兵強，必須歸結於教育，這是積弱百年所帶來的痛澈之思。但是一般考慮教育為國族之知識力量奠基，多從近代以來的國民教育體系經眼入手，也就是懸望於孩童，務求確保新生國民普遍於成長過程之中不至於脫離教養機制，以迄獨立於社會。可是伍博純放眼所見，則總是那些從來就失學，即使廢科舉、廣學堂之後仍然沒有機會識字求學的廣大黎庶。

民國成立之後，伍博純原本有機會因蔡元培的提攜而在全國教育行政部門施展身手，蔡氏在中華民國元年（一九一二）一月，接受大總統孫文提名，成為民國以來的第一任教育總長，一月九日啟用印信，十九日通電各省頒發《普通教育辦法》，並電召伍博純赴南京幫辦部務。這個《普通教育辦法》的主要內容，除了進一步確認盡廢滿清時代的教材、教程之外，還頒發了中學以下的暫行課程標準，下一步——也就是伍博純即將推動的，是如何更有效率地掃除成年人裡的文盲；這種人，在數以億計的國民之中占絕大多數。

可是，誰也沒想到，伍博純生不逢辰，他半生繫念、與國本攸關的這樣一樁大事，居然被一場臨時發動的假政變完全斲喪了。

民國元年二月十八日，蔡元培、宋教仁被南京政府派為代表，北上迎接袁世凱至南京就任孫文讓出來的大總統之職，可是十一天以後，北京發生了兵變。說是一群洶洶其情、不受約束的部曲反對袁世凱南下，誓以兵事諫之阻之。這場鬧劇，卻是老袁自己發動的。看出來的人，都說不出來——因為沒有人能應付這樣一則居心如此深刻卻又如此淺陋的陽謀。

辛亥革命的成功，一夕而摧數千年帝制，不是值得大慶幸之事嗎？

伍博純是這樣說的：「辛亥革命，不當謂之人民革命，而直當謂之軍隊革命。軍隊之所以革命，則惟少數賢豪之主持，與夫報紙鼓吹之力量，而與多數人民之智識能力無與。故此次革命之成功，為極欣幸事，又為極危險事。」

說穿了，這「極危險」三字，說的還是《史記．酈生陸賈列傳》所記載的那兩句老話：「陸生時時前說，稱《詩》、《書》。高帝罵之曰：『乃公居馬上而得之，安事《詩》《書》？』陸生曰：『居馬上得之，寧可以馬上治之乎？』」政體雖然由專制一變而為共和，但是「事實上文盲遍全國」，且以一般的生活現況而言，根本不可能讓廣大群眾再接受正式的教育。

宣統元年（一九〇九），學部頒布《簡易識字學塾章程》，確立「簡易識字學塾」是專為年長失學和貧寒子弟之無力就學者設置的，有專門設計的語文課本和簡易算術，兩年畢業。第二年，光是江蘇一省就辦出一百四十九所學塾。

因為追隨蔡元培而失去大展宏圖的機會之後，伍博純並未懷憂喪志，比之於「簡易學塾」更上層樓，他在上海成立了一個「中華全國通俗教育研究會」，就設立於江蘇省教育會舊址。一同列名為發起人的不乏籍籍之士：蔡元培、宋教仁、張謇、馬相伯、林森、熊希齡、居正、吳稚暉和于右任等等皆是。

這個龐大而繁複的文明再造工程還包括了「通俗教育用品製造所」的組成。單從一件瑣事即可看出，伍博純的觀念之新穎、實踐之開明，非但在當時足可謂前不見古人，即令到了百年後的今天，亦不多見有相等器識的來者。

根據他的姪兒伍受真的回憶，說的是武昌起義前不久，伍博純忽然對伍受真說：「我很想叫你和治白（伍博純的長女）將來都去做舞台劇的演員。」伍受真回憶道：「他怕我不懂，又解釋著說，就是去做戲，接著問我願意不願意？我當時聽他這樣說，心中很詫異，怎麼叔父會要我們去做『戲子』？……他又說，戲劇可以移風易俗，是推行社會教育的一大工具。」

「中華全國通俗教育研究會」在各地設有分會，經營內容包括興辦補習學校，舉辦通俗演講，創設閱報所、巡迴文庫，也成立圖書館，發行白話報，改編戲劇唱本。從今日的眼光視之，這一切都冠以「通俗」之名，似乎鄙俚不堪，難入格調；可是就當時的國情人事看來，非如此不易喚起大多數文盲的學習趣味，也不易引領成年之人在實用目的之外親近文化活動，以成風尚，以見理想。

但是就在民元、民二兩年裡，這種幾乎全靠熱心人士贊助才得以在全國十多個省分維持下來的會所，卻因為宋教仁的遇刺而停擺了。

我們今天看宋教仁遇刺案，疑雲重重。大多數人皆直指袁世凱為嗾凶行險之巨憝，也有的陰謀論指此為國民黨內鬥而嫁禍於袁，主謀實為陳其美（英士），獲利的則是孫逸仙。通常陰謀論是一種基於目的論而成形的假說，凡事以後果決定動機，故可謂「上帝給人類創造鼻子是為了方便架眼鏡」。這種設論經常靠不住，原因在於對其事「後果」的誤判。宋教仁之死實則並未真正為國民黨帶來「以悲憤形成團結」的力量，卻讓黨人灰心喪志到極點。其惡果由第二年（一九一四）國民黨之「大倒退」式的改組可知，使準備順利執政的國民黨回頭變成「中華革命黨」（直至一九一九年再改組為止），根本上只是在以重返暗殺和暴力革命為不得已之號召，以便提振「宋案」所導致的隳頹無賴之氣而已。

「中華全國通俗教育研究會」大受影響的原因是：沒有人再捐錢了。原本有錢也留心教育的人士出國的出國、關門的關門，誰還在乎這惡濁無明的國度？

清末多方面的新舊交替使得傳統倫理在接受重大衝擊之餘，也有多方面的反撲，許多革命陣營的新派人物身上也不得不披掛上看來陳舊卻令人怵目驚心的甲冑。

比方說，十六、七歲在杭州「求是書院」就讀時就被知縣方雨亭許為「中國之寶」的蔣百里，夤緣結識梁啟超之後，通過當時早稻田大學的校長大隈重信（後為日本首相）的介紹，終於得到特許，和蔡松坡、蔣百器、張孝準等一同入學，為中國近代的軍事教育注入了決定性的力量。

相傳蔣百里在十六歲中秀才之前一年，就有過一次轟動鄰里的孝行。他的母親生了一場大病，迫於家道貧寒、饘粥不繼的窘況，根本沒有延醫診治的能力。蔣百里萬般無奈，只好效法古人割股療親的故事，在自己的手臂上割下來一塊肉，煎湯作藥，居然把母親給治好了。這事大約也對於後來他能夠成為書院月考的高材生有些影響。除了蔣百里文章捷秀之外，學官對其人格聲望之厚加青眼顯然亦不無干係。

伍博純也有這樣的一番際遇，不過在他身上，這提供人肉治病的是他的妻子徐氏。當時伍博純只有二十二歲，還在和三五鄰里友好合聘一日籍教師補習新知的時候，一說是由於用功過度，病肺咳血；於是徐氏夫人瞞著他，焚香祝禱之後，割了手臂上的一塊肉，煎湯和藥以進。伍博純吃了這藥，居然和蔣百里的母親一樣，很快就痊癒了。

蔣母日後如何，史料不煩細載。伍博純卻在吃了人肉湯藥之後的十二年又犯了病。這一次是應吳稚暉之請，出席教育部召開的國語讀音統一會。伍博純之所以能應邀，是因為他在前一年裡在各地發展「通俗教育會」贏得極大的名聲。伍博純本人於國音統一問題原無半點興趣，然而，和他共同籌組「通俗教育用品製造所」的一個朋友（其實是個生意人）卻提醒他：你若不趁此機會北上找些達官貴人籌款，「咱們也通俗不下去了！」

這可是一語驚醒夢中人。伍博純一到北京，便展開了密集的拜會和宣傳活動——包括舉辦當時北方各界都很喜歡的「討論會」。

民主之於近代中國之第一啟迪便是「講話」！許多人也許就是受到了一場慷慨激昂的公開演說之刺激，搖身一變成為拋頭顱、灑熱血之革命追隨者；反過來說，也有人不惜以頭顱熱血之拋灑為代價，換取一場慷慨激昂的公開演說之機會。人們著迷於演說、熱愛著演說，也對於在演說中能夠掌握修辭、發揮情采、辯理清明、思致綿阡者，產生無比的崇敬。籌款募捐，往往也要靠這一套。在奔走演講了幾個月之後，人們對於伍博純有了相當深刻的印象：「他真會講！」

伍博純卻在預定南返的前一天大量嘔血，十二年前的舊疾復發，不得已，被送進了一家日本人開設的「川田醫院」診治。不過上海通俗教育總會方面所關心的是「經費無著，勢將解體」，以及「盼速南旋，以維殘局」。等到徐氏帶著六歲的兒子來到北京見他之時，雙方都知道這是最後一面了。民國以來第一個主張社會教育的先知就因肺結核死在北京，享年三十四歲。

前揭「社會居然有教育，國民永不忘先生」雖然是一副知名的輓聯，但是所言不確——大部分的人在不到一百年間就忘記了伍博純，倒是另一副他的同鄉胡均的輓聯寫得淒惻而準確：「事不可為，賈生以是憂憤；語乃成讖，李賀畢竟嘔心。」——伍博純北京行前的確說過：這一趟若是募不成款，就來給我送葬罷。果然！

有關伍博純其人一生之言行，我在一九七九年十月初草成此稿，在當時臺靜農先生所親授的「治學方法」課程中提出口頭報告。那是我進入研究所之後第一篇與課業有關的文字。臺老上課的風範獨特，他並不怎麼講授治學應該用些什麼方法，大部分的時候，他老人家就是閒說些從晚清到民國之間「老輩兒學人」家長里短的小故事，特別側重於表現在那學人文章之中讀書和擬題的習慣。

我的報告稿原本沒有什麼學術價值，因為從那時候起，我就不怎麼會寫學術文章，會以伍博純為題目，根本是因為靜芝老師給的那一本《稼青叢稿》就在手邊，我又看得津津有味，尤其是關於「講話」的力量那樣的論述——當我寫下「民主之於近代中國之第一啟迪便是『講話』！許多人也許就是受到了一場慷慨激昂的公開演說之刺激，搖身一變成為拋頭顱、灑熱血之革命追隨者」這樣的句子的時候，內心實在是無比激動的。

我甚至會有一種錯覺：我已經當場聽到了伍博純演說提倡通俗教育的號召。再有，就是伍博純鼓勵子姪參與戲劇演出這種事，也令我覺得不可思議而備受感動，那不只是一種知識開明、人格開通的表現，也具體地展露出一種打破俗見迷思的勇氣。好像真讓我體會了靜芝老師所說的：「教育不是天經地義成就的，教育是要有人能發願助人、救人的事業。」

倒是臺老，竟然在這一段落的文稿上密加圈點，不但稱讚了我兩句，還說：「近世人寫文章，喜歡用注子，一句幾個注，一篇百十個注，走一步、跌一跤，看得煩死人。你這一篇文字一個注子沒有，好得很。不過，要是能把王曉峰槍打鄭汝成的演講把來做個旁證，倒也是不錯的。」

臺老的意思似乎是要提醒我：即使能夠不用注解就盡量不用，以免破壞了文氣；但是，有些不能省略的典故，雖然枝節蕪蔓，但若能夠有力地聲援論點的話，似乎還是要想辦法融入正文。王曉峰殺鄭汝成的事件，的確可以解釋「民主之於近代中國之第一啟迪便是『講話』」這樣的主張。

一九一五年十一月十號，是日本新天皇的加冕登基之期，非只東京有盛典，日本之各駐外使館也要舉行慶祝活動。而身為袁世凱所任命的上海鎮守使鄭汝成，也要以地方長官的身分前往日本領事館祝賀。

在此之前，也就是眾所周知的「二次革命」期間，鄭汝成曾經率領優勢的海軍兵力，把進攻製造局的革命黨人陳其美打得落花流水。此仇不報，陳其美幾有不能在革命黨陣營中立足之慨。於是，他親自主謀，研究了鄭汝成當天前往日本領事館的行進路線，以分進合擊之勢，構畫了五條彼此交織的狙擊路線，最後將鄭汝成的座車逼上了交通極為擁擠的白渡橋。受陳其美所指使的刺客王曉峰、王銘三、孫祥夫等多人合力圍擊，槍殺鄭汝成於通衢之上。這的確是民元以來轟動國際的一樁絕大慘案。此事，日後為了電影故事前來糾纏的藤井賢一不但也知道，並且十分在意，故而於此順便一筆帶過。

當其時，王曉峰衝進鄭汝成的車廂，近身連發九槍，把鄭汝成的心臟都打出了胸膛。刺客本來還可以像其他同夥一樣，在車陣人叢中從容逃脫。可誰也沒料到，王曉峰卻站在橋頭，慷慨激昂地發表了一分多鐘的演說，直到租界區的洋警察前來，持鐵棍打落了他的手槍，當場予以逮捕，隨即速審速斃。

王曉峰只是那一時代數萬萬被箝制了發言之權的沉默大眾之一，身懷一枝槍，而實欲口吐一席話，九發子彈打落一顆心臟，或許只是個必經的過程，這樣的人真正的目的，是「供世人喜怒」的片刻之言，必須不假他人唇舌，而必欲親口說出，哪怕僅有一分鐘也好。

藤井賢一跟我喝了不知續過第幾杯的曼特寧，依舊維持著拘謹和平靜，他的那種不動如山的氣質有一種潛伏的力量，似乎有意讓我從自己的生活回憶和文字創作之中爬梳出一個積極的想法，幫助已經成為在天之靈的胡金銓導演完成一部他原本極想拍攝的電影。

藤井賢一很有把握地告訴我：那部電影即使不叫「扮皇帝」、「護國記」之類的名稱，也決計不會是「華工血淚史」或「劉海戲金蟾」。他生硬的中國話聽來別有一種質樸、稚拙的說服力：「每一個人到了某一個時間，就會回去他以前生命過的某一個地方。我和胡導演的那個生命過的地方，剛剛好是重疊在一起的地方。你，也是。」

我搖搖頭，既表示不同意他的論理，也表示沒有這樣的事實。

然而，他繼續說下去：「我舉你一個例子罷張先生。伍博純過世的川田醫院，是我祖母的家族出資，讓我的祖父開辦的，這一所醫院後來由我叔叔繼承，我的祖父和父親才能夠回到日本繼續經營祖傳的事業。是到了我叔叔主持醫院的時代，川田也收容過薄無鬼。（說到這裡，他停頓了一會兒）有一點奇怪的說法是不是？薄無鬼？是的。薄無鬼，並沒有死在丁連山的手裡。胡導演很有興趣的就是這一點。為什麼丁連山放過了薄無鬼呢？這不是小說裡才會發生的事，這必須是現實裡才會發生的事。」

「你的意思是說：現實裡的確有一個丁連山，這個真實的人物並沒有像傳說中那樣出手斬殺了薄無鬼，而是把他悄悄地送到北京，還養好了他的傷？」

「這只是最表面。」藤井賢一把手掌向眼前平伸，彷彿手心底下就是那膚淺世界的邊緣。

「還有裡面？」

「不，應該說是『外面』！」藤井賢一難得地露出了笑容，說：「貴國成立了亞洲第一個民主共和國；成立這個國家的時候，有人看到自己的新國家，但是也有人看到的，是更多的世界。」

第八話

寫鸞箋，傳心契

汪辟疆的《光宣詩壇點將錄》最初發表於初復刊的《甲寅週刊》，當時是一九二五年，行文以水滸一百單八將為榜名，點評清末士林、文苑、騷壇詩家，有很多人被封以較次要的綠林好漢，頗不服氣，還會爭得鬧意氣、動肝火。此書列民國教育家嚴修（範孫）為「地劣星活閃婆王定六」，這是一個不怎麼高的地位，嚴範孫當時已經是六十五歲的老人，就算目睹這排名，應該也不會在意的。他是偉大的教育家，作詩並沒有「非如此不可」的熱忱。不過，名篇傳世，本不在多，偶有妙句，足為世徵，也往往出些佳話。

由於嚴範孫曾奏請光緒帝開設「經濟特科」，此為改革科舉的一大步，他還兩度東赴日本考察新式教育方法，引進中國，後來還創辦了南開學校，創設「嚴範孫獎學金」，資助青年學生出國留學。這些都是劃時代的大事。

有一次嚴範孫到歐洲考察，道經義大利，遊覽了在公元七九年遭維蘇威火山一夕掩埋的龐貝，留下這樣一首妙詩：「平生不入平康里，人笑拘虛太索然。今日逢場初破戒，美人已去二千年。」（〈遊古羅馬龐貝古城詩〉）

這位前朝的老翰林自有一番豁達襟抱和寬慈心胸，非等尋常那些個緬憶深憂、長吟痛哭的遺老。他的詩多有這樣一種滑稽突梯的趣味，因為他對詩的不莊嚴也反映在他對其他事物的冷雋和抽離態度上。像是嘲諷胡適之提倡白話詩，他會如此寫道：「五十為詩已最遲，況將六十始言詩。此生此事知無分，聊學盲人打鼓詞。」

儘管是玩笑，細讀這兩首詩，仍舊不難體會，作者能夠將個人一時之間、油然而生的小小感觸很自然地融入廣袤的歷史情境裡去。無怪乎汪辟疆在評注裡這樣說：「範孫通方之彥，尤負時望，詩亦淵懿可誦，在美時遊山諸作，駿快似東坡可誦也。」一連兩聲「可誦」，便知嚴範孫的詩的確是妙趣通俗。

對照於另外一種以古典詩詞寫異域風景的作品，〈遊古羅馬龐貝古城詩〉真是開玩笑。許多前往東洋、歐西留學的年輕人也能纖毫無礙地以吟哦諷誦異邦殊俗，於風土人情，留下了可觀的情采；一旦寄託起家國感慨來，就會沉重、沉鬱甚至沉悶得令人喘不過氣來。比方說王陸一寫過幾首〈朝鮮海峽贈同舟韓人〉，無論寓懷縱目，並無「外國」特色：「苦聽箜篌引，蒼涼喚奈何。連波侵海岸，聚鬼瞰山河。國已東其畝，公毋北渡河。至今箕子國，猶動黍離歌。」

這是一首音節鏗鏘、辭義嶔崟的佳作，隨手送給陌生的韓籍同舟之客，當然有些上國衣冠、霸才欺人的豪氣。不過，讀來不像是與外國有關，倒像是要把朝鮮半島收歸我之所有的企圖和感慨，還比較強烈些。

透過這樣的幾首作品做比較，我們就可以讀讀「足與易安（按：指李清照）俯仰千秋，相視而笑」（潘伯鷹語）的女詩人呂碧城了。

呂碧城（一八八三—一九四三）是在嚴範孫中進士的那一年出生的，於晚清詞人四大家（王鵬運、鄭文焯、況周頤和朱祖謀）之外自樹一軍，別為錦幟，稱其「三百年來第一人」者有之，譽為「近代女詞人中第一」亦有之。她在登上阿爾卑斯山之後，留下了這麼幾句「豪情直下驚千載」的句子：「十萬年來空谷裡，可有粉妝題賦？寫蠻箋，傳心契，惟吾與汝。」

這裡的汝，不是另一個詞人，而是山——就是女詞人腳下的阿爾卑斯山。

呂碧城的「鸞箋心契」只能寫給遙遠的「山靈」諦聽，不是沒有緣故的。她在九歲那年，就曾經由父親作主，和同鄉汪姓官紳家的孩子訂了親事。甲午年（一八九四）呂碧城的父親呂鳳岐因病去世了。母親嚴氏只是個填房，在呂家備受歧視，由於爭家產，還遭到呂氏親族教唆外人綁架裹脅。這一年呂碧城只有十二歲，卻能夠拈筆成文，寫了一封能讓人立刻聯想起救父緹縈的長信，給她父親的老同年、時任江蘇布政使的樊增祥（樊山）。藩台大人出面，呂碧城的母親很快就獲釋回家，可是當年議定的親事卻倏忽生變。汪家不敢娶這房媳婦進門了。

呂碧城母女無論在呂家、在汪家，都受盡了排擠和欺凌，其間恥辱，又無從對那樣一個社會裡的任何外人傾吐呼號。及至隨母親回外家寄食，輾轉赴塘沽投奔舅舅嚴朗軒，也受到相當嚴厲的督責；嚴朗軒則不知道這樣管束外甥女，將來是有報應的。這些遭遇，對呂碧城的人生和創作無疑都產生了不可磨滅的影響。她終生未嫁，甚至沒有發展過任何戀愛的關係，顯然與這童年時期的經歷有關。

到天津投奔舅氏，前後有六、七年，呂碧城已經有了相當多的詞作，最著名的那闋〈浪淘沙〉——也就是上片結於「人替花愁」，下片結於「花替人愁」，極空靈幽窅之致者——也寫於這個時期。然而，這位女詞人既不以婉麗為能，也不以孱愁為足，她更多的好奇和渴望是朝向諸般廣泛的「新學」而開啟的。

一九〇四年，她和嚴朗軒鹽務衙門裡一位祕書方小州的妻子商量著要結伴去天津轉往「女學」讀書。作風和想法都極端保守的舅舅當然堅決反對，在日後所寫的一篇論宗教觀的文章裡，她如此寫道：「瀕行，被舅氏罵阻，予憤甚，決與脫離。」

根據這番回憶所敘，呂碧城是在極為倉促的情況下，既無旅費、且無行裝，跳上火車之後，巧遇了一位「佛照樓主婦」，讓她於抵達天津之後至少有一個可以暫時落腳的地方——「佛照樓」是一所開設在天津法租界區的客棧，後來也曾出現在吳趼人的小說《二十年目睹之怪現狀》裡。

只有在小說裡才會出現的那種天外飛來的巧合再度出現，原先和她商量著要「同往探訪女學」的方小州的妻子在天津的住所是《大公報》報館，呂碧城就把這一段離家出走的經歷完整地寫入一信，向方君夫人說明。

這封信被當時《大公報》的總理兼編撰英斂之看到了，大加讚賞，親自接見，並且安排她和方小州的妻子同住，甚至還提供了一份襄辦編務的工作給她。接下來，呂碧城從一個「孤女」、「奔女」搖身一變，立刻成為天津文化社交圈裡一個炙手可熱的人物：「由是京、津間聞名來訪者踵相接，與督署諸幕僚詩詞唱和無虛日。」兩句話說來雲淡風輕，其中卻有相當值得玩味之處。這樣的「飛上枝頭」並不尋常，一個無籍籍名的女子，僅僅憑藉著一篇自述逃家經歷的文章，非但聲動詞林，而且立刻打入方面大員的官署文化圈，擁有了不可動搖的地位。

最奇怪的是接下來的一番周折。當嚴朗軒也聽說這外甥女逃家之後的下落，正準備追究——在當時，他是擁有這樣的權利，也不得不履行此一義務的。然而，就在此時，他卻因為另外一個案子遭到彈劾，驀然去職。接著，容留呂碧城「唱和無虛日」的督署主人——袁世凱——居然任命這個倒楣的舅舅幫助呂碧城籌辦女學。

這，不是誠心要嚴朗軒難看嗎？

袁世凱飭令嚴朗軒為他破口罵出門去的外甥女「襄辦」女學，這簡直是強人所難，幹了不多久，嚴朗軒就辭了差，回老家了。

這時的呂碧城才二十出頭，已經能夠藉由《大公報》上的文字，造成普遍的影響，包括舉國知名的革命家秋瑾——她也取過一個號叫「碧城」；據說就是因為有人在報端讀了署名「碧城」之文，鼓吹進步思想，疑是出自秋瑾之手，傳告之下，秋瑾也讀了，遂親自到天津請見。

一見惺惺兩碧城，秋瑾還在大公報館裡留宿了一夜。呂碧城回憶此事，描述得十分有趣，說報館司閽一接過上寫「秋閨瑾」三字的紅箋名片，看一眼這位身著男裝的女子，便高聲呼報道：「來了一位梳頭的爺們兒！」次日一大早，呂碧城睡眼惺忪地瞥見床頭的官式皂靴，登時嚇了一大跳，回過神來，才發現秋瑾正靠著床頭，開奩箱、對妝鏡、往鼻頭撲粉呢。這是一九〇四年六月十號的事，就在這一年的年底，中國近代最早的女子學校「北洋女子公學」成立了。支持她的，不只是袁世凱、英斂之，還有當時許多的社會和文化名流，其中也包括前文曾經提到的嚴範孫，他當時擔任的職務是直隸學務部總辦。

曾經於一九一八年與章太炎、蔣作賓在上海創立佛教團體「覺社」的陳飛公為呂碧城的詞集《信芳集》題評，其中有〈沁園春前小序〉，信筆寫道：「昨與寒雲公子夜話，泛及當代詞流，公子甚贊旌德呂碧城女士。」陳飛公旋即將《信芳集》「尋覽一遍」，立刻給了驚人的佳評，說她：「奇情窈思，俊語騷音。不意水脂花氣間，喜吾世見此蒼雄冷慧之才，北宋南唐，未容傲睨；今代詞家，斯當第一矣。」

這裡所謂的「今代」，也許只能看成是模模糊糊以晚清為範圍的一個詞，以後世視之，總令人覺得過譽；但是袁氏父子在不涉及任何非分之思的前提下，如此竭盡心力地提振呂碧城的社會地位，重視她的議題和論旨，以她所關心的教育人才之論為治國張本，這都是很不尋常的。民國肇造之初，南北角力的腥風血雨幾乎無時無之，呂碧城卻以她數年來所積累之聲譽、地位，躋身新華宮百僚之一，掛名諮議，但是所辦的公事大約還同當年在直隸總督府差不多，不外是與寒雲公子以及他的一幫清客——如易順鼎、何震彝、閔爾昌、步章五、梁鴻志、黃濬以及羅惇曧等人歌詩詠和。前述諸君一九一三年冬結社於北京南海流水音，被人稱作「寒廬七子」，有畫家汪鷗客為之繪《寒廬茗畫圖》，呂碧城是女界，稱不得子，但是有一闋〈齊天樂〉題詠此圖，署「為袁寒雲題」，可知親即的情況。

但是這一闋詞後來改動了三處。原先寫作「一泓空翠蓬壺境，重見漢家宮宇」的開篇，改成了「紫泉初啟隋宮鎖，人來五雲深處」。這兩句改得恰切，因為原語空泛，改後用的是李商隱〈隋宮〉詩句為典實：「紫泉宮殿鎖煙霞，欲取蕪城作帝家」，便讓讀者油然而生黍離之思了。還有三句，原作「鶯花無恙誰主？只天教賦予，平原吟侶」，顯然是「吟侶」二字似乎容易引起男女相悅之思，遂改成「鞓紅誰續花譜？有平原勝侶，同寫心素」，這樣一改，就顯得清淨多了。

至於原作結句：「風騷漫賦，且料理千秋，奇才休負。廿紀風濤，同舟滄海渡。」一個小毛病是重了「風」字；一個大問題是，詞意像是對寒雲提出一個興辦某種邦國大業的邀請。然而此前一年多，正是謠諑紛紜、喧呶不已地傳說袁寒雲主謀刺殺宋教仁的時候。呂碧城遂改作成這樣一個轉結：「低回弔古，聽怨入霓裳，水音能訴。花雨吹寒，題襟催秀句。」「題襟」，典出中晚唐詩人溫庭筠、段成式等人的《漢上題襟集》，指友朋唱和。對照原詞可知：呂碧城悄悄把袁寒雲從共赴一事之同志，降格為遙催賡詠的友人，其間差別，不可謂不大。

同為袁世凱賞識、提攜的女教師，呂碧城和她自己教過的周道如很是不同。周道如始終委婉順承，仰體旨意，呂碧城卻一直相當貫徹自己的主義。洪憲帝制大開歷史的倒車，也大開人民的玩笑，事在一九一六年。而早在一九一五年八月，楊度串連孫毓筠、李燮和、胡瑛、劉師培及「被具名」的嚴復，聯名發起成立「籌安會」，並於八月二十三日，楊度親手起草宣言，謂：「我等身為中國人民，國家之存亡，即為身家之生死，豈忍苟安漠視、坐待其亡？用特糾集同志，組成此會，以籌一國之安。」呂碧城便不辭而別，離開了新華宮，奉母至上海，非但專心研究英文，時間和精力都還能夠有相當的餘裕從事貿易。在她的詞集裡有一小則題注，是如此寫的：「先君故後，因析產而構家難，唯余錙銖未受，曾憑眾署卷。余習奢華，揮金甚巨，皆所自儲，蓋略諳陶朱之學也。」生活上講究，不吝糜費，且慷慨為言，不畏譏謗，這不僅在民國初年時少見，即使在今日，也很不容易。

一九二〇年七月，她如願得以自費旁聽生的身分進入美國哥倫比亞大學就讀，主修文學，還兼任著《上海時報》駐紐約的特約記者。兩年之後，由美歸國，曾經有一段短時期的停留——也就是從這一段時間可以看出：她的智慧、見識、性格已經隨著年事的成長，而有了演化式的改變，對於舊中國也好、新中國也好，已經不再有強烈的關懷和濃厚的興趣。一九二六年秋，她再度展開了更徹底的「逃家行」，取道美國，展開一段漫長而曲折的歐洲之旅，從英國到法國、德國、奧地利、義大利，甚至還選擇瑞士「建尼瓦」（即日內瓦）定居了下來。

呂碧城在此完全展現了作為一個中國人的各種「異數」。她如此親近機要，卻從未戀棧權位，更難得的是，視權力如敝屣很常見，視權力如敝屣卻不以此為詩詞怨悱淒惻之主題則很難。而呂碧城則根本不屑於在詩詞間雕琢這種「寒外熱中」的情愫。

這當然是因為她固有智慧得知：自己在民國政壇上蕩風鼓雲之力或可有之，可一旦進入了權力的糾結和攘奪，一個女人總不免淪落到「花瓶化」或「邊緣化」的地位。這一遠見讓「少小離家」的經驗煥發出積極而堅決的力量，她從天津舅家出走的行動便不斷擴大、重置，而豐富她一生的諸般知識、語言的學習，以及財富的累積，都讓她得以隨時得以棄家而走，天涯浪跡，去不復顧而了無牽掛。在古往今來的中國人裡，她是唯一的一個！

前文提及呂碧城有「因析產而構家難」的隱憾，其事很可能與她三十年反目成仇、不通音訊的二姊呂美蓀有關。她在一首〈浣溪紗〉詞的上半闋寫道：「莪蓼終天痛不勝，秋風萁豆死荒塍，孤零身世淨於僧。」這三句再清楚不過，首句說喪親之痛，次句述兄弟（實指姊妹）相煎之急，落句點出詞旨，澄明通透，無比酣暢，也無比瀟灑。

可惜的是，這詞還有下半闋，有了下半闋非填不可，呂碧城畢竟還是沒能掩蓋住內心受創的激動與憤忿：「老去蘭成非落寞，重來蘇季被趨承，不聞詈罵更相淩。」蘭成，是以庾信自喻其周遊流浪，蘇季是指「妻不以我為夫，嫂不以我為叔，父母不以我為子」最後卻「散千金以賜宗族朋友」的蘇秦，這些都似乎不違背呂碧城受親族排擠的事實，然而，讓她耿耿於懷的是「嫛」（姊姊）「詈」（詬罵）所帶來的永恆的創痛。

我總這麼想：如果呂碧城將此詞上下片對調，會留下怎麼樣的一個閱讀效果呢？也許她的毀家之恨會融化在寬恕之情裡面，但那絕非詞人生命的實況。高懸的倫理德目於空蹈而不近人情之時，便需要具備真情感的詩詞予以撼動！

一直有人疑惑：為什麼呂碧城的詞裡洋溢著委婉動人的情感，但是在最尋常的男歡女愛上，她卻始終心無所契而留下了一片空白的「蠻箋」？

細讀碧城詞，才能漸漸發現：這是一個除了憐憫與義憤之外，並無愛人的能力的詭麗心靈所留下的雪痕泥印。這種心境，可以從她「不得不書」的題材看出來——但凡是令她深刻感動的對象，都是身世或遭遇悲慘無倫，而隱約同她自己相彷彿的人。集中有兩闋詞，一闋是〈念奴嬌〉，一闋是〈無悶〉。兩詞取意都是她的一個學生潘連璧。據〈念奴嬌〉小序所述：潘連璧是呂碧城在北洋女子公學的幾百名學生之中最為優秀的人才，日後嫁給南洋華僑盧某，婚後不過幾年，夫妻相繼過世，身後遺子，尚在繈褓之中。

潘連璧，本來應該姓吳，是廣東珠江的大戶出身，幼年時遭家難，為潘氏領養。由於遭難時連璧年紀還小，成長後雖然微知事異，卻不得其詳。倒是呂碧城無意間從某廣東人處得知了故事，轉告於連璧，據說連璧聞之大慟。〈無悶〉詞過片處遂有：「舊事忍重記，記密語羅窗，乍傳哀史，惹梨雨千絲，玉痕淒泚。」而在〈念奴嬌〉上片之中，也有：「雹妒紅情，霜欺綠意，並作春痕碎。鬱金香冷，玳梁誰護雛壘？」既以哀人，復以自哀。

至於集中俯拾即是的代題悼亡之作，像是「為龍榆生君題《彊村授硯圖》」以悼念近代詞壇四大家之一的朱祖謀（古微）所寫的〈側犯〉、「為吳湖帆題悼亡妻圖冊」所寫的〈祝英台近〉等等，也多敷染著哀感頑豔的悲歎，這當然是詞之一體之能事，但是誠可以用她自己的詞句概評之曰：「感同調，斷箋妍籀銀鉤。」錢仲聯稱她為「近代女詞人中第一」也許不算過分，但是潘伯鷹說她「足與易安俯仰千秋，相視而笑」，就顯得誇張了。

在諸多傷悼淒惻之作中，還要屬這一闋〈長亭怨慢〉最為知名而神韻動人。開篇「又恨鐵、九州島輕鑄」八字，妙極、切極，深得詞之一體的含蓄隱微。原來這是傷悼她的長姊呂惠如之作。惠如早逝於一九二五年七月，適逢家中爭產族人大打官司，所以「恨鐵」的典故就顯得周洽而精切——此語轉出於《資治通鑒》卷二百六十五，羅紹威悔收朱全忠留魏，全忠揮霍無度，使羅紹威之蓄藏一空，羅遂有「和六州四十三縣鐵，不能為此錯也」之語。「又恨鐵、九州島輕鑄」則既點明財耗，復直指悔恨，怨情全收，確是健筆！

怨之所衷，應該還是惠如和碧城之間的美蒸，詞中一節：「綺窗閒對，算一局，全輸矣。誰攪剩棋翻？是裙底，雪狸歡呢。」用的是《酉陽雜俎》裡唐玄宗對局將輸，楊貴妃遂將康居國進貢的寵物小狗（猧子）放出，攪翻棋盤，亂其輸贏的典故。這是一種很深刻的咒罵術，透過精省的意象排比，讀者見識了機關算盡的爭鬥，體會了不盡公平的輸贏，也察覺了呂碧城以畜生罵人的功力。

幼年被逐事出無奈，然而能以「略諳陶朱之學」自詡，在十里洋場上角利致富，又刻意赴日旅歐留美，做十萬里飄洋渡海之壯遊，呂碧城在詞作之中的確顯得頗為自得，可是她也一再地以流寓於北地、寫出〈哀江南賦〉的庾信自況，如「老去蘭成非落寞」、「庾郎詞賦寫羈愁，去去故人長別」者，後世讀者大約也不需跟著嚼說這是詞人的幽懷深抱，所有的「國族隱喻」之於她而言，都是一個破敗的家庭、離散及失歡的骨肉的象徵。蠻箋上的心契很簡單，就是：家猶如此，情何以堪？

所以，呂碧城不知道如何去愛人？

聲稱呂碧城不知如何愛人之人，其實是只能從俗世的男歡女悅或夫婦家人這些層面上辨認情感而立論。實則呂碧城並不諱言這些，她的確剖析過，也說得相當明朗透徹。她說：「生平可稱心的男人不多——梁啟超早有家室，汪精衛太年輕，汪榮寶人不錯，也已結婚。張謇曾給我介紹過諸宗元，但年屆不惑，鬚眉皆白，也不太般配。我的目的，不在錢多少和門第如何，而在於文學上的地位。因此難得合適的伴侶，東不成，西不就，有失機緣。」

呂碧城不同俗世的格調在她生命的後二十年浮現得更加清楚。其根本原因之一，是經濟方面的。她在離開袁世凱的政府之後，奉母南下，苦習英文。一段時間之後，她不但有能力兼任上海洋辦報紙的記者，還由於投資外商百貨公司而累積了不少財富。

一九二四年，呂碧城二度遠遊，成為國際上知名的動物保護專家。她在巴黎宣揚佛教，兩年後定居瑞士，這些都是精思熟慮之後的行動。佛教教義裡戒殺好生的思想，成為她進一步發揮大愛的實踐基礎。她的行徑不但沒有國界可以劃限，她的用情也沒有物種的區分。

這，不能不說是在民國思想解放的大潮之下，一個更為恢弘的前驅追求。根據藤井賢一的種種暗示：胡金銓導演所試圖撥尋、整理的拍攝題材，就是在當時極為稀少、但是也極為堅定的一種人，他們的身分不一，有革命者，有教育家、報社記者，甚至還有武林人物……他們都具備超越國族的遠見，也都有拯饑救溺的決心。「民國」二字帶來的思想刺激，在這樣的人眼中，絕不只是國體和制度的改變。

藤井賢一說：「就如同你的靜芝老師說的話呀，要做發願助人、救人的事業。」

「一九二四年——」

我忽然特別注意到的，是這個呂碧城大步跨出新世界的年份，一九二四年。也就是民國十三年，靜芝老師八歲，胡導演出生前八年。這一年年底所發生的一件事，我居然有著非常清楚的視覺和聽覺的印象，彷彿我就在現場經歷了那一切，以至於描述起來，竟好像是捕捉回憶的一般。

這一年冬天，有著陽光的一個上午，剛被馮玉祥逐出紫禁城的廢帝溥儀暫時落腳在天津張園。有一群人哄鬧地穿過了陽光透蔭的庭院。

「鬥上了、鬥上了！」

「陳師傅、鄭師傅鬥上了！」

這班鬧鬧嚷嚷的人看來是穿著北洋戎裝的侍衛，領頭的人叫霍殿閣（而這個名字，我確信是多年之後導演王家衛隨口給起的）。

那一陣陣的哄傳之聲，引得（原先是張園遊樂場售票亭的）門房裡兩、三個太監和侍衛都跑了出來，朝裡張望。但是闖進來的這一群人腳步太快，追不上了。當他們跨過庭院的時候，眾人也隨之不約而同地止住碎語和喊叫，同時放緩腳步，收束成略似隊伍的兩列，安靜地繼續朝前走。

眾人雜遝的腳步聲在一條幽暗的長廊裡泛起巨大的回響，逐漸接近。我們聽到腳步聲的時候，只看見長廊盡頭是一個明亮的房間。門敞著，室內透出白電燈光。門外地上放置著兩個極大的衣箱。門裡是一張西式的理髮椅，上面坐著人。

我們接著看到溥儀的背影，他坐在理髮椅上。在這張椅子的左側，跪著一個身穿長布袍的青年。他是原本宮中的伶人，名字就叫永興。永興俯首在地，似乎在聽候吩咐。為溥儀理髮的人這時從溥儀的右側靠近，為他胸前圍上一張白布，並開始為溥儀梳理頭髮。

「你也要走了。」溥儀淡淡地說。

「奉皇上恩典！」永興前額叩觸地磚不止，仍然沒有抬頭。

長廊上的腳步聲忽然靜止，那群由霍殿閣率領的人在門外一丈之地停了下來。

「是朕虧待了你們。」溥儀說

「皇恩浩蕩！奴才這一去，掙死也要把身上的活兒——」

「不說這個了。」溥儀顯然從鏡子裡的反影看見了霍殿閣和他身後的那群人，當下昂聲道：「霍師傅有事嗎？」

霍殿閣上前一步，跪下行禮：「啟奏皇上：是陳師傅和鄭師傅的事。他們二位在躍華里已經繃了兩天兩夜了——」

「我聽說了。」溥儀先側過臉、垂下頭，衝永興道：「你好自為之。別當你這一行是作戲——說穿了，咱們哪一行不是作戲呢？」

「奴才恭領皇上的教誨。」

「你走之前上泰和那兒去辭一個罷，不定他還有什麼囑咐。」

永興再磕了一個頭，起身退出，提拎起門外地上的兩個衣箱。

溥儀則依舊維持著原先的坐姿，向霍歎道：「師傅們都一大把年紀了，還爭這口氣，萬一出個什麼岔子，誰能擔待？」

「請皇上下旨意。」

「誰走一趟，叫他們和了罷！」溥儀十分在意鏡中自己的模樣，略略撇臉、抬手，像是指示理髮匠該如何修剪他的門面。

「喳！」霍殿閣高聲應答，用背在身後的一隻手向外輕輕揮動了兩下，另一個侍衛悄悄起身，倒退著離開。

溥儀卻稍稍抬高了聲調：「朕要同你商量的是禁衛隊的事——你們好身手啊！」

「啊！」霍殿閣似有所悟，瞬間神色黯然。

接著，張園之內的另一座小樓簷下，泰和正在練拳。穿過庭院走來的永興放下了兩只衣箱。單腿跪落，朝泰和打千，道：「來給主子辭行了。」

「皇上那兒去過了？」泰和收了功架，擦汗。

「去過了。」

「說什麼來？」

「皇上要奴才好自為之，還要奴才上主子這兒來領教誨。」

「我先讓你看樣東西——」泰和說著，逕自跨過門檻往屋裡走，隨手從桌上的書裡抽出一張巴掌大的剪報。我們這時可以清楚看見剪報上的幾個大字「宣統帝施助善款待領」。

泰和將剪報遞給永興，道：「這是頭年裡《平報》上的一則消息——」

永興捧起剪報，逐字念道：「惟民國之政客軍閥坐擁鉅款，卻無一救濟貧民者，於此更可見宣統帝之皇恩浩蕩也。」永興念到這裡，抬頭，驚訝地說：「這、這、這不容易呀！這是說皇上的好啊！」

泰和微笑，含義深長地道：「皇上還在北府裡的時候，聽說老百姓沒飯吃，動了慈悲。不過隨手散了幾兩銀子，倒是掙了個滿采。這——你可看出什麼來了麼？」

永興高興地喊道：「皇上行好，普天同慶。」

泰和笑了：「那麼銀子發付完了呢？」

永興低頭沉默。

泰和帶著嘲謔的表情道：「銀子發完了就把咱們趕出來？趕進租借區、趕進大使館，趕出了北京、再趕進了天津，下回上哪兒去你知道麼？」

永興搖頭。

「所以你這一趟上南邊兒去，不只是演戲、教戲；還得辦點兒『皇差』。」泰和忽然側轉一步，附耳近前，說了些什麼。

就在這一刻，先前奉霍殿閣的手勢前來的侍衛在院裡高聲喊道：「皇上有旨意。」

泰和忽然抬高手，沒讓那院中的侍衛繼續說下去，而他仍舊維持著原先的姿態，把吩咐永興的話低聲說完，永興點頭。之後，泰和才慢慢轉臉衝那侍衛道：「是為了兩位師傅在躍華里賭鬥的事吧？」

「是。」侍衛靠靴高聲答道。

泰和仍然是一副詼諧笑臉：「要我走一趟？」

我們隨即來到躍華里。

一小隊侍衛引領著泰和從這條巷子的遠口向近處行來，一面走，侍衛們一面排開擁擠在巷子裡的老百姓，來到一所宅院門口。這宅子的兩扇大門是完全敞開的，在第一進的院落之中、東西廂房乃至於二進院落裡也站滿了看熱鬧的人。

我們可以發現其間還有不少穿著類似制服的中學生。大多數的人並不安分，除了簇擁著向屋裡伸頭晃腦地張望之外，還不時會發出紛紛議論。我們大概可以聽見幾句帶有天津口音的話語：「我看陳師傅快撐不住了！」「今兒再分不出高下，恐怕要出人命。」「誰見過這麼大本事，十三經也能背得下來？」「一字不落哪！」

當我們隨著侍衛以及泰和的腳步向院落深處移動的時候，這些嘈雜的閒言閒語漸漸轉弱，從屋裡反向傳出的則是兩個老人高聲朗誦古文的聲音。

泰和一面朝裡走，一面四下張望，像是在找什麼人。

人群的最前方接近第二進廳堂的院中，排放著大約四到五排硬板座椅，椅子上坐著受邀來觀賞賭賽的貴賓。有穿著日本軍裝的高級將佐之流，也有西裝革履、戴軟呢帽的政商人物，以及身穿傳統中國長袍的縉紳先生。

從側廂房簷下繼續前行，發現了坐在第一排外側的一個日本軍人也在東張西望。泰和隨即朝他走去。

這一瞬間，我們回到仍在理著頭髮的溥儀身邊，他仍背對著霍殿閣以及那一群侍衛。

「日本軍部派人來嚼咕，說你們出手殘忍，踢死了他們的幾條狗。」

霍殿閣磕頭，道：「回皇上：奴才不敢傷人。」

「朕沒有怪你們的意思。」溥儀緩緩地說：「軍部執意要押人問罪，咨文送到這兒已經兩天了，該怎麼處置？」

「皇上聖明。奴才們闖了禍，不敢逃刑；更不敢給皇上添麻煩，我們這就去軍部出首。」

「讓我堂堂大清國的禁衛軍為幾條狗償命？」溥儀激動起來：「朕是何等心腸？」

「奴才不敢！」

「說來慚愧得很，如今寄人籬下，居然連你們都保不了。」溥儀的肩頭微微顫抖著，使理髮師傅不能下剪，只好回頭看一眼霍殿閣。溥儀則繼續說下去：「你們散了班，出宮去罷。」

霍殿閣猛抬頭：「奴才等除了伺候皇上，別無去路。」

「江湖廣大，掙一個自由自在之身，哪兒不能去？」

霍殿閣愣了一下：「奴才駑鈍……不明白皇上的意思。」

溥儀接著從覆蓋在身上的白布底下伸出手來，指間捏著個信封：「你上太原跑一趟罷。」

緊接著，我們又回到躍華里。宅中兩位老者朗誦的聲音越來越清晰。我們大致可以看見：在中間以軒門相隔為兩室的廳堂之上，兩位老者各自憑几而坐，他們身後各站著一個年輕人，年輕人手上分別有一本一尺見方的線裝大書。當老人背誦著經文的時候，年輕人的手指便一路隨著老人的聲音指畫於所誦及之處。

泰和已然來到先前他所注目的日本軍人身邊——這人是山本大佐，日本軍部的代表。泰和身後的一位中國縉紳立刻將座位讓給泰和。泰和則拍了拍山本的肩膀。他顯然不急著阻止兩個老者的賭鬥。

「『王曰：叟，不遠千里而來，亦將有以利於吾國乎？』孟子對曰：『王何必曰利？亦有仁義而已矣。王曰何以利吾國？大夫曰：何以利吾家？士庶人曰：何以利吾身？上下交征利而國危矣。萬乘之國，弒其君者，必千乘之家；千乘之國，弒其君者，必百乘之家。萬取千焉，千取百焉，不為不多矣。苟為後義而先利，不奪不饜。未有仁而遺其親者也，未有義而後其君者也。王亦曰仁義而已矣，何必曰利？』」（這一段出自《孟子．梁惠王上》，是陳老者的背誦內容。）

「明堂也者，明諸侯之尊卑也。昔殷紂亂天下，脯鬼侯以饗諸侯。是以周公相武王以伐紂。武王崩，成王幼弱，周公踐天子之位，以治天下。六年，朝諸侯於明堂、制禮作樂、頒度量，而天下大服。七年，致政於成王，成王以周公為有勳勞於天下，是以封周公於曲阜。地方七百里，革車千乘，命魯公世世祀周公以天子之禮樂。是以魯君孟春乘大路、載弧韣，旂十有二旒，日月之章，祀帝于郊。配以后稷，天子之禮也。」（這一段出自《禮記・明堂位第十四》，是鄭老者的背誦內容。）

鄭老者背誦到「武王崩，成王幼弱，周公踐天子之位」這一段的時候，臉上明顯地流露出痛苦和悲傷的表情。他的眼裡流下淚水，幾乎越來越不能支持。

山本帶著些嘲弄意味地側身掩口，低聲對泰和說：「貴國的學問，精深得很哪！」

泰和笑了笑，回道：「二位師傅都是皇上的老師，牛刀小試，在他們而言算不得什麼。」

「『朱干玉戚，冕而舞大武；皮弁素積，裼而舞大夏。昧，東夷之樂也；任，南蠻之樂也。納夷蠻之樂於大廟，言廣魯於天下也。』」鄭老者背誦到這裡，終於忍不住，趴在茶几上，放聲大哭，哭時還捶著桌子喊：「皇上啊！皇上啊！」

另一室中的陳眼角亦有淚水，卻勉強撐持著繼續背誦：「『湯誓曰：時日曷喪？予及汝偕亡。民欲與之偕亡，雖有台池鳥獸，豈能獨樂哉？』」

泰和在這個時候站起身，朝廳堂上走去。一面走、一面高聲向四面八方喊，道：「皇上有旨意：兩位老先生都勝了！都勝了！」

兩進院落裡的人群也起鬨似地爆出一陣歡呼。

泰和上了台階，走到鄭老者身旁，眼睛則凝視著陳老者，道：「皇上恩典：內務府已經在北華村訂了一席酒，給兩位師傅慶功！」

我的描述只能到此為止。

多年以後，王家衛導演啟動《一代宗師》拍片計畫，在最初的分場劇本裡，我便刻意把陳寶琛、鄭孝胥賭鬥背誦《十三經》的真人真事，放入序場的情節。

在歷史的舞台上，末代皇帝溥儀這兩位「帝師近臣」各自懷抱著恢復大清和成立偽滿的虛妄企圖，而這一場後來經溥儀調停而中止的賭鬥看來的確既荒謬、又悲哀。冷兵器式微的民初武壇恰可以用這樣一場賭鬥來作為對比和象徵。不過，後來整部片子拍攝的軌跡並沒有追隨著這個思路往下走，而這一場反諷著中國近代南北武林積不相容的情節，也隨即在第二個想法像潮水一般湧上來的時候就消失得比泡沫還空洞了。

「拍電影的人說的故事——」胡導演早就跟我說過，「不過就是談草而已！」

老實說，我原來並不知道「談草」這兩個字究竟是什麼東西。胡導演以談草比喻劇本，表情似是開玩笑。我向他請教，他才解釋給我聽：原來當年帝國王朝時代，朝廷命官與東鄰的朝鮮或日本政府大員辦交涉，由於言語不通，多先之以筆談。

一來三國之人都識得漢字，但凡字不錯寫，彼此用意就不至於過分扭曲。二來談話前先筆之於稿，也比較謹慎，遣詞用字不至於漫無所依。一旦雙方會商事體有了結果，甚或需要另訂約法文書，則原先所寫的這些草稿，也可以用以資佐斟酌。直至定案之後，所有的談草按例都要焚化，片字不留。胡導演以談草喻腳本之未定稿，多少也有「焚化了也不可惜」的嗤鄙之意。

第九話

談草

袁世凱年少時倚吳長慶駐朝鮮而有了出身，便一步一步利用長官、父執、同僚甚至敵君敵臣之間互不瞭解以及互不信任的心理背景攫取最大的利益。說他出賣了吳長慶，好結交李鴻章；又出賣了李鴻章，好結交慶親王奕劻……都還算是好聽的。

在這一條轆轤連軸的出賣之路上叱咤風雲，到頭來居然還當了八十三天皇帝，畢竟是令人感到不可思議之事。但是，行險僥倖之徒，總會落在明眼人面前。民國元年十一月廿一日創刊的《少年中國》週刊上就登了著名新聞記者黃遠庸的一篇分析稿，歷數「袁政府對蒙事失敗之十大罪」——這也是文章的篇名，其中有幾句千古確評，當時尚無他人及見：「考其大因，尤其當局者，但知顧全權勢，不為國家謀根本之解決。」「凡己之地位，稍有妨礙，雖犧牲政策在所不顧，一若國家可亡，而吾地位不可不保。」

同樣刊載於《少年中國》週刊，還有一篇〈遁甲術專門之袁總統〉，黃遠庸大約是第一個公開撰文，以辛辣的諷刺直指袁世凱無意遵守《臨時約法》的人：「其實雄才大略之袁公，四通八達，綽綽乎遊刃有餘。受任未及朞年，而大權一一在握，約法上之種種限制之不足以羈縻袁公，猶之吾國小說家所言習遁甲術者，雖身受縛勒，而先生指天畫地念念有詞，周身繩索蜿蜒盡解，此真箝袁者所不及料。」

袁世凱早年在朝鮮兩面用勢，以清廷之軍事力量壓制韓人，復挾日、俄等國之外交攻勢掉回頭來對朝廷凸顯其地位，終至架空吳長慶，成為直接掌握朝鮮宮廷的黑手——當時他才二十多歲。我們也可以這麼說：袁世凱是先做了李朝的太上皇，磨練出日後回頭幹中華皇帝的志氣。

在韓國漢城大學奎章閣中保留了大量的「談草」——這一類的文書是早年中、日、韓等漢字文化圈的各種交流所必備的，是當事人會面、交談的第一手資料，且未經任何他人轉譯、潤飾、修改，我們僅僅從其中幾個記錄下來的片段便可以明白，袁世凱在朝鮮幹了些什麼樣的差事。

之所以會有這一批「談草」，主要的原因是吳長慶在這一年（光緒八年，一八八二）以浙江提督、幫辦山東軍務的職銜，率兵進入朝鮮，目的是前來鎮壓陰曆五月間由於連續十三個月沒有領到糧餉而譁變的朝鮮京城營兵。在清廷——包括李鴻章和吳長慶——看來，朝鮮人自家鬧兵變的危險並不是推翻李朝政權，而是會引來其他鄰近國家的干涉。在有心發憤革新的朝鮮人而言，這卻正是一個勵精圖治的大好機會。

在這一點上，袁世凱比吳長慶看得更精細。當時的朝鮮王是高宗李熙，曾經在前一年底派遣金允植（一八三五—一九二二）為出使清朝的「領選使」，此公累代為官，滿門朝笏，且頗有自立自強之思。兵變消息傳到北京，他就立刻搭船回國了。袁世凱是在八月二十六日見到他的，見面的第一句話就是：「貴國應該趕緊練幾營兵，以控制全域，也好震懾洋人！」

袁世凱話裡的洋人所指的不外日、俄，但是聽在金允植的耳朵裡肯定不是滋味。試從他的立場上想一想，話難道不該這麼說：「你家吳大帥之於我國，難道就真稱得上是自己人了嗎？」

有意思的是袁世凱這話也不是隨口說說的，他在幾天之後的另一份「談草」上提及他向金允植提的建議，還對金允植「歸於淡漠」的反應相當不滿。

這是因為在練兵這件事上，袁世凱另有一把算盤。

所謂「談草」、「談稿」，都是為了與談雙方之溝通所作，取其會心得意，並不真被視為什麼文章，然而根據現存的談草看來，無論中、日、韓人的書寫工夫，大都呈現了一種簡潔、明朗的風格。要緊的是「談草」文本隨話鋒流轉，有時岔路斜行，去不復返；有時橫空大噪，餘響琤琮，往往透露出當事人一時不及掩飾的動機。

壬午年（一八八二）五月兵變經吳長慶鎮壓而敉平之後，朝鮮李朝君臣的一致共識是請「吳大帥」長年戍守，以示屏護，也免得日、俄覬覦而時起紛爭。但是從一份朝鮮王廷特派迎接官金昌熙和袁世凱當時的談草看來，袁氏對於「練兵掌權」的執念在當時已經相當頑強了。

彼特派迎接官金昌熙和袁氏交談的目的是請他轉告吳長慶，不要介意兵變之後市面上仍舊擾攘不安，民生秩序遲遲無法恢復。就算吳長慶到處貼了「安民告示」，老百姓仍然群聚嚚嚚。金昌熙在談草裡寫道：「敝邦民俗，凡事在上者勸之則不從，禁之則愈犯。若自大陣任其驚動，示不介意，則還可不日息定；若屢屢榜諭，勸其集安，則其疑愈滋，無異揚湯止沸。請代白大帥：寬心勿過慮，徐觀幾日，更思道理，恐好？」

袁世凱在這件事上只匆匆答了幾句，說什麼「閣下厚意，當為代白，或可冰釋」。緊接著，便轉了話柄，揮刀直攻一處令金昌熙無從防範抵敵的陣腳。這裡要先岔出去介紹一個人——金雲養。

金允植，號雲養，世代任李朝高官，更曾經受派為駐清使節，在辛巳年（一八八一）秋天剛剛去過天津，此際因兵變而趕回了漢城。袁世凱在和金昌熙進行這一次談話之前，已經見過了金允植，所以才會有如下之語：

> 我前晤雲養，勸其急於練兵以制全域，以懾外侮，而竟歸淡漠，如何可也？何不趁我軍在此，選擇精卒，由我軍訓練幾日，再授以自統，原非大難事，何不先試練一營五百人，以觀後效。能有勁旅三千人，政可行、侮可捍，然將才不易也。如值中邦（按：指清廷）一朝有事，或恐不暇顧及，何不圖自立以為長久之計？

這一段話說得有體有面，勸人自立自強，也還持正守節。金昌熙的回應算是相當滑頭，他並沒有道出韓人或李朝領導者真正的願望。因為三大之間難為小，藉甲牽制乙、藉乙挑動丙、或又藉丙向甲索勒財力物力這樣的事是能幹不能提的，是以金昌熙只能表述個人的、場面上的態度；一句話，極有心機：「下官短見：惟望天兵常留。」

但這並非袁世凱所關心，他話中藏著話、話中勾著話，利用對方的願望把自己的企圖表達得相當清楚，說得委婉，卻不惜洩漏軍機：「我士卒恐不能久留，且大帥亦不願久留。中土之人誰無身家，久居無事，且恐不易支持。如換他人，恐不好與共事耳。」

這段話稍稍流露了自矜自重之意，袁氏似亦微有所覺，趕緊補正：「大帥實心為民，不設傲詐，此外諸帥如大帥者，計不可得。若來此邦縱兵肆兵，恐民無噍類。」

此言看似捧足了吳長慶的場，卻也可以說是打壞了滿清一朝的其他將帥，袁世凱為什麼敢這樣說話？當然是沒把談草之文想成「呈堂證供」，此外就是他過於急切地想要讓自己的部曲成為朝鮮的種子部隊。質言之：他以幫助朝鮮練兵自立為口實手段，要把這個半島當作是自己的子弟兵不斷擴充、不斷增生、不斷扎根盤據的一方領地。

在袁世凱和金昌熙以談草會商的這一天——壬午年（一八八二）七月二十八日，朝鮮內部的兵變已經不足為慮，清廷雙方所顧忌的還是日、俄兩國，而朝鮮並不想積極擴大軍事部署，因為這樣做只會驚動另外這兩個對朝鮮半島虎視眈眈的強國。

所以袁世凱接下來的談草可以讀得出來並不是現場寫的，起碼是來和金昌熙見面之前就已經打好稿子的了，這是一通措辭周延、邏輯嚴密的說帖。袁世凱的結論是：「貴邦陸通中邦，只守一面水路，易事也；中邦四面受夷，故患更甚於貴邦耳。」說完這幾句，就是場面話了：「大帥（按：此處仍然是指吳長慶）對吾輩深詡閣下為忠厚長者，今治飯請閣下。」

這頓飯應該不好吃，因為此前還有一大段推論，金昌熙應該明白是強詞奪理，但是卻無言以對。袁世凱刻意把中國處境之惡劣放在最後一句話上，還是在呼應他自己先前的呼籲：「我們要走了，別指望下一個來的大帥能像吳大帥這麼寬慈敦厚，所以你們得趕緊自己練兵，跟誰練呢？當然是跟著我袁世凱啦！」談草上寫著：「山林險固易守，洋人利於火器而最不利於伏兵也，山林之中，多設伏兵，不難一舉而殲之。」

這只是引子，袁世凱接著強調：西洋人（泰西）必不肯為了一個這麼小、這麼窮的國家而大動干戈，所以能夠侵犯朝鮮的只有日、俄，而且「日人之兵正弱於陸戰，我今日所部各軍可盡日人所來之多少而殺之，特有所未必耳」。這三句話才是全文樞紐，袁氏之意就是要告訴對方：你們若能接受我袁某人個人所提供的軍事輸出，便能夠長治久安，高枕無憂了。

之所以汲汲於此道，並不是說袁世凱想要長久駐紮於此，寖假日深，成為朝鮮國主。他想的是更不吃力的法子——先前他不是說了「中土之人，誰無身家」的話嗎？所以他要留下的是他的部屬、他的棋子、他的軍事顧問。從這一點就已經可以預見他日後發展北洋新軍，在十八行省「一省練一鎮兵」的脈絡。像是把原來親掌的士卒拆散，混以新人，一營變成三營、一協變成三協、一鎮變成三鎮……復以老兵感染、教導新兵，使之親附，乃為一主家之所用；長此以往，普天之下便莫非袁氏之旅了。

十天之後的八月八日，袁世凱又和金昌熙見了面，一見面還是那句話：「金雲養（那位第一個承他勸勉、練兵自強的駐清廷大使）何在？須以大帥意請來商事——大帥擬今十二日扶病赴津乞歸。」

請仔細琢磨：金雲養之在不在，在何處，跟吳長慶「扶病乞歸」有什麼干係呢？當然沒有。但這根本是袁世凱耍的一個花招，我們必須懷疑：吳長慶這時根本沒有「乞歸」；事實上他得要到兩年以後撤防到金州才染病的。此時的袁世凱只是想要逼迫朝鮮當局趕緊制定一個追隨他練兵的政策方向，好讓他可以回頭拿著這個政策去向清廷奏功邀寵、申請授權。

金昌熙所關心的當然是大帥的病情：「有何緊故扶病赴津耶？」

兩國通問，豈容譫妄？可袁世凱居然沒有正面作答，他耍了一個槍花兒，如此亂以他語：「貴國之事如治瘡然，交涉之人挾日本以自重，交涉之人一日不死，則瘡不可為也；大帥因此欲見李中堂（按：指李鴻章）乞歸也。」

這不但是非常嚴厲而且失禮的指控，而且細味其言，根本沒有說明吳長慶是不是真病了。金昌熙立刻反問：「聞甚驚歎，請概示破鬱（按：即解惑）？」

袁世凱知道說溜了嘴，只好再施展遁甲術轉逃一圈兒：「交涉之人挾日本朝鮮以自重，弟非罵貴邦人，乃罵中朝（按：即清廷）人耳，中朝無人。」

這一轉轉得太生硬，但是迷糊仗終究是混過去了。大帥沒病，朝鮮使者也並沒有挾日本以自重，以致氣壞了大帥，那麼到底發生了什麼事呢？沒事，就是袁世凱鬧小人而已，這還沒完呢——

在這裡，我們先回頭看看「交涉人」一詞。

早在一八七〇年，也就是壬午兵變的十二年以前，清政府將咸豐末葉（一八六一）在天津成立的「總理各國事務衙門」之「三口通商大臣」、「五口通商大臣」等名義改成一個通銜，為之「北洋大臣」，由直隸總督兼領，這就是中國外交部的濫觴。名義上管的是直隸、山東、奉天三省的通商事務，實則不斷因為時勢所趨而處理清廷對外的諸般外交、海上軍事、關稅等事宜。「北洋」也成了「北洋大臣」的一個外號也似的稱謂。

壬午兵變前兩年，擔任北洋大臣的李鴻章手下收羅了一位難得的人才——既通曉洋文，又嫻熟中文，而且多聞善辯，思慮詳贍，此人叫馬建忠，字眉叔，今人當不陌生，他有一部運用西方語法學概念、開中文語法學之先河的傳世之作《馬氏文通》。

兵變前夕，馬建忠奉李鴻章之命到朝鮮，和列強開會，準備議定多邊合約，試圖確保清廷在朝鮮既不能獨占、也只好分享的商務利益。這事尚未辦了，兵變忽起，李鴻章立刻派他到吳長慶的大營效命，以誘擒叛首之計，逮捕大院君李昰應，立下一樁大功。

這個背景可以視為袁世凱積極「運動」韓國官員的一個動機。設若他有前知先見的能力，穿越兩個月的時空，會發現當時的「北洋」李鴻章，並無意將馬建忠留在朝鮮襄官掌權，而是希望借助他靈活的謀畫和熟練的外語，回天津和法國公使寶海商談解決越南方面的紛爭，這一年的十月十八日，李鴻章便把馬建忠調赴天津去簽約了。

正因為不能盱衡大局，又敝帚自珍，袁世凱亟欲自保，於人多忌，先肆口妄稱朝鮮方面有一挾日本自重的「交涉人」，之後發現金昌熙認了真，必欲窮究誰是這「交涉人」，只好順勢改口，誣指這「交涉人」是「中邦」方面的身分。大約就是在這一次筆談的過程之中，他說著說著靈機一動，乾脆反手大打馬建忠一耙，把先前虛擬出來的這麼一個「交涉人」落實到馬建忠身上。他是這麼寫的：

既與日人通商，顧其勢吾不怪引來泰西各邦以制日人要挾；然主和之事，亦須斟酌古今、較量彼我。此後必馬眉叔來，此人有時務才，而心地不光明，乃急迫功名之士，為辦理此間，必違古而迎時，失眾而敗事卻不可不慎！且貴邦人必與相投，為其所愚，只藉交涉和好鄰邦而已。

事後閱之，這一小段談草充分暴露了袁世凱的機心和忮心。他就像《莊子・秋水》裡所譬喻的鴟鴞那樣，一直不斷放聲聒叫、恫嚇鳳凰，生怕它好容易攫獲的一隻腐鼠被搶了去。為了能讓朝鮮方面替他向吳長慶、李鴻章申訴其練兵之才、平亂之能，不惜造謠、恫嚇甚至汙蔑同僚，還不忘了洩漏國政諸端之中最須隱諱的人事和軍機：

李傅相（按：李鴻章）專喜談洋務，大帥雖其世好姻親，而意見不相融洽；眉叔為人，能投李相之好者。弟於李相之來、眉叔之去，一一數其迎合之事，與我軍牽制之狀，昨丁公（按：指丁汝昌）來，乃無不吻合。

更可怕的幾句如此：

如貴國有事，李相坐視，必無出師之理，但使眉叔輩誤其事機而已。此次之師（按：指由直隸總督張樹聲率赴朝鮮增援吳長慶的部隊）賴李相不在，張公（按：即張樹聲）得以出力，貴邦人何能知之？

光是這幾句狂言，就足以問袁世凱一個賣國亂政的殺頭之罪，當年的金昌熙沒想到拿這談草對付袁世凱，致令袁一步一步坐大，藉禍國而竊國，真是令人扼腕！而袁在談話中所指罵的「心地不光明」、「急迫功名」、「違古而迎時」、「失眾而敗事」，不正是他自己的寫照嗎？

為了讓朝鮮人能夠借助於自己翻手雲、覆手雨的地位練兵，袁世凱只好誇張虛擬吳長慶生病、離職、乞歸以及將有人瓜代的謠言；為了表示瓜代人之必不能稱職，更不惜捏造馬建忠「心地不光明」的謠言。而馬建忠半生仕宦，總是栽在這一類莫須有的謠言上。

即使臧倉小人袁世凱在馬氏對朝鮮的任務上作梗並未成功，我們後世之人也還是能夠一見端倪的。馬建忠之負屈，不是由於個人的官運不好，而是因為在他那個時代，新進官僚之通洋務者，恰恰是不通洋務者最扎眼的寇仇。

所謂通洋務，也毋需太大的學問，不外能實心苦讀，貫通一、二國語言，熟悉國際上的政治實務和法律慣例，相對於爾後一百一、二十年間整個國際世界交流的變化而言，在那個時代，滿清官僚所面對、處理的「洋務」還算是單純的。然而對不通此道的官僚來說，涉外政策姑且不論，但凡關乎新學問、新技術、新器具之流通使用，便已經帶有極大的威脅性，這批人接觸了和他們同一個世代、在科舉方面的資歷又未必較之遜色的年輕人，論及國際大勢，確如盲人瞎馬一般。

李鴻章在甲午戰後割地賠款，成為這批人的箭靶——這批人號稱「清流」，還有淵源和成分的區別。清流首領，無疑是高陽李鴻藻，字蘭蓀，被戲稱為「青牛頭」——蓋「青牛」即「清流」之諧音也。牛頭上的兩隻角便是「二張」——張之洞和張佩綸；山東出身的王懿榮和宗室出身的盛昱，由於博學洽聞，腹笥甚富，被視為「青牛肚子」；至於因為狎江山縣船妓而不得不灰頭土臉、自參一本，潦倒辭官而去的寶竹坡，就只好被謔稱為「牛鞭」了。

這些人並不以修理李鴻章為足，他們的打擊面廣泛得多，可以充分顯示對於世情外務之無力抵敵者非但痛恨洋務，連有力對外抵敵之人也一併不信任，甚至蓄意地痛恨。袁世凱一口一聲「交涉人」、「交涉人」，即充分顯示了這種對於外交談判人士的疑妒。

此處，先分筆說馬建忠之受謗不只一端。就在朝鮮兵變之後一年，李鴻章派他擔任招商局總辦。時正值中法戰爭（一八八三）爆發，商船往來有暫時換用美國國旗之議，這樣變通，並不是真的把船隻、貨載讓渡給美國，而是掩法人耳目的一種不得已之計。但是當時舉朝翰詹台諫，群情囂囂，皆指李、馬師徒二人悄悄賣國。美國人本來是背著法國人幫忙，「茶壺裡裝湯圓——肚子裡的貨，嘴裡倒（道）不出來」，當時的罵街名士李蓴客就曾經在《越縵堂日記》裡稱馬建忠是「匪人」：

「合肥（按：指李鴻章）信匪人馬建忠之言，以海洋有警，舟行非便，商人惴恐，爭欲自託於米夷（按：指美國），謂不得已而順商情也。聞建忠私取米夷銀六十萬，而以利器（按：指招商局）授人，中外歸咎，聞合肥意甚悔。」這篇日記裡的兩個「聞」——也就是「聽說」——自底下的話統統是胡說八道！事實上招商局根本沒有成為美國人的物業，中法事稍定，海船上的旗幟又換掛復原，沒有一張罵人的利嘴願意道歉。

至於處心積慮對付馬建忠的袁世凱，則早在前一年的八月十二日，就在朝鮮宮廷中留下這樣的「談草」：

「我軍如去，眉叔必來，大半為日人將來貴邦之罪人即此人也（按：這一句很不通順，只能說袁世凱的文言文底子太差，他的意思大概是說：日後馬眉叔必將為日本人釀禍於朝鮮）。」除此之外，我覺得最有意思的兩句無中生有的譭謗是這樣寫的：「如眉叔輩，唯挾日本以見重於貴邦；又挾日本、貴邦以見重於北洋。」這兩句話所形容的當然不是馬建忠，而是袁世凱本人，我們甚至還能夠從這兩句話裡透見一九一一年的袁世凱正是「唯挾清廷以見重於革命黨；又挾革命黨以見重於清廷」。

只有他，能幹出這樣卑鄙的事來，早在二十四歲上就露了餡。

當然，能夠暴露袁世凱奸邪狡詐嘴臉的歷史證據很多，而且不只是歷史學界，以二十世紀後半葉為範圍來說，即使只是在台灣和香港坊間，就有大量名為《中外》、《春秋》、《新聞天地》、《傳記文學》、《大成》諸如此類的雜誌，以街談巷議的腔調，藉著見聞淵博的耆老回憶所談，或者是有過新聞訪員身分及經歷者的回憶隨筆，大量訴諸憶事懷人的文字，來補述一個已經消失的時代。

儘管——也許是為了故作驚人之論——這樣的雜談之中偶有翻案文字替袁世凱鳴不平，聲稱他深謀遠慮，無私奉公，而且尤其是周旋於各方犄角之勢、彼此不能回圜的事例之間，總是折衝尊俎，調和鼎鼐，還蒙上了竊國復辟之冤，這樣立異鳴高的論調，也不是沒有。

然而，當藤井賢一把「胡導演的遺願」描繪得更清楚的時候，我的確吃了一驚。一方面：能夠注意到韓國漢城大學奎章閣中保留了大量「談草」的這件事，竟然是基於多年前胡導演赴韓拍攝《山中傳奇》、《空山靈雨》的一場意外遭遇，而也正因為意外，讓胡導演想到了「二十四歲的袁世凱」這樣一個起步點，打起了《扮皇帝》的主意。根據藤井賢一模糊的記憶，這跟當時胡導演劇組在漢城臨時聘雇擔任翻譯人員的一位漢城大學學生有關。這個人叫柳亨奎。藤井賢一說出這個名字來的時候，我立刻掏出隨身攜帶的小本子，抖著手讓他給我寫下那三個漢字——沒錯，柳亭奎。

柳亭奎年紀比我大兩歲，但是進入輔大國文研究所的級別比我低一班，算是我的學弟。我們認上學長學弟是在一九八〇年秋天，《山中傳奇》正是在前一年殺青上演的。那時候，從私人關係上說，我還不認識胡導演，但是柳亭奎卻早在《山中傳奇》還沒開拍的時候就已經是胡導演的貼身翻譯，也是他，偶然間告訴胡導演：「有一批早在一百年前就應該燒掉的『談草』，現在在我們學校的圖書館裡。」

胡導演知道這種東西是昔年華洋交流的時代，特別是中、日、朝三國密切往來之際，公署領命執事之人會面交談的第一手資料。應焚毀而未焚毀的文獻，總會引起愛聽故事、甚至愛說故事的人極大的好奇。當時，柳亭奎賺了一個小紅包，導演則在心底埋下了一個拍片計畫的種子。

歪歪斜斜寫出柳亭奎的名字之後，藤井賢一帶著幾分對自己的用語不是那麼有把握的狐疑神色，道：「他想拍出來那個時代真正的人物，呃，還是，人物的真正？」

的確，上面這一篇題名為〈談草〉的文章，就是胡導演根據他在奎章閣抄錄下來的資料所寫的。它原本要投遞給《傳記文學》，手寫稿卻一直在藤井賢一身上。他不主張發表，原因很簡單，一旦刊登在雜誌上，誰知道哪個眼尖而又對清末民初歷史素材有興趣的導演看了，不會改頭換面、橫加利用？

「可是柳亭奎從來沒有告訴過我，他也認識胡導演這件事。」

「他不方便說的，說了不方便的。」藤井賢一笑著、卻仍舊不怎麼利落地說：「帶著一個和學術圈沒有關係的外國客人，進入學校的密藏文獻館抄錄資料，也許不是太可以公開的事情。」

當天晚上，按捺不住狐疑，我撥了一個越洋電話給柳亭奎，開門見山就說：「你是不是早就認識胡金銓導演？還幫他弄到一批什麼『談草』的資料寫文章？」

柳亭奎應該是剛起床，聲音透著沙啞，甚至還有惺忪的睡意。但是他很快回過神來，喊了幾聲我的名字，道：「不能說是幫他啦！我也是幫助我自己啦！」

「聽說你賺了個紅包——」老實說，我真正在意的是一個和我朝夕相處三年的同窗，居然沒有告訴我：他在我之前多年，就和我此刻正在涉入的圈子有了親切的往來。

「不是錢的問題啊。」話筒裡的柳亭奎放大了聲量：「你忘了嗎，臺靜農老師的『治學方法』課，讓我們寫民國人物，記得嗎？你寫的是伍博純，我還記得；我寫的是誰，你記得嗎？」

「誰管你寫什麼？我要問你的是，為什麼你從來不告訴我你認識胡金銓呢？」我完全不理他的話。

他也完全不理我，自管說他的：「我寫的是辜鴻銘啊！『老闆』叫我寫的，我還真不清楚，他是怎麼知道我搞過辜鴻銘的資料呢！你不覺得『老闆』很恐怖嗎？」

你寫辜鴻銘，干我什麼事？那一霎時間，我腦中閃過的是這個念頭。然而，他接著說了句話，讓我著實愣住了：

「『老闆』桌上的銅缽子，你還記得嗎？」

第十話

馬鳴風蕭　鴻漸于陸

清末民初遊移於新舊文化之間，身歷衝突、心繫衝突，試著調和、卻又不期而然地擴大那衝突的人不少，其中被視為最怪者，辜鴻銘也。

辜鴻銘的母親是葡萄牙人，父系則是起源自福建同安、移民到馬來半島吉打（Kedah）州的漢人。從曾祖父一代的辜禮歡開始有了門第，成為檳榔嶼地方首任的華人「甲必丹」（Kapitan）。此銜出自荷蘭，既非船長，也不是上尉，相當於一個民族聚落的頭目或酋長。以下再傳三代，即辜鴻銘。

辜禮歡的孫子辜紫雲是辜鴻銘的生父，擔任一個英國實業家佛伯士・布朗（Forbes Scott Brown）所經營的橡膠園經理。由於辜鴻銘是混血兒，貌似泰西之人，很得布朗的寵愛，在大約十歲上，就被布朗的家族攜往蘇格蘭求學。

十年磨一劍，在整二十歲那年（一八七七），辜鴻銘獲得了愛丁堡大學的文學碩士學位。之後，他還前往德國萊比錫大學深造，這一次修得的是土木工程科的文憑。接著，還去了一趟法國，居留雖不滿一年，卻在英文、德文之現代語以及拉丁文、希臘文等古語的優異基礎上，很快地學會了流利的法語，還修習了法學的課程。最後，他在一八八〇年回到檳榔嶼，年僅二十三、四，其意氣風發可知。

但是早自一八二六年起，英國殖民政府就已經將檳城、馬六甲、新加坡與納閩合組成了「海峽殖民地」，由英國「代辦」長期控制其政治與經濟大權。當時的華人或馬來人，除了務農經商做工之外，若仍欲在公務部門裡謀一出身，最多就是當上個類似「書辦」的角色，否則別無他業。辜鴻銘「學成」返國之後，便走上了這條道路——奉派前往新加坡的「海峽殖民政府」當翻譯。不難想像，此時此刻的辜鴻銘已經看得很清楚：在「海峽殖民政府」這個系統之中，他永遠是次等人，就環境和機會而言，他是沒有前途的。

無巧不成書，恰在此時，他得知有一位清廷大臣奉派到新加坡和印度總督里蓬（The Marquess of Ripom）交涉鴉片專賣及稅收問題，此人就是一年以後在朝鮮計誘大院君成擒，化解壬午兵變所帶來的中日外交危機，卻被袁世凱誣指為「心地不光明，乃急迫功名之士」的馬建忠。

馬建忠（一八四四—一九〇〇）從五歲就開始學習科舉，九歲上為了躲避太平軍而遷居上海，和四哥馬相伯（震旦及復旦大學的創辦人）一道入徐匯公學讀書，也學習過法文和拉丁文。馬建忠的學業經歷尚不止如此，根據他手著的《適可齋記行》所述，為了通曉洋務，他還進入耶穌會初學院做修士，學了英文和希臘文。一入群書十數年，與小他十三歲的辜鴻銘可以說是無獨有偶。據傳，辜鴻銘趁馬建忠到訪新加坡時的拜見長達三晝夜，地點是海濱旅館（Strand Hotel），據常理推斷，當時的馬建忠一定是臨時撥冗，而又一見如故，欲罷不能。

最不可解的，是辜鴻銘見了馬建忠，居然能聊那麼多，而當時辜鴻銘還沒有正式學習過華文，口說手寫恐怕都不十分便利，馬建忠行色倥傯，又不可能為這檳城來的年輕人別設一翻譯，那麼，他們是怎麼談話的？

但是，我們也可以這麼設想：兩個不能以祖國之言順利溝通的人，卻有那麼多異邦之語可以彼此達意會心，堪見二人在那三天之中，極可能還用上了希臘文、拉丁文，而所談的內容卻有如霹靂當頭，醍醐灌頂，對辜鴻銘產生了激烈而重大的影響。他踏出海濱旅館的第三天，就向「海峽殖民政府」辭職，更換滿清服飾，蓄起了腦後的髮辮。

辜鴻銘是怎麼了？

辜鴻銘的轉變是突然而劇烈的，這在中國近代史上十分少見。這裡必須先做幾個人物的對比。

在動盪的世局之中，觀察人物理念情懷之善變，不得不令人先想起梁啟超。劉成禺在《洪憲紀事詩本事簿注》引《後孫公園雜錄》說他「梁邁賜先生，善變人也」，允為實論。

百日維新失敗，梁氏流亡海外，親見革命黨旅美華僑勢力雄厚，一變而聲稱服膺中山先生民族主義，藉《新民叢報》大事鼓吹；等到保皇立憲之說潛勢吸收會黨成功，一變而發布〈夢俄羅斯專制〉一文，便拋開共和了。民國成立，梁氏應詔入京，一開始又傾心於共和，再變而主張改《約法》，改終身總統各制。從一個「陰謀論」的角度來說，這是「長袁氏君主獨裁之欲」——就算勉強說得通罷；待籌安之會大興，帝制之議蠭起，梁氏又三變而寫下了〈異哉所謂國體問題者〉，還親自寫信給袁世凱，勸罷帝制。《後孫公園雜錄》接著說：「四變而以再造共和自命，門徒黨羽，連兵西南各省，梁先生親自出馬，赴肇慶軍務院都司令部矣。彼蓋默觀全國人向共和，故又主張恢復共和，乘此號召權位也。」

另一個機轉百出的是黎元洪。他從一個棲遑畏葸的清兵協統，搖身一變成為革命軍的神主牌位，再變為袁世凱的股肱之臣，三變為領導共和之大總統而啟動府院之爭，四變為坐擁鉅萬資財、傾心提倡教育的實業家。其間頂著「活菩薩」的諢號，卻能夠設計借袁世凱之手誅殺武昌首義元勳張振武，更是令人髮指。

無論是出於投機、應時、求新、從眾，梁、黎身上的這些變化看來都有俗情常理可依，而辜鴻銘的變化卻極為深沉詭異。

他在步出海濱旅館之際，看似已經為三天來受教於馬建忠的啟蒙痛下了一生不容追悔的「改宗」決定。我們從有限的史料上看不出他的心情轉折，只知道他隨即一度跟著英國探險隊就任翻譯之職，前往廣州，準備再赴緬甸，不過旅程在雲南卻戛然而止了。

這一趟未完成的旅行也值得細看——是什麼力量驅使著辜鴻銘出任一個探險隊翻譯之職呢？如果職責就是中、英互譯，辜鴻銘當時的中文能力足以稱職嗎？或許正是察覺其不足，他才會在爾後的三年裡轉往香港，苦習中文。那麼，回頭再看：設若於中文能力尚不堪大用之際，匆匆以往，又是為了什麼呢？這都是辜鴻銘沒有交代的，唯能於其日後之事徐徐推繹之。

在這裡，我們只能假設：前一年的三日夕之談中，馬建忠基於對辜鴻銘口操九國外語的本事，以及頂戴多個博士頭銜的冠冕，一定表現了相當程度的延攬之情，加之以馬氏自己的憂國之懷，以及對於洋務的期許之意，肯定為辜鴻銘點亮了一盞「條條大道通滿清」的路燈。

辜鴻銘在香港學了三年中文之後，於一八八五年經楊汝樹的舉薦，加入當時兩廣總督張之洞的幕府，擔任「洋文案」，一幹二十年。以辜鴻銘著名於世的孤僻詼詭、好奇作怪，豈能和張之洞賓主好合二十年？起碼我們從辜氏自己的敘述得知：他這位幕主的確就是把他當個語言翻譯工具來使用，質言之：在南皮幕下，他的思想、看法，並不受張之洞的重視。所謂「余隨張文襄幕府最久，每與論事輒不能見聽」，「張文襄常對客論余，曰某知經而不知權」。

辜鴻銘的返古癖，竟是這樣給激出來的。

說來諷刺，張之洞以「青牛（清流）之一角」出身立足，是清末先鋒派洋務大臣的死敵；時移勢轉，待他由兩廣總督轉任湖廣總督，也不過是光緒十五年（一八八九）間的事。連張之洞都驚覺其不得不加緊而為之，足見急迫。而這位日後的「南皮相國」對於中國近代工業、經濟、國防等方面的重大貢獻也從這一年開始，稱之為劃時代、新紀元、里程碑，都不算過分。

悄悄地轉向、成為後起的洋務派首領之後，張之洞明白借力使力的竅門，著意振興工業，他一開始就尋求國際上的資金和技術支持，先後開辦漢陽鐵廠、湖北兵工廠、煤礦、織布局、繅絲局以及鐵路等等。

有一個流傳相當廣的小故事，說的是盛宣懷給介紹了一個叫華德·伍爾滋的英國人，以兵工專家聞名。張之洞隨即預備大用此君，不料這位伍爾滋卻在短暫的居留期間被辜鴻銘給掏走了。辜鴻銘自作主張，大膽薦舉他在萊比錫大學修習工程時期的同學威廉·福克斯，他三言兩語回稟張之洞：伍爾滋是生意人，福克斯才是兵工專家。張於是也就信之令之，不疑有它。

福克斯當時擔任著克虜伯兵工廠的監督，他的確是兵工專家，還是德皇的親戚，看在老同學的面子上，答應了來幫半年的忙。張之洞原先沒有料到：此工還有軋期的問題，而辜鴻銘卻早就料到了。在一次與張之洞的餐宴之上，他多灌了福克斯幾杯，使之毫無招架之力地吐露了克虜伯廠內的工業機密。

過不多時，英國《泰晤士報》竟然將這次談話裡的祕密全都刊登出來。福克斯大慚，以為是交談間不慎為耳尖的記者所乘，殊不知投稿的元凶就是他哭訴的對象。——這是一條只有《水滸傳》裡的宋江才耍得出來的狠計。——正當福克斯即將面對克虜伯原廠的譴責和懲治之際，辜鴻銘拿出一封來自柏林的電報，原來福克斯的夫人已經應允中國政府的邀約，即日便要東來，而張之洞也早已為他們一家大小蓋好了一座花園洋房。福克斯便直如梁山泊水寨門口的霹靂火秦明，除了接任「漢陽兵工廠總辦」之外，別無前途了。

插手人事與實務，似非張之洞所應容忍。究竟張之洞是不是介意辜鴻銘在這件事上的僭越，史無實據；可是就結果看來，張之洞求才若渴，似亦不如辜鴻銘所謂的「每與論事輒不能見聽」。若是從宏觀的角度看中西密切接觸、衝撞的這個時代，即可以發現，辜鴻銘之不合於時潮之新，似乎不只是贊成納妾、喜嗅小腳之類餖飣無聊的瑣碎，而是他對公共媒體上的言論或意見，有著相當執著的看法。

他以為西方傳媒的議論，多出於彼國政黨的成見，故各據主觀，對中國政事民情，不外是作「誇詐隔膜支離可笑」之語。中國人跟外國人打交道，實在不必信以為真，尤其不該經常翻譯輸入，「誠恐徒以亂人心志」。從表面上說，這樣的說法根本是「反對」或起碼「不主張」言論自由。不過，我們似乎應該從他的立意上探勘：辜鴻銘更想說的是：西洋「亂政」之所從來，正是基於媒體無能自律，而又囿於言論自由這一根本不可能在技術上規範繩墨的終極價值所導引，遂致眾說紛紜、莫衷一是，甚至眾口鑠金、積非成是。

老實說，在辜鴻銘看似頑固保守的意見底下，還埋藏著足以令一百多年以後的新世紀人類都為之困惑、迷惘的課題：我們從來不完全明白行使自由的技術，也無視於自由所隱括的倫理陷阱，卻先信仰了自由必須完整實踐。

「政之所以不得其平者，非患無新法，而患不守法耳。」當辜鴻銘說出這樣的話來，而被譏為守舊，豈不是莫大的冤枉？

在中國歷史上，每一次有鑒於國事日蹙而亟思變法求新者，都以為重新布置一套法律規範即有可能振衰起敝，往往不察民風士氣之淪喪極有可能是整體文化欠缺自律機制所致。辜鴻銘非但敏銳地看出，「政之所以不得其平者，非患無新法，而患不守法耳。」還為這一種隱匿的集體失能找到了它的歷史根源。他認為，這種深遠的弊端，實起自太平軍興之後，清廷曾允許曾國藩以「便宜行事」，「自是而後，天下遂成內輕外重之勢」。接著，更嚴重的問題則是：

> 言洋務者，中外皆知李鴻章而不知有朝廷。北洋既敗，而各省督撫亦遂爭言辦理洋務，則雖動支百萬金，而度支不敢過問；雖招致私人聲勢震一省，而吏部卻不知其誰何者矣。此皆辦理外事漫無定章之所由來也。人見辦理外事既無定章可守，遂漸視內政之舊法亦可不必守也。

短短的一百多個字，把清季末葉從內亂而中興所帶來的陰暗影響，乃及於日後放令外交事務於一二大臣之專對，以至於內外皆無「法治」的過程，剖析得極見透徹。如此燃犀洞見，又豈可盡以「迂腐」、「頑固」之詞貶之？

世人多知天津教案之後，傳教士、教民和極端民族主義分子之間的衝突無日無之，且愈演愈烈。辜鴻銘以其勢如匹練的筆鋒，在上海《字林西報》發表英文專論，並經倫敦《泰晤士報》轉載，其辯詰之所據、爭議之所本，大約可視為近代反殖民論述的先鋒，在國際論壇上直指英國人在華侵略之惡，挺身捍衛中國之被奴役與壓迫，可以說是發前人之所未發，而十足令彼邦知識界驚訝與歎服。

即使在一九〇〇年義和團事件大起，他仍然有大文章可作，還是用英文寫了一系列的專論，這些文章才堪稱是在思想層面向各國宣戰，當時發表於橫濱《日本郵報》（*Japan Mail*）。日後彙集成《總督衙門文件》（*Papers from a Viceroy's Yamen*），是「白種人的負擔」所發出的最具震撼力的不平之鳴，其運用者，還是白種人熟悉卻未必能及的犀利修辭。

張之洞和辜鴻銘有其根本上的不同，兩人賓主相敬，雖然沒有搞到凶終隙末的收場，但是在重大政見上的扞格不入，一定程度上甚至阻礙了當時中國對外的進取和發展。

在張之洞而言，為曾為左，咸不可及，而即使不屑於為李鴻章，亦只能另闢蹊徑，以待來者。他在西方列強堅船利炮的刺激之下，仍然以講武備、勵軍事為主，除了在光緒二十二年（一八九六）奏請創辦江南陸師學堂，次年又奏請設立湖北武備學堂，此後每一年都積極地推薦兩湖子弟留學日本士官學校，這份努力與意志，一至墓木已拱，仍舊為後人所秉持，直到一九三七年日本再度大舉侵華前夕。

然而辜鴻銘的外交著眼卻極為不同。他的核心主張是「修邦交」，「庚子之禍實多因中外太隔膜，以致彼此猜忌，積嫌久而不通，遂如兩電相激，一發而不可收拾。」張之洞雖然很可能是那個時代裡唯一能欣賞、任用辜氏的人，卻也一定壓抑和屏擋了辜氏相當強烈的主張。是以在張之洞死後一年，辜氏即寫成了《張文襄幕府紀聞》，其中指出：甲申（一八八四—一八八五，也就是辜氏入張幕的那一年）以後，「文襄之宗旨一變，其意以為非效西法圖富強，無以保中國；無以保中國，即無以保名教……吾謂文襄為儒臣者以此。」

兩個都醉心漢文化、以儒生自居的賓主，卻仍有不可相與言者。有趣的是：他們都認為對方的重大缺點是「不會通權達變」！

世人多知辜鴻銘在十九、二十世紀之交一些言談交際的場合中曾經大發怪論，語出驚人，並引以為笑罵之資。同其意者，未必真敢奉行其言教；厭其言者，更直斥其為中國文化腐朽愚頑之象徵。這些有如相聲段子一般的軼事，所反映的究竟是辜鴻銘的思想與信仰，還是他的態度？究竟是真正發生過的吉光片羽，還是辜鴻銘搬弄了來、用以詼嘲西方輸入之社會思想的言談工具？

人們耳熟能詳的一段對話是他回答北大學生關於腦後留辮子的話：「你們只看見了我腦後的辮子，卻看不見你們自己心中的辮子。」那麼，辮子之為物，何嘗只是故國君權之符號，從相反的一面說來，看不得腦後蓄辮之人也得想想：我的思維、認知和信仰之中是不是也有類似辮子的東西。

設若語境如此，辮子之作為一個具有指涉的名物和語詞，居然還有一種在思想上發人深省的意趣了。當他的日本友人薩摩雄次（一八九七——一九六六）問他為什麼不剪掉辮子的時候，他的這一句答覆真正暴露了辮子的作用：「這是我的護照。」原來辮子並非捍衛大清政權、效忠皇朝律法的信物，而是試圖引發任何新舊爭議的話柄。只有當這根辮子依舊垂在他背後晃蕩的時候，他才能夠有機會應答時人關於辮子之種種機鋒！

一九一九年八月初旬以及下旬，胡適之在《每週評論》上分上下發表了〈辜鴻銘〉一文，也是針對辮子所反射的意義立論：「現在的人看著辜鴻銘拖著辮子，談著『春秋大義』，一定以為他是向來頑固的，卻不知辜鴻銘當初是最先剪辮子的人。當他在壯年時，衙門裡拜萬壽，他卻坐著不拜。後來人家談革命了，他忽然把辮子留起來；辛亥革命時，他的辮子還沒有養全，他帶著假髮接的辮子，坐著馬車亂跑，很出鋒頭。這種心理很可研究，當初他是『立異以為高』，如今竟是『久假而不歸』了。」

據說這番近乎後人所謂「八卦」的言語很惹辜鴻銘生氣。文章的前半發表之日，胡、辜正好在一個飯局上不期而遇，還發生了口角，辜氏就拜萬壽、剪辮子（其實是為了將髮辮送給一位情人）的事實提出了諸多反證，並揚言要上法院遞狀控告胡適之譭謗名聲。

辜鴻銘的辯解恰恰坐實了一件事：正是他自己在不同的場合、與不同的對象進行過不同的爭議，更有可能的是，來源不一的談鋒，都是辜鴻銘自己隨緣道故、因論設事的結果。胡適之不是一個會公然造謠的人——他甚至更是一個能將里短家長、閒言碎語拼湊成學問的人。而辜鴻銘真正在意的並非蓄辮、剪辮的時間和動機，而是在拼湊出那些故事來的時候，胡適之提出了一個理解辜鴻銘的方向：辜氏的「立異以為高」成了「裝瘋賣傻，弄假成真」。

這是辜鴻銘所不能忍受的。但是他最後並沒有向法院提出告訴，恐怕還是因為他沒法確認：是不是在某時某地、為了因應某人而生造了自己辮子的故事。

留學時代辜鴻銘在住宅中以酒菜祭祖，受到英國房東的譏諷：「你的祖先幾時會來吃這些酒菜？」辜鴻銘的答覆是：「該就是貴祖先聞到你們所獻的鮮花的時候罷？」這種相應如電的辯才捷思，才是令辜鴻銘志得意滿的。辜鴻銘生不得其地，長不廢其學，仕不在其位，發而為文又常不逢其時，只好盡其所能，欲留三數驚世之論以待來茲，然而後世似乎只記得他陳舊的辮子以及辮子的陳舊！

然而，柳亨奎對辜鴻銘發生濃厚的興趣，則另有緣由。他真正想研究的對象，是馬建忠。如果要說得再仔細一點，令柳亨奎產生必欲研究一番而後快的動機，乃是馬建忠這個千古寧無第二人的學行背景。

馬建忠的二十世祖是《文獻通考》的作者馬端臨，家學淵源，遠考南宋。馬建忠本人不但習科舉，九歲入徐匯公學的法文和拉丁文教養更為他打下了新學與洋學的基礎。而這些，都有一個堅實的信仰為礎石。他能夠在三天之內感動辜鴻銘「改宗」（conversion），可見其強大的說服力，這也不能不與他耶穌會修士的宣教訓練有關。

柳亨奎本人篤信天主教，會選擇輔仁大學作為他漢學專業深造的第一站，應該也與此相關。即使在研究課題方面，對於近代中國和朝鮮的種種政、經關係，他往往有獨到的觀察視野，而此一視野，又往往非教外身分的我所能親即體會。

我還記得當年柳亨奎經常邀我到研究所門口的荷花池邊繞走，陪他一圈又一圈地散步賞荷是奇特的經驗。他一般不怎麼說話，但是在陷入沉思的時候，偶爾會斷斷續續迸出幾個彼此不相連屬的語詞，也許是半句話，也許聽來還帶著詢問的氣，氣口洪亮，吐字清晰，與一般對談無異（更何況他的中國話說得極典雅而準確）。然而，即使在拋出那些字眼的時候，他甚或還深深地望著我。可是後來我才知道：他根本沒有同我說話，他只是把我當一塊回音板，藉由這種看似交談的方式，他在腦子裡不停地思考著的，是某一篇報告，抑或是他正在整理的論文。

印象最深刻的一回，就是在寫辜鴻銘那篇人物報告的時候。我們並肩走在紅磚石鋪就的過道上，我靠近荷花池的裡側，他走在外側。某一刻，他忽然停下腳步攔住我，道：「古時候的人無論說什麼話，都用典故，難道大家都聽得懂嗎？」

他一連問了三次，還忽然推了我一把，我幾乎要翻身倒栽進池子。

「問你啊？」

我只好請他再說一遍。之後，我也只能搖搖頭，還是不明白。

接著，他告訴我馬建忠出奇計誘捕壬午兵變的朝鮮重臣雲峴君的一段細節，那是他尚未做成的晚清民國人物報告的一部分。

原來是淮軍將領吳長慶不擬強攻，設計了軟談和議的一個局，準備在談得歡洽之際，倏忽逮捕雲峴君，挾持回中國。吳長慶和馬建忠卻都沒有想到，這個局早就被袁世凱洩漏了。袁世凱不但洩密給雲峴君，說明情勢危殆，別無死所，只有袁本人可以解圍。還把中國早有這樣一番常用的兵家之計像講故事一般地說給雲峴君聽。也具載於吳長慶和馬建忠根本沒想到會有的「談草」之中。那是劉邦殺韓信的故事。

袁世凱在談草中告訴雲峴君：兩千多年前西漢開國之祖劉邦深謀遠慮，情之驕帥不能畏威，權臣不能懷德，日後韓信必然是劉家天下的一大威脅，既欲殺之，便不能露形跡，於是假稱要往雲夢去遊歷，令韓信不防無備，乃遽爾斬之於未央宮中。這一段事體極為隱祕，我日後從回憶中一組織，判斷這也是前一兩年柳亭奎為胡導演打工時順便為自己謀來的資料福利。

回到吳長慶、馬建忠、雲峴君以及置身帳中、位列下陳的袁世凱等四人的會議現場。袁世凱一定沒有想到：他有意洩密、以便兩面操縱的這個機關，卻被不諳人情世故的雲峴君給捅破了。雲峴君沒等雙方寒暄畢了，忽然以談草寫道：「將軍（按：指吳長慶）將做雲夢之遊耶？」

這就是話中用典、話裡套話，藉二千年前劉邦之言，別指當面眼前燃眉掣肘之勢。顯然，雲峴君早已布置好了，準備要翻臉了。袁世凱居間而立，一眼瞄到了談草上的字句，電光石火之際，決計不容雙方再談下去——再談下去，他向雲峴君洩漏軍機、兩面討好、甚至不惜賣國的勾當，就一定要暴露了，於是索性親自動手，搶先一步命親兵捉拿了雲峴君。

這一行動與吳、馬本來的擘畫並沒有太大差別，而且顯得更敏捷利落。於是袁世凱兩個轉身，從局外人到背叛者，卻又巧妙地成為立功要員。我的韓國同學問的是：「古時候的人無論說什麼話，都用典故，難道大家都聽得懂嗎？」他還隨即補充了一句：「難道連我們韓國人也不能不這樣說話嗎？」

坦白說，我聽不懂這是恭維還是抱怨；我只知道，在下一刻，我換到紅磚走道的外側，說：「這個故事很精彩啊，不像是學術材料啊！放在論文裡太可惜了，應該寫成劇本啊！」

「我看『老闆』也是這樣想的。」柳亨奎瞪大了眼睛看著我，說：「我剛剛被他叫去了。你猜他在幹什麼？」

「我能怎麼猜？」

「他在寫劇本。」

「劇本？」

「我看他從那個銅缽子底下拿出來一本《一代暴君》的手稿，他還在上頭密密麻麻做了很多小字的注腳。」

「《一代暴君》早在六、七年前已經播出了呀！」我也覺得有點詭異了。因為這一部電視劇集原先是「中國廣播公司」的廣播劇，劇名叫《秦漢風雲》，我收聽的時候還是個高中生，根本不知道編劇「王方曙」就是我日後的系主任。到我進入所裡讀書，逐漸從學長處零零星星聽到些傳聞，知道「老闆」不但是學者，還是書法家，師從沈尹默，和當代知名的書家、學者啟功的交情也在師友之間。此外，他還是京劇票友，師從梅蘭芳；更神奇的是無師自通的新文學創作，無論是《秦漢風雲》還是《一代暴君》，還有一齣寫董小宛故事的《一代紅顏》，劇本確實都出自靜芝老師。

「我就拿剛剛問你的問題請教『老闆』，」柳亨奎接著說：「古時候的人說話都用典故，難道每個人都聽得懂嗎？難道連我們韓國人也這樣說話嗎？」

「他怎麼說？」

「他說：『用典就是說故事。可是這故事，如果說的人和聽的人都明白會意，就不必說了，可也就等於說了。』」柳亨奎說：「他這樣解釋，我愈聽愈糊塗。」

「你去找張大春商量這事去啊！」據說「老闆」笑瞇瞇地把《一代暴君》壓回銅缽子底下，隨即反問柳亨奎說：「他不是寫小說的嗎？」

對照多年以後陳美妃對我說起她爭取留校任助教而不能就，而我卻在無知無覺之間辜負了靜芝老師想要把我留校栽培的美意。可是，辜負儘管辜負，老師似乎從來沒有對於我不肯踏入學院一途而流露出任何不滿或責備之意。

荷花池畔一縱即逝的往事回憶忽然間清晰了片刻。在掛上了那通電話的時候，我已經忘了原先想要追問柳亨奎和胡金銓導演之間如何過從之事，而被另外一個念頭牽動著，全然不能釋懷——靜芝老師對於新文學的創作，或者對於小說、廣播劇、電視劇、電影乃至於書法、京劇這些遠非學術形式的創作，難道會是像伍博純那樣的視野看待的嗎？而在伍博純那一代人眼裡，這些看起來光怪陸離、充滿悲歡離合，讀著、聽著、收看著覺得可喜可愕、又堪疑其半真半假的故事，正是走向新文明、新政治、新生活途中所不能不施於眾人、傳之子孫的教育。

換言之，在社會分工的用語上自認是個「作家」、「小說家」的我，是不是一直誤會了自己的職分——我近乎盲從地追隨著不知道如何發起的眾人的意見，以為編撰些令人嘖嘖稱奇的虛構故事竟然是某種「藝術」？這可能是個天大的誤會了。而靜芝老師明明說的是：「教育不是天經地義成就的，教育是要有人能發願助人、救人的事業。」

他說的居然是創作嗎？

第十一話

滿村聽唱蔡中郎

清光緒十七年（一八九四），浙江紹興府府學考場裡前來應試的人不知凡幾，人叢中頗有些奇觀。今回有一幕，百年不見——前頭走著個身形魁梧的大個子，雙手各提著一只考籃兒，腰上繫著條又寬又長的腰帶，腰帶的另一頭牽在一個瘦弱矮小的孩子手上，人當他們是父子，卻也不能無疑，畢竟父子同年考秀才的十分罕見。若非父子，他們的關係就更費疑猜了。

試後發榜，一前一後兩人都中了，只不過名次和行次是倒過來的。走在前頭的田沛鋆勉強得雋，而走在後頭的蔡椿壽是田沛鋆的妻舅，年紀比這位二姊夫小上二十春秋，卻高中了前列。他是這一榜裡年紀最小的童生，只有十四歲。不過當時期望他將來能為紹興府掙一個「連捷」狀元的人恐怕都要失望了，這孩子一生的功名到此為止。

他更了不起的事功也不是以蔡椿壽之名成就的。他的號叫「東藩」，有時寫成「東帆」或「東颿」。此公舉業蹭蹬，多少與他不合時宜的個性有關，也與他所嚮往的文章境界和價值有關。後來他磨盡數十年青春，受盡書商剝削，騁一生之力，寫下十一部《歷朝通俗演義》（或稱《中國歷代通俗演義》），共一千零四十回，七百萬字，不可謂不是巨著了，甚至我們還可以說：他恐怕是近世以來最用功、最獨立、也最偉大的平民歷史教育家。

蔡東藩命途之坎坷也相當罕見。他在六歲之前，還能跟著兩位哥哥讀書，但是時間不長，大哥就因病亡故。比他大四、五歲的二哥也在青春期忽然罹患了一種怪病，先是兩腿癱瘓，之後全身逐漸麻痺，藥石不能回天，很快也就跟著他大哥去了。接著是一雙父母，或許是由於兩個大兒子先後去世而積憂成疾，隨即過世。至於嫁出門的三個姊姊，沒有一個能養兒育女，也相繼撒手人寰。蔡東藩尚未成年，便得主持一連串的喪事，還向那位憨厚的二姊夫田沛鋆舉債成服，情境可以說萬般窘迫了。

俗事不堪了，田沛鋆給出了一個他自己也不甚甘心的主意：本縣（臨浦）誰不知道蔡東藩才學出眾？有人來請去幹槍手，也就是冒名頂試。此事有兩個法門，一種是冒者與被冒者同科進場，槍手連作帶謄，一手包辦，再伺機供應給出錢的考生，自己的卷子就算白玩兒。另一種是原考生根本不下場，索性由瓜代者一體應付，不折騰。按尋常律例，三年一大比，蔡東藩替人考過好幾次，雖然廣助無學無才者晉身官場，他自己仍然只是個兩袖清風的窮秀才。

有一年他親自調教的兩個滿洲貴冑子弟要應考，他心一横，也打算憑本事謀一出身，告別這西席帶槍手的生涯。未料考到末場，兩個學生為了孝敬老師，給送來一碗蒸雞，蔡東藩起身一遜讓，把碗雞湯給灑在剛謄抄好的試卷上了，淋漓滿紙，不堪辨識。當下也沒有工夫重新抄錄了；這一科，就算是天上文曲星給蔡東藩這些年幹槍手的一個薄懲，可他一旦認識到這是天意，就徹底看開了——功名於我本無份，事業憑誰算有為？

正科不能出身，優貢也是一條路子。和「鄉試」一樣，優貢也是以省為單位的拔才之途。學政在三年任滿之前，例由各府、州、縣的教官保舉所屬之學校中品學兼優的生員弟子，呈送給學政、並會同一省之巡撫考優貢，以備次年送京朝考。朝考如果還能保持優異的成績，立刻分發，以知縣或教職授用。

蔡東藩優貢名列前茅，朝考也在百名之內，是了不起的好成績，還得進宮見皇上呢！

朝考優等，可以面聖，這是乾隆以後逐漸形成的規矩。以蔡東藩當時的境況來說，還得斥資捯飭一番；花一大筆錢，買套繡花衣帽，到正日子了，夜半起身和其他同榜登科的新貴們一起進宮，聽候大內差遣。每個人都以為晨曦初上鳳闕之時，就能夠得見皇帝的龍顏，這是何等的榮寵！何等的恩眷！

不料，進得殿門之後，四下裡仍是一片闃黑。好容易捱到天將破曉之際，太監傳話，讓大夥兒落跪、叩頭、高呼萬歲。人人身不由主了老半天，朝陽尚在觚稜下，便傳話下來：朝見結束，眾人可以各自回去了。新貴人們不但沒見到皇上，沒見到大臣，甚至連太監的長相都略無印象。

蔡東藩日後經常提起這一段往事，說時搖頭太息不已，頻稱：「辜負，辜負。」這是十分有趣的兩字箋注。三更燈火五更雞，十年辛苦不尋常，換來一個淑世救國的盼頭，一份不著邊際的資格，但實則博取到的僅是徹底的失望。面聖而不見聖是個完整的象徵，似乎在暗示著千百年來科舉時代無數士子拚盡一身精力氣血，為的不過是一瞬間的鏡花幻泡而已。

真正令他絕望的是又等了幾年之後，他終給分發到福州，以知縣候補，卻沒有能力與督撫藩臬之流的上官周旋、交際，倒是吃了不少閉門羹。他遂因此而大徹大悟，在福州待了一個多月，便稱病回家了。這一年，正值辛亥。

長久以來，蔡東藩在浙江地方上的文名已經相當大了。他有個多年相交的文友，叫邵希雍，字廉存，是山陰縣下邵村人，一聽說他稱疾歸里，趕緊前來存問；一見面而得知病是幌子，便豎起了大拇哥，道：「懸崖勒馬，智士也。」然而他不只是來稱許老朋友的，還帶來一份工作——

原來邵希雍先前曾經編過一本書，名為《高等小學論說文範》，由上海惠文堂新記書局出版，這種既是教科書，又兼有「自修」的性質，只要新式學堂裡有人使用，在尚未來得及發現第二種之前，市場都是獨占而廣大得無從想像的。科舉已廢，文教卻不能一日中輟，邵希雍此一生意眼可以說獨發先領，並世無雙。

出版前他曾經就教於還沒上福建去碰壁的蔡東藩，蔡告以：「假借文字，陶鑄國魂，發愛國思想，播良善種子；的確是椿大功德。」這幾句鼓勵的話呈現了一種不凡的氣魄，脫拔出一般遺老在清末民初之時那種沖天怨懟的亡國之恨。蔡東藩更接近嚴復，試圖在新世界看似一片汪洋的茫然之中，找尋舊王朝裡可供抱柱取信或浮浪存身的飯飣之學。

果然，《高等小學論說文範》一上市便到處風行，「歲銷以萬計」。如今他二度找上了蔡東藩，是要把這文教事業往上再推進一層樓——邵希雍的下一個出版計畫是《中等新論說文範》。當是時，蔡東藩並沒有立刻答應，以後見之明視之，很可能在那個節骨眼兒上，蔡氏已經有他自己的寫作計畫——也就是《歷朝通俗演義》中的第一部：《清史通俗演義》。邵希雍不死心，三顧茅廬，請他務必花些時間屬稿。他才剛剛開始寫，就傳來了重大消息：武昌革命成功了！

一個新的時代在眼前展開。很多人來不及參與其締造，甚至來不及謳歌其成功。但是來不及往往是樁好事——蔡東藩在這本《中等新論說文範》的弁言裡如此寫道：「就時論事，勉成數十篇，並綴數語以作弁言。竊謂為新國民，當革奴隸性；為新國文，亦不可不革奴隸性……夫我申我見，我為我文，不必不學古人，亦不必強學古人；不必不從今人，亦不必盲從今人。」

蔡東藩的寫作事業初與邵希雍相綰合，而邵早故，於是這事業就轉而由上海會文堂新記書局發動。

會文堂是一個務實的出版社，看準了新式、舊式教育在銜接期間會有一段漫長的磨合時期。究竟什麼是國民應該具備的普遍教養？什麼又是才人得以專攻的精進學問？這在清末科舉廢除之後一直是關心教育大業之人都在摸索的問題。會文堂於是和蔡東藩商量：如何能透過市場的主導，奠定一個基本文化能力的培養方向。

從蔡東藩主持、編纂的書籍可知，他並不特別注重「四庫」「百科」那樣龐大的知識輸送結構，從剛下手編寫的《寫信必讀》、《楹聯大全》、《幼學故事瓊林續集》可以看出，他並不注重流傳了一、二千年的載道問學之義，所關心的反而是更簡明、切近的實用之學——在生活中能夠應用的文字知識。

在他看來，當前的文史教養不外兩端，一是「優孟學」，一是「盲瞽學」。所謂「優孟」，還算是文雅的貶詞，意思就是說：在傳統的老師宿儒教導之下，孩童不過是模仿唐、宋諸大家的腔調，咿唔鸚鵡，摭拾之無，到頭來還是求媚於王公權貴的一種文字。

對於新文學所寄生的新媒介，蔡東藩也沒有好評。他對民國以後「入塾六、七年，自謂能作三、五百字文」的學生又是如何議論的呢？「實則舉報紙拉雜之詞，及道聽塗說之語，掇拾成篇，毫無心得。」這就是所謂的「盲瞽之學」——換言之，也就是街頭走唱賣藝之流亞而已。

蔡東藩的《歷朝通俗演義》始自《滿清通俗演義》，根據其孫蔡福源的追記，這部書在一開始與會文堂新記書局洽談出版的時候曾經「多次遭到奚落和嘲諷」，似乎與當時文化界的兩股思想主流有關。

蔡福源的論證是以兩個蔡東藩身側之人的看法做骨幹的；一個叫李馬鑒的鄰居，是滿清遺老，主張此書應該「為君主制度招魂」；另一個叫沈幼貢的友人則希望這本書能夠達到「反清復明」、彰顯民族鬥爭旗號的鮮明目的。

而蔡東藩所拈出的疑惑卻遠遠高出這意識形態的惡鬥，他的用語簡潔有力，直指打開歷史糾結的「角觿」，其實在於能否追問「失政」的關鍵，而非滿足讀史者的情感：「夫使清室而果無失德也，則垂治億萬年斯可矣，何至鄂軍一起，清社即墟？然苟如近時之燕書郢說，則罪且浮於秦政、隋煬；秦、隋不數載即亡，寧於滿清而獨永命、顧傳至二百數十年之久歟？」

在蔡東藩筆下，寫作「演義」這件事猶如「書史」。他不但要逼問歷史發展的真相，還於周章敘事之間，一步一步地設問：往來成今古，因果究何如？而這種說故事的態度與方法，當然不是蘭台令史、司馬世家之屬，而是滿眼看著三家村裡跑來蹦去的塾童，思慮其當知、當問、當思、當辨之事而開出的書寫之路，迥異於千秋以來的史家！其偉大處，偏在於這個創世之見。

一切若是為了教育，則歷史應該如何呈現？這個思維完全扭轉了傳統民族教育以完足正確史觀為目的的做法。再說得淺顯些：當懷抱著《幼學故事瓊林》的寫作動機面對歷史之際，書史者所念茲在茲的不只是表象之事實，還有經不起追問的因果。

如何說明蔡東藩的「演義」不是說故事，更是翻檢故事的肌理，透析情節的骨髓，使之成為民國教育之一環，為蒙童也似的國民建構一套有別於頂禮帝王、崇揚正朔的史觀呢？試舉一例，就在蔡東藩的第一部長篇歷史演義之中。

先是，韓愈有一首〈雉帶箭〉的七古，是這麼寫的：「原頭火燒靜兀兀，野雉畏鷹出覆沒。將軍欲以巧伏人，盤馬彎弓惜不發。地形漸窄觀者多，雉驚弓滿勁箭加。衝人決起百餘尺，紅翎白鏃相傾斜。將軍仰笑軍吏賀，五色離披馬前墮。」

其中的「將軍欲以巧伏人，盤馬彎弓惜不發」，在短短十句詩中營造了一種倏忽頓挫的氣氛，像是橫空出世的一陣懸疑，讓讀者錯愕，幾乎要從將軍的內心去反問：他是想放過這一隻雉鳥了嗎？當然沒有。將軍只不過是賣弄了一個貓玩老鼠的把戲，製造出一瞬間凝結旁觀者驚詫、歎服的氣氛。

蔡東藩借用了這兩句，改成「將軍欲以巧勝人，盤馬彎弓故不發」，置入《清史通俗演義》第九十九回後的批注之文中。他接著寫道：「這兩語正可移送袁公（按：即袁世凱）。遲遲出山，又遲遲入京，處危疑交集之秋，尚屬從容不迫，其才具已可概見。漢陽一役，明以示威，得漢陽而失南京，正袁公之所以巧為處置也。從字句間體察之，可以覘袁大臣之心，可以見著書人之識。」

作者為自己的書寫批注，看來不免有「老王賣瓜」之譏，但是毋寧從另一個更為宏觀的視角看去：這段話當然不只是在揄揚著書人多麼有見解，而是藉批注的口吻，助讀者一臂之力，從看古人熱鬧的立場上抽拔而出，發現歷史推進過程之中，一二暗中控馭之人如何旁敲側擊之竅竅。

這幾句按語的確石破天驚，發前人所未發，直指袁世凱縱馮國璋之所部燒劫街坊、荼毒漢陽，與刻意讓南京失守，拱手於同盟會數百殘兵，其實是出於同一副機心——若不焚掠漢陽，不足以邀迎宗室的信任；若不棄守南京，又不足以裹脅朝廷之眷倚，而袁氏之所以能在清宗室與革命黨之間優游取容，兩面得利，關鍵就在漢陽、南京的一操一縱之間；打漢陽、棄南京，都只為了養兩面之敵，復結兩面之盟。

作為一個歷史小說的寫作者，蔡東藩何嘗只措意於我們後世人眼中的文學？他開筆所寫的第一部歷史演義，就是為了在帝國和民國易幟之秋，察覺這大歷史舞台上之阡陌縱橫，各從何處而來，又通往何方而去。所謂「著書人之識」，才是他心繫於讀者的樞紐——敘述故事，是為了提煉觀點，並且施之於普通國民之教育。

就像是先前他所撰寫的《幼學故事瓊林續集》，其目的還是架構一套審視歷史的獨立觀點，將「為新國民，當革奴隸性；為新國文，亦不可不革奴隸性」的寫作信仰，傳播到每一個有能力聽說書的人耳中。更具體地說：蔡東藩既承繼了羅貫中以小說寫史的企圖，更著眼於他那一個當代的宏觀性的文化教育，撇開辭章美學的角度不看，單以縱深兩千一百六十年的時間跨度、一千零八十回達七百萬字的篇幅，而總以一人一筆挽任之，這份成就恐怕連羅貫中也只能瞠乎其後。

陸游的詩〈小舟遊近村捨舟步歸〉是這麼寫的：「斜陽古柳趙家莊，負鼓盲翁正作場。身後是非誰管得？滿村聽唱蔡中郎。」此處的蔡中郎是傳說故事《趙五娘》裡的負心漢。不過，此詩常讓我想起蔡東藩——在現實裡的無論張家村、李家村，還能聽到他說的這一部漫長的故事嗎？

然而，這一首〈小舟遊近村捨舟步歸〉與我關係特殊。這一張書法作品，行書秀美，是靜芝老師親筆墨寶，在我的書房壁上懸掛多年，直至今日。猶記書寫當時，我侍立在側，老師寫得高興，指著剩下來的二尺全開的空白處說：「還有一半兒，我再給你寫兩首，還是陸游罷。」多寫的是放翁〈東關〉詩二首，也都是七絕。其一曰：「天華寺西艇子橫，白蘋風細浪紋平。移家只欲東關住，夜夜湖中看月升。」其二曰：「煙水蒼茫西復東，扁舟又繫柳陰中。三更酒醒殘燈在，臥聽瀟瀟雨打篷。」其中「又」、「繫」二字顛倒，字間右側打了個勾，算是補正。

老師一揮而就，落款鈐印罷了，才說：「詩人是一個意思，讀詩之人，又生出自己的意思，意思無窮，人人不同，詩才是活的。字紙你拿回去，裁開也可以，不裁也可以；但是要看出放翁的意思，看出我的意思，也看出你自己的意思要緊。」

接著，他從桌上的銅缽子底下抽出另一本書，遞了過來。我仔細一打量，發現那不是書，是一本封面打印著《一代暴君》四字的稿本——的確就是多年以後柳亭奎在電話裡形容的「劇本」，然而，捧在手裡翻覽的當下，我根本不覺得那是什麼劇本，乍看倒像是一冊翻寫修訂了許多次的教學筆記，每一頁的正文只有八行，朱絲欄分明界定，行中有鋼筆大字，也有紅筆小字，行間略現空白之處，也都幾乎寫滿了更細小的注腳，雖然文字密密匝匝，猶如蟻陣，但是布局分明，前後文的銜接倒是十分清楚。

在這一冊文字的第一頁上，清清楚楚兩行毛筆小楷標題：《武昌革命真史：〈熊成基事略〉考》，信目瀏覽，立刻看到幾句醒目的正文：「革命未就之前，孰能卜其成敗？革命既興之後，誰不爭相收拾？建勳者爭其權軸，敗亡者振其鎩羽，所事者何？蓋孜孜造史，以攘後世之名也。」

由於字句鏗鏘有節，我忍不住讀出聲來，靜芝老師隨即笑著說：「你就把這篇東西改寫了罷。」

「改寫？」

「改寫。」

「改寫成什麼呢？」我還是一片渾沌。

「改寫成什麼都可以。古人說『隱括成文』，就是這個意思。把詩填成詞，把詞吟成詩；把筆記敷衍成小說，把小說提煉成考據。都可以的。」

「什麼時候交卷呢？」我怯怯地問道，一面想：這大概就是向「老闆」討字畫所必須付出的代價吧？

不料靜芝老師卻指著桌上未曾乾透的字畫，說：「才說『滿村聽唱蔡中郎』不是？那說書的老先生管它什麼時候交卷呢？」

一聽說沒有交卷的日期，我可樂了，一時興起，搖著手上的冊子，隨口問道：「為什麼是『一代暴君』呢？」

「電視台印劇本，封面印多了，我看扔了可惜，就收著用。你要不要幾張？」

我還真討回家一大疊報廢的《一代暴君》封面紙，反摺之後，用來包覆稿子，非常合用。直到手寫稿這件事徹底從生活中消失為止——人們稱這種不寫字的時代為網路革命時代。至今我還保留著封面裡頁印有「一代暴君」字樣的第一篇文章，就是從《武昌革命真史：〈熊成基事略〉考》隱括改寫而成的《慈善相呼革命軍》。事實上，我一直沒有繳回那一份作業，我甚至沒有繳回靜芝老師的稿本。原因很簡單，我並不知道我「改寫」成功了沒有？

靜芝老師交付給我的是一份學術材料，可是他所謂的「隱括」，顯然並非要我把這份材料融會成另一篇學術報告。我大膽揣摩，他會不會是要我將熊成基的身世、遭遇改寫成小說？或者劇本呢？（用《一代暴君》劇本紙封當封面，不就是一個相當強烈的暗示嗎？）不過，我實在沒有把握，只能夾議夾敘地寫成一篇讀來像是刊登在《傳記文學》上的道故雜談。不料，幾年之後，卻真派上了用場。

那時，旅居香港的張艾嘉介紹我和胡金銓導演結識，要我帶一些可以「顯示編劇功力」的作品給導演過過眼，為的就是替徐克監製的大片《笑傲江湖》編寫劇本，而胡導演則獲聘執導此片。胡導演當著我的面把《慈善相呼革命軍》很仔細地讀了一遍，突如其來地說：「你和王靜芝先生是故舊嗎？」

「我是門生。」我說。

「那麼，就是你了。」胡導演搖晃著那一卷《慈善相呼革命軍》，說：「這明明是王先生的筆墨。一篇論文寫來，簡直就是劇本。你只不過是把它做成大白話的文字罷了。然而，這也是不容易的事了。」

藤井賢一和我在紫藤盧窩著羅圈兒腿喝茶的那個下午，他在暮色之中，用那短短的手臂、短短的手指，揮舞著、撥弄著、比畫著，像是這世間有一種語言不敷使用、非以誇張而難看的舞蹈不足以表現的意思，掙扎了半天，才說：「胡導演的《扮皇帝》就是要用這種方式寫，也是用這種方式拍！」

「不過，」我問：「靜芝老師也好、還有你剛才提到的王岷源也好，他們跟薄無鬼又有什麼關係呢？」

「你們中國人喜歡說大時代、大時代，」藤井賢一伸著懶腰，道：「胡導演就說過：大時代，就像黑洞一樣，是每個人都捲在裡面、陷在裡面，都有分不開的關係。」

其實，這話裡面的「黑洞」一詞是藤井賢一自己添加的，本來的語句也不是胡導演說的。原話出自熊成基。那是熊成基慷慨赴義的兩個敘述版本其中之一，說的是熊成基和提刑法官告別之時，先說：「鄭重！鄭重！後會有期。」之後，登上囚車，前往北門刑場。

在路上，他對押解他的護兵也有交代：「爾等與我並非陌路，是這個時代偉大，把人人都擁抱起來，有如浪潮迭生，浮沫相連，人人都密不可分啊！」之後，烈士再向圍觀的老百姓高聲喊道：「諸君！諸君！別以為我是盜匪，別以為我是奸人，別以為我是殺人的凶徒。我本來只是一個慈善的革命軍人呀！」

第十二話

慈善相呼革命軍

革命之謂「大業」，乃是舊社會各方面的人都參與了一場彼此同情共理而齊心催生的巨變，鼎革之功，不盡在拋頭灑血之人，有時甚至還有可能在對立的那一陣營裡。

革命成功之前，無人能預卜休咎；革命成功之後，不甘降服殄滅的一方就會出現大量修改記憶以博青史載名的人物，這些人之因勢利導，隨波逐流，未必出於自發，有時也是順應時尚人情而已。但是，革命前後對於天道、國體、法理、官常乃至人情的種種認知之變異過大，如能回圜自若，也還是一門深不可測的工夫。

〈熊成基事略〉的作者傅善慶大約就是這樣的一個人物，〈熊成基事略〉大約也就是這樣的一篇文字——在驚天動地的巨變之後，順利轉彎達陣，不礙其仍可以為新時代的旗手。

在寫成這篇追記文字之後兩年（時在民國元年五月一日），傅善慶才把它公開，推算其自敘之寫作時間，是在庚戌年的春天——也就是熊成基被砍掉頭顱之後的幾天。之所以「篋藏經年，未敢宣漏」，就是因為時局的走向還不明朗，萬一作者所言坦蕩真誠，則這種對革命表態同情的文字要是張揚出去、給守舊保皇分子看了，儘管在朝風夕雲的變勢之中，還是有可能釀成大獄。

從相反的角度看去：一個負責鞫審革命黨要犯的法務官僚，竟然在他所審理、處決的「欽犯」死後「浹旬」（十天）便將「其在獄廿四日之言論動作」一一筆記，而且，作者自道存心，還是「所慮閱世久遠，馴致遺忘，且恐千秋萬世欲求其最終之事實而不可得，因從日記中錄出，略加刪次，輯而存之」，看來也不可盡信。世故多疑之人一定可以推想：傅善慶未必是在熊成基死後由於革命大義之感動而為政敵立傳，很可能還真是在庚戌（一九一〇）、壬子

（一九一二）的兩年之間，眼看時不我予，遂做此以明志，至少擺上一副同情革命、善待黨人的花架子。

無論善待熊成基是真是假，起碼後人還是可以在這篇文字中讀到一則相當清晰的革命案例，也絲毫不必猶豫：當年那個十九歲的時候還在婦人醇酒間糜爛其生活的青年，在二十三歲上就已經殺身成仁，成為民國革命先烈的人格典型；而在他生命的最後一程，則經由劊子手集團的側記，留下了清晰的足跡。

己酉年（一九〇九）舊曆臘月祭灶日當天，吉林省按察使吳燾（子明）約了當時擔任提法僉事的傅善慶晚飯，席間告以：「明天天亮之後長春方面會押一人犯到省裡來，這人叫熊成基，不知道你聽說過沒有？」

熊成基的祖父擔任過縣父母，父親是候補通判，少年時就因為酒色過度，羸瘠多病，日後馮自由為他所寫的小傳裡對此有一段生動的描述——說他十九歲那年落魄蕪湖，忽一日攬鏡自照，道：「大丈夫當立功傳後世，豈能以少年無行終哉？」於是便渡江到了安慶，進入安徽武備練軍學堂。回頭浪子，立地成為一個苦學上進的青年。可是偏偏時運不濟，沒過多久，學堂停辦了，他只好再赴江寧（南京）應徵兵令，由營將之間關紹介，再入炮兵速成學堂。日後安徽徵兵，熊成基才能以炮兵排長的資歷成為隊官。

當時（一九〇六—一九〇七）光復會正在安徽大肆宣傳、活動，熊成基入了會，同時具備新民國革命者與舊皇朝軍官的雙重身分。據說，他原本在新軍統領顧忠琛麾下有升任步兵營管帶的機會，可是他堅辭不就，就是因為想著一朝發難，炮隊具備強大的火力優勢，以此可見其志略。

安慶是徐錫麟殺恩銘而被死難之地，身遭凌遲，連心肝都被挖出來烹食，這對熊成基來說，是十分重大的刺激。日後他發動安慶起義，多少有些就地報仇的意思。

徐錫麟倉促起事，當時是光緒三十三年丁未（一九〇七），同一年，熊成基接受調派，充任工輜營頭目，不久就被發往安慶當差了。但是在這個時期，清廷已經對軍隊方面之「異動」有了相當程度的警覺，許多有要員大吏主持的儀式，多將知識較新的軍官排擠在外，不令參與，以免橫生枝節。

這跟兩年前結合了興中會、華興會、光復會等革命組織而在東京成立的同盟會有直接的關係——以武昌首義之後一度被推舉為安徽都督、卻堅辭不就的吳春陽為例；吳春陽是同盟會的發起人之一，於一九〇六年返國，身在炮兵營為營兵，並無統率指揮之權，成天到晚幹的活兒則是散發民報和各種革命宣傳品，各營士兵居然也明目張膽、趨之若鶩，日後吳春陽是在遭到通緝的情況下逃回老家合肥，視此可知宣傳革命之狂熱。

熊成基之能夠在安慶安身立命，還有一個原因，就是安徽改練新軍伊始，即在安慶建立了武備學堂，設常備軍營。大體言之，這兩個單位就是革命同志的搖籃，日後於辛亥起義期間強攻南京、民國成立後不畏強禦堅持抗袁，更在二次革命和護法戰爭之中都能凜然揮一軍的柏文蔚，也是這練軍學堂出身的。

徐錫麟刺殺恩銘之後半年，大江南北之軍界仍處在風聲鶴唳之中，略有動靜，即生影響。清廷原本下令在十月間行南洋各鎮新軍之「秋操」，主其事者為當時的陸軍部右侍郎蔭昌和兩江總督端方。元戎閱兵，計在安慶東門外的「英公祠」設行轅，正好可以甕中捉鱉，一舉而狙殺之。對於軍中革命同志而言，這是最佳的起義時機：有槍、有炮，有整齊的行伍，有嚴明的紀律，還有最重要的——血流五步即可振奮全軍的渠帥頭顱。可是，這一回偏偏不知什麼緣故，屆時應該親臨閱操的端方沒來，其事遂寢。

不過，更好的機會隨即降臨：光緒與慈禧相繼謝世。熊成基與范傳甲、張勁夫、洪承點、程芝萱等同志相約，準備提點上千名馬、炮營士兵，一舉拿下安慶。整個計畫原本是「裡應外合」，然而約定開城相迎迓的薛哲一時軟弱，失了先機，導致城中、城外同志不能互通聲氣，炮彈又沒有彈火引頭，力戰一兩日，革命軍就潰敗了。熊成基率眾流竄桐城、合肥，而身陷城中的薛哲仍復被戮不說，范傳甲、張勁夫也相繼被捕，梟首示眾；只有洪承點逃得最遠，一溜煙去了香港。安慶起義失敗，因株連而喪命的黨人多達三百。

熊成基短暫的流亡和許多革命者一樣，第一站就是日本。此番東渡，他念茲在茲的是「革命要花錢」。如欲發起軍事行動，真得先張羅一大筆款子。合該讓他碰上了一宗買賣。

先是，有一革命同志名叫孫棨，他聲稱手上擁有一批得自日本某武官之手的軍事文書，包括日軍在東北的軍事計畫、作戰部署、軍用地圖等幾十種。這批東西落在尋常人手裡沒有用，就算是給滿清朝廷得著了，也未必能拿得出什麼像樣的對策機謀。盱衡時局，倒是另有一險計可用——原來此時非但日本想要染指東三省，北邊的帝俄政權也時時覬覦，力圖牽制日本在華勢力。這一批軍事文書如果能運回國內，找到俄國的買家，不但能借勢牽制日本，還能籌措一筆發動革命的經費，何樂而不為？

當時在東京的諸友卻以為熊成基回國風險太大，均不贊成。熊成基則樂觀地以為這是老天爺給的一個大好機會，畢竟軍機萬變，兵貴神速，要是拖沓時日，手上的珍寶也可能在極短的時間之內就成了廢紙，是以他決定立刻回國，而且是去一個比東京還要陌生的地方——東三省。

身負謀逆通緝，熊成基仍執意回國，原因之一是得到商震的回音。商震出身保定陸軍學堂，但是由於加入同盟會而沒能卒業，輾轉赴瀋陽、遼陽辦小學堂、教書、宣傳革命。之後又因為「詆斥官府」獲罪，幾經波折而東渡日本。是在這段時間，商震和熊成基有了往來，同是大逆稽天之人，天涯淪落，更加惺惺相惜。

一九〇九年，商震先奉指示回長春，熊成基以身擁日本軍部文書之奇貨而告之，商震居然說他有門路，「已交涉明白，請來解決」。換言之，貨物有了俄國的買主，就等一個銀貨兩訖的手續了。當時商震有個朋友，叫臧克明，力主熊成基前往，而且熱心地邀請他住到自己家去。

臧克明的父親叫臧冠三，年近六旬，是個馬賊出身，人前信奉耶教，人後倡言革命，明眼投資，長袖善舞，成了排場很大的仕紳，初看也還是個幹練而豪邁的人物。熊成基寄人籬下，也可能是言談間投主人之所好，隨口許了個數字，說這筆軍機買賣事成之後，可以分三萬塊錢給臧冠三。臧冠三不但認了真，也以為既然對方能喊得出這麼大一筆分潤，身家一定不止此數，遂於熊成基寄居期間，屢屢向他告貸。熊成基是慷慨人，不過一個多月的光景，隨身的盤川就給這老兒敲剝光了。

一九〇九年七月中，東京方面的同志孫銘來長春相晤，問及近況和軍機交涉事宜，熊成基才坦言：行囊困乏，生意無著，當初商震「已交涉明白，請來解決」的話根本「毫無根據」。孫銘倒是個機靈人，通過他自己的人脈——一個能通俄文的譯員趙郁卿——賣出了一部文書，得價三百，由大清銀行匯款到臧冠三的戶頭轉交熊成基，不過臧冠三收了，把錢暗槓下來，熊成基還是只能告急。之後明白過來了，只好倉皇出奔哈爾濱，暫時棲身在秦家崗一爿叫「賓如棧」的逆旅。

孫銘等人還真有門路，經由多方打探、接觸，反覆商談，將剩餘軍機以大約五千元之數，包裹售出。相對於先前的憧憬，當然不能算理想，可起碼不至於白忙。熊成基卻不滿意，這樣的收入畢竟和他所預期的相差太遠。黨人問他意欲何為，他居然說要留下來學俄文，自己辦交涉！也是基於欲圖速成之故，熊成基又不聽人勸，趕回了長春與同志見面。

另一方面，臧冠三在地方上的眼線何其緊密，很快就得知熊成基已經兼程回到長春，可是遲遲不與他聯繫，就惹了狐疑。臧冠三判斷：若非熊成基已經私下談妥了生意，就是他投靠了滿清。唯其如此不光明，才會於再訪長春之際避不見面——這當然是小人之心，而另一個適時冒出來的小道消息更加深了他的懷疑：據說熊成基已經獲得北京方面的巨額款項支持。臧冠三索性給熊成基去一信，獅子大開口，要一萬塊錢。熊力駁其說，臧卻出之以更嚴厲的要挾：「你在我家白吃白喝幾個月，連伙食錢都不給嗎？那麼我只好向官府提報你的下落了！」

偏偏就在這個當兒，新任籌辦海軍大臣載洵去歐洲考察，由西伯利亞鐵道歸國。臧冠三居然向吉林巡撫陳昭常出首，說：兩年前安慶軍變肇事分子熊成基已經潛來東北，預謀將於哈爾濱行刺載洵。

此事也不能說是全然的子虛烏有。據聞：載洵得到密報之後，匆匆過境，並沒有下車，連應該和當地俄國領事所做的會面都省了，還引起對方不快。而熊成基的確在車站外徘徊良久，實在是因為偵防極嚴，不得接近而作罷。

熊成基為臧冠三所賣，還牽連到另一位東北地區革命志士的命運。可以岔開一筆另敘如此。

這人名叫蔣大同，直隸永平府人，以舊制博士弟子員身分，入永平師範就學。不久即轉赴保定陸軍速成學校，其志行如此，當然還是革命從軍、造反救國的一路。蔣氏曾經鑒於美國禁阻華工入境而糾合同學，從事抵制、示威，甚至驚動了美國公使，向清廷抗議。廷旨既下，切責陸軍速成學校加以逮捕，當時因惜才而縱放蔣大同、令之逃往關外投奔盛京將軍趙爾巽的，就是日後的北洋三傑之一馮國璋。

蔣大同是基於這一背景而出關。前文提及的商震，正是蔣大同的合夥人——他們一同創辦了遼陽陸軍小學和瀋陽勸學公所商業專校，以及意義更為重大的「官話子母總塾」。這是一所極具現代概念的「語文種子學校」，才成立半年，分校即擴充到六十餘所，很受當時趙爾巽的賞識，想讓他幹個督辦，可是他卻是個非常堅決的種族革命論者，不肯在滿清政府底下擔任公職。

也因為在東北和蒙古地區遊歷日久，眼界大開，蔣大同漸漸看出來：中國的革命自強不徒然是同文同種、一國一民的事，尤其在邊關地區，這種翻天覆地的事業，還切切關乎實力強盛而時刻覬覦著中國廣大領土、豐富資源的強鄰。所以打從一開始周遊關外，他就認真學習俄文，務期能熟諳俄語；且於行腳所過之處，無不悉心觀察和記錄中、俄邊界山川形勢、風土人情，以及俄方的國防設施。也因為這樣的行徑，受到俄國邊界密探的注意，發現他隨身所攜帶的簿本之中，載錄著許多明明是軍事要塞的情報，進而一舉將之逮捕繫獄。

在收關蔣大同的西伯利亞監獄裡，向例只有兩種人：一是當時反帝俄的無政府主義者，全是俄裔；另一種就是出身中國領土的紅鬍子。紅鬍子在獄中自有階層，矩矱極嚴，可是沒想到蔣大同一來，不過三五日，即能令數以十計的老囚犯瞠目結舌、正襟危坐地聽他宣講國是，演說革命要旨，甚至還任他口講指畫地教讀四書五經。馮自由在《革命逸史》裡的形容如此：「不一年而江湖大盜皆化為孔門弟子矣。且獄卒亦漸為大同所感化，俄犯見紅鬍子多受大同薰陶，性質一變，遂亦群請蔣先生授課，大同乃以俄語講解中國歷史倫理。」

語言的優勢使得蔣大同在西伯利亞監獄裡暴得「東方聖人」之美稱，聲譽很快傳揚出去，由近而遠，西伯利亞鐵路沿線各城鎮紳商聯名向沙皇建言保釋，沙皇竟也俯徇輿情，順應民意，特旨釋放，「出獄之日，老犯萬餘人同聲痛哭，聲震鐵棚，俄官吏相戒失色」。這情景也上報到沙皇那裡，邀來皇帝一紙電諭：此人如再入境，宜加特別注意。

熊成基在光緒己酉年（一九〇九）被捕於哈爾濱，案發時《長春日報》的主筆徐竹平也被捕了，當下蔣大同身在榆關，一時未曾入彀，但是清廷每每遇到此類逮捕，都會藉機擴大，務求羅織。

蔣大同不得已走避到黑河——當時的黑河道尹宋小濂正在與俄國人交涉四十八旗屯邊界勘糾紛，請他前往俄境周旋。遇上這樣為國為民的大事，蔣大同忽焉忘記了前情，他前一步才踏上俄國國境，遞了名刺，後一步就讓密探給盯上了——而且來了個當場逮捕。

宋小濂百般試圖營救，俄方則只是一徑虛與委蛇，表面上直說：隨即奉使歸國，暗中卻派了一整隊哥薩克騎兵，在昏沉的夜色中尾隨著蔣大同的行船。

蔣大同於半渡黑龍江之際，忽然遭受到哥薩克騎兵的猛烈襲擊，槍火交織如扇，打得一葉扁舟有如蜂巢。蔣大同死前還高聲呼求：「殺我一人，不要害了船家！」

這位在西伯利亞監獄裡博得俄囚封贈「東方聖人」美譽的革命志士比熊成基晚幾個月殉難，得年只有二十七歲。

熊成基死前從容坦易，一點兒都不像個只有二十三歲的青年，這種意態情懷，會不會是出於「劊子手集團」的美化？言人人殊。所謂「劊子手集團」，所指的就是吉林巡撫陳昭常、提法使吳燾，以及寫下〈熊成基事略〉的傅善慶。根據〈事略〉所言：「所慮閱世久遠，馴致遺忘，且恐千秋萬世欲求其最終之事實而不可得。」這話信者恆信，不信者恐怕還會罵這些狡猾的蠹吏一句「厚顏無恥」。因為語氣很可疑——倘若在熊成基殉死前後，這些審訊他的人已經能從「千秋萬世」的角度看事理、察人情，則何至於汲汲然將他就地正法？殺人者為了能夠在新國度的正義追討之下苟全性命，甚至干邀名爵，才會刻意放大熊成基「就義」之心的熱烈不可抗拒，也就因之而使得殺人者脫卸了一部分的罪責或愧疚。試看這樣的兩段對話——

熊成基：「我被捕已經好幾天了，此地公署應該已經有電文致達北京當局，怎麼還沒有回音呢？」

傅善慶：「的確還沒有回音。」

熊成基：「我所擔心的是滿清政府故示寬大，或許會從輕發落，只處以囚禁之刑，這樣我就不能達到流血的目的了。」

傅善慶：「你所擔心的，正是我們所希望的。」

事實上，軍機處早在幾天之前的小年夜已經有了回覆，電文明白：「熊逆成基既經拿獲，著朱家寶（按：當時的安徽巡撫）迅速派員來吉驗明正身，即行就地正法。」朱家寶派來的是安慶知府豫咸和六十一標混成協馬營管帶李玉椿——他們都是能指認熊成基的人，而指認的目的就是殺戮。

熊成基留下了一篇兩千多字的自供詞，文筆犀利明快，那筆端正娟秀的小楷決計不讓藝術史上任何偉大的書家專美於前。開篇即是：「吾生平磊磊落落，言無不吐，既承明問，直抒胸臆以答。」隨即以三數語道盡革命之宗旨：「推倒野蠻專制政府，重行組織新政府，俾我同胞永享共和之幸福，以洗滌我祖國歷史上莫大之恥辱。」

十八日行刑前傅善慶還預備了酒席，但是熊成基略飲即罷，說：「休怪我執意不領情，是我到了刑場之後，還要發表一場演說的。」

然而劊子手集團並沒有給熊成基太多說話的機會，他略與提法官員告別了兩句：「鄭重！鄭重！後會有期。」之後，登車來到北門刑場，向圍觀的老百姓高聲喊道：「諸君！諸君！別以為我是盜匪，別以為我是奸人，別以為我是殺人的凶徒。我本來只是一個慈善的革命軍人呀！」

說到這裡，他的頭顱就被砍下來了。沒讓他說完話的劊子手們卻在他死後極力誇揚其堅毅、果決和勇敢，藉以自保自全；但是他們自己的慈善呢？

關於熊成基之臨刑，有好些不同的記載。即使連臧冠三，也有的文件中錄之為「臧貫三」，以國人命名的文理習慣言之，似乎「貫三」還比較合理。

對待革命烈士的手段，與傅善慶之所述頗異其趣的也有。李野光所撰〈熊成基與商震革命活動片段〉一文中，曾經用另一個角度描寫了熊成基在正月十八日被押往吉林巴爾虎門外九龍口刑場的一幕。

在這個版本裡，熊成基就義之時，那個曾經允諾幫他找俄國買主兜售日本軍情文書、後來卻食言失蹤的商震居然也在現場。據說商震混在人群裡，忍淚目睹其情狀。事後還跟人說：「他（按：指熊成基）不失為革命男兒。我看他時，他也看見我了。四目相對，他兩眼仍閃著奪人的光彩。我淚如泉湧，他微笑頷首，並大聲道：『能拋卻我個人頭顱，換取同胞永享共和的幸福，是我最大的願望。』」

此外，出身「日知會」，也是同盟會首創元老，與胡漢民、汪精衛、馮自由同列的革命前驅曹亞伯在他的《武昌革命真史》則踵事增華，描述得更加細膩：

臨行前，吉撫陳昭常設筵祖餞，吉撫以下咸列席，成基居上座，談笑自若，食量倍常，惟酒不沾唇。陳昭常勸以酒，熊答曰：「余革命黨也，光明磊落，來去清白，不可以酒亂性。」

餐畢，自座起，登車出巴爾虎門，赴刑場，觀者如堵。成基囑刀手少待，敬立向大眾曰：「你們大家來看殺人，要知殺的是我熊成基。熊成基是一個革命黨，不是殺人越貨的紅鬍子。紅鬍子不怕死，是禍國殃民；我不怕死，是愛國救民。人誰不死？我死不足惜，我死只要前仆後繼，再接再厲。排滿革命，必定成功。我縱流血，亦當含笑九泉。

「若我死後，繼起無人，大家都畏難苟安，貪生怕死，甘心異族專制，坐受外人宰割，我縱復活，亦恥與同中國。人之愛國，誰不如我？請你們大家莫怕死，莫怕我死，莫哀我死，莫可憐我死！殺身成仁，捨生取義。我今日死得其所了，望你們大家好自為之。從此告別，與世長辭。」

說完這一段話，他直立受刑，死後顏色如生，觀者皆為之墮淚。

民國元年正月十八，是熊成基就義的兩週年，旅居吉林的三江同鄉會將他的靈柩遷往三江義園，此時的三江同鄉會會長竟然就是當年主審熊成基的提法使吳燾。根據吉林師範學院李澍田教授的《愛國志士熊成基吉林就義記實》稱：「辛亥以後，殺害熊成基的元凶搖身一變，皆成了民國的新貴。陳昭常、吳燾、傅善慶等懾於吉林人民對他們殺害熊成基的義憤，遮掩自己的罪行，乃讓傅善慶編印《熊烈士事略》一卷……本書多有回護，在編者筆下，審判寫成了會晤，監獄寫成了賓館，清朝的封疆大吏、殺人法官，成了優禮革命黨、崇拜英雄的好漢。」這是獨具史眼的透視。

章太炎就基於這副冷眼，給熊成基寫了一副輓聯：「早到三年也同成國事重犯，蠢爾元惡敢來弔革命先驅」。下聯戳破了狡獪的凶手，上聯卻也抬舉了包括章太炎自己在內的許多未及死難的黨人。

百餘年後看熊成基臨死前的呼喚，也許仍有更冷眼的人會以為那是老生常談。不過，當年黨人能在公眾面前振臂一呼，閃閱而談，已經重於泰山了，其慈愛所衷，是一份相呼共與的理想，而不是自己的生命。

熊成基的死雖然壯烈，就義之前的慷慨陳詞固然動人，然而，用胡導演常說的話來探勘：他能「扛得起」這一個電影故事嗎？我勉強站起身，在不到三坪大的和室中繞圈踅走，腦子裡只盤旋著一個問題：胡導演究竟要拍誰的故事？

從暫定的片名來看，《扮皇帝》和《竊國風雲》不消說是從袁世凱說起。袁世凱是個大箭垛子，周旋於亂世雲雷風雨的激盪核心，又有著複雜陰鬱以及機巧詭譎的用心，即使不以左右歷史大局立敘事張本，純就人情心性玩味剝擣，都是取之不盡的題材。然而，說得淺白一點：刻畫一個人人不以為然的大反派，如何有趣？但是若要替一個人人不以為然的大反派翻案，又如何能得到事實材料的支持？

倘若不是袁世凱，而是從革命黨陣營下手，固然徐錫麟、秋瑾再加上一個呂公望，也許「扛得起」大通學堂上「秋風秋雨愁煞人」的悲情憤慨，但是，對於華興會、光復會以及同盟會等等革命勢力內部的矛盾和哄鬥，如何在這一慘烈犧牲的主軸側面視而不見？

如果離開了腥風血雨的革命武鬥現場，儘管有感人深摯的民間教育家伍博純，有發人警醒的一分鐘演說家王曉峰，或者開拓時人世界觀、生命觀至為恢弘廣袤的女先知、女豪傑呂碧城，其人姓名，卻恐怕在任何一條電影街頭，根本沒有千分之一甚或萬分之一的人是曾經聽說過的。那麼，順著這種「大名」邏輯想去，辜鴻銘、馬建忠者流，又能「扛得起」一部什麼樣的史詩，好供後世之人也有機會「慈善相呼」呢？

還有——我繞回自己的蒲團前面，聽見膝蓋骨嘎勃兒一響，勉強復坐，對藤井賢一說：「還有——恕我直言；我認為你願意支持胡導演拍這樣一部片子也不單純，導演人都已經過世了，你還能跟我談出什麼『具體的思維』呢？」

「那麼張先生，」藤井賢一立刻傾身向前，肚皮緊靠著矮几，圓豆兒似的小眼睛朝我一瞪，道：「死了千千萬萬的革命家、卻還沒有一個什麼結果之後，就不要繼續去革命了嗎？」

即使他的話聽起來有點豪邁，頗有些民國人物的風骨況味，但是一聽之下，我閃過的念頭卻是：你不就一賣和服的日本人嗎？不料這賣和服的卻彷彿看出我心頭的疙瘩。接著說：「張先生，丁連山放過薄無鬼這件事，你應該還不知道。我說得不錯罷？」

是的。我不吭聲，也不置可否。依據我多年來讀書究理的習慣，無論是做點小學問、搞點小研究，或者是寫一部長短篇的小說所必須從事的考察，都有我堅持的認知習慣和態度。薄無鬼的故事，唯一接近真實的內容，就是出自江湖人物丁連山那一本夾文雜白、流傳也不見得如何廣遠的筆記之書《歸藏瑣記》。

然而，這樣一個角色，確乎有其作為一個真實存在人物的些許條件嗎？藤井賢一總在強調：「胡導演對於丁連山放過薄無鬼這一點很有興趣。」從語意上分析，則似已將薄無鬼視為真實存在的人物；也把丁連山這一部難辨真偽的雜談當成了真實性頗可參考的史料了。

不過，我記得《歸藏瑣記》原文對於丁連山出手殺人的敘述只有一句半的話：「刻直趨通衢，攫薄無鬼襟而掌殺之！」僅就此言之，其欠缺細節、潦草之極，實在不像是回憶生平重要一役的筆觸。反過來說：如此敷衍了事，卻真像是有什麼不可以為人道出的隱情，寧用「掌殺」二字含糊帶過。

再仔細推敲前文，則這一段：「寶田當即勸我：『本門還有賴大師哥撐持掌理，爾這一去，非身死、即是殺人，如何是個了局？』我遂問他：『殺人逃刑、被殺送命，與夫撐持掌理一門戶，孰為易？孰為難？』寶田曰：『當然是殺人、被殺來得容易；撐持掌理一門戶來得難。』我便道：『諾！我今為其易者，爾且任其難。』」對照起吳樾行刺五大臣前幾天在蕪湖科學圖書社閣樓上和趙聲訣別的壯語，更透露著一種抄襲的意思。

此外，還有這一席話，相當可疑：「彼邦（按：指日本）之人，協同發展革命，締造中華，實有功於民國。但是居功之心不泯，便要時刻來討索。」就更不像是掌殺一個侵占中國領土之人的誓詞，反而像是對一個侵略者產生了理解其動機的同情。

把事件整個兒翻轉來看，即使張作霖從獄中放出薄無鬼，作為誘釣金鼇（革命黨人）香餌的這個奸計之所以失敗，完全是因為丁連山他假裝中計、假裝襲殺薄無鬼、假裝殺人逃刑、亡命天涯，再也不浮露於江湖之上，這是丁連山的計中之計。當年高拜石對把張作霖比作宋江，以為他城府閴深，卻沒有想到丁連山非但勝一籌之算，還在自己的記傳之作上都撒了這樣曲折幽微的大謊：

我別無長言，僅對竇田道：彼日出手殺薄無鬼，我便墮入了鬼道。此後你我便有如衣服，爾為一表，我為一裡，儘管彼此相依，卻也兩不相侔。然南北議和之事，切記不宜橫柴入灶、操之過急，你也要學會「反穿皮襖」！

怪不得藤井賢一再三強調：胡導演想要知道：為什麼？這個什麼，或恐也是我面前這位投資人極為關心的。

「『薄無鬼』究竟是什麼？」我沒有說「『薄無鬼』究竟是誰？」我說的是「什麼」。那是出於一時之間恍兮惚兮的靈感罷？我知道那不是一個平常的名字，甚至不該是一個名字。藤井賢一笑了，笑得非常燦爛，不只是愉快，在愉快底下，好像還浮現出來一種感動和欣慰。他不住地點著頭，良久，才說：「是的是的！張先生問得好，是的！薄無鬼不是一個普通的名字，是我。」

「你？」

「不，不是『你』，是『我』。」藤井賢一接著用日語說：「わし。」

僕，自稱。

第十三話

草檄燈前有鬼神

自張之洞從光緒二十五年（一八九九）開始派遣留日士官生，直到抗戰爆發為止，此舉可以說是民國成立前後影響最為遠大而深密的一項政策。近代中國最早的軍事以及政治菁英，都與此一派遣有關。

僅以第一期士官生來看，步科有陳其采——擔任過國民政府主計長，是大特務陳其美的弟弟。蔣雁行，曾經幹過北洋政府的陸軍總長。李士銳，是清廷駐日留學生監督，也是北洋將軍府的將軍。炮科張紹曾的官做得不算太久，卻一度登上了北洋國務總理的交椅。

還有一個騎科的吳祿貞，命途多舛，就在革命成功前夕遇刺身亡。他被割去了首級，死前是滿清北洋第六鎮統制。如果世局另入歧途、而復依革命黨人的籌措安排而發展，吳祿貞很有機會透過呂公望的「運動」而得到一筆黃花崗起義時沒來得及花掉的四十萬銀洋；那樣的話，他很可能會晉升山東巡撫，而他個人以至於整個民國，都會走上大不同的道路。

可惜的是吳祿貞終究死在石家莊，本來他是奉清廷之命，要拉著他第六鎮的大部隊到山西去戡亂的。

山西和陝西應該是全中國緊接著湖南起來響應辛亥革命的省分。當時山西的新軍管帶姚維藩並沒有跟其他同志或友軍打過商量，自己抽點所部五百人組成敢死隊，派遣其中五十個「選鋒」衝陷撫台衙門，其餘的則攻打旗兵營區。誰也沒想到，一接陣，姚維藩的人馬只發了兩槍，便打死了巡撫陸鍾琦、陸光熙父子。日後有「山西王」之號的閻錫山就是在這兩槍之後，被發動革命的新軍同志們推上了歷史舞台。

吳祿貞骨子裡也是個革命黨，他在受命征討山西的時候，本來已經和他留日的同學、也是第二十鎮的統制張紹曾有過約定：由於滿清已經是王氣黯銷、苟延殘喘的局面，一俟水到渠成，吳部在石家莊、張部在灤州，同時發動，各以火車運兵，會師於北京城郊，名義上可以說只是「清君側」，順隨著時勢發展，一舉拔取京畿。如今朝廷派他領軍赴山西鎮反，豈不是大好時機？

問題在於山西方面的「同志」也都還披掛著清軍衣甲，是不是該先期聯繫，以免敵友不分呢？還有，既曰聯繫，又應該同哪一方、哪一面的人接觸呢？這的確是個問題——先是，除了姚維藩尚未浮出水面，閻錫山、溫壽泉即使蠢蠢欲動，也缺少橫向的、對外的交際。此外，據說還有一批原先潛身北京的讀書人，也於武昌一役之後不久，星夜繞道入太原，頗意有所染指。這個消息不假，這批早就以撰文、辦報為推翻手段的年輕人裡，包括了景定成、仇亮、姚太素、史可軒等。其中尤以景定成鋒頭最健。

景定成，即李少陵《駢廬雜憶》中所稱、與王亞樵交最善的「梅九」，由於面色黧黑，故常自稱「黑景」。此人本是山西河東人，有機智、性佻達、好諷謔，非但擅長吟詠，能寫一手周旋唐宋之間的好詩，於抨擊時政方面尤稱豪快。為了和立憲派的旗手梁啟超打對台，景梅九刻意辦了一份和梁啟超所辦的《國風報》同名的《國風日報》，目的就是宣揚革命，揭發立憲之說（也就是梁啟超一派人的主張）只是清廷拖延實質改革的遁詞，而梁氏等人若非曲意以承親貴之歡，而忘卻六君子戊戌之死義，便是誤判形勢，認為漸腐於兩百六十年間之破敗王朝尚有中興之懸望；景梅九等人更堅決地認為：以溫和漸進之勢，是哪裡也走不出去、什麼也改變不了的。

「湖海一身輕似葉，鬢眉萬劫不成灰」，這是景梅九後來作的詩句，而此志之蓄可謂久矣。

辛亥年秋姚維藩在山西搞獨立，擁戴閻錫山為都督的這一役，吳祿貞和張紹曾的密謀被一場暗殺攪亂了局，吳祿貞給割了腦袋，而「石家莊／灤州」兩路發兵會師的計畫也落了空——張紹曾不肯吃眼前虧，乾脆拔營而去，坐待袁世凱向清廷邀賞封贈，成為侍郎銜的宣撫大臣。此時能夠出面安定軍心、重整旗鼓的，居然是早就在娘子關待命迎接吳祿貞入晉的景梅九。

景梅九以閻錫山的代表、算是地主東道的身分來到吳祿貞的部隊之中，將參謀長何遂推舉為統制，代領第六鎮。一時之間，士卒們撕了白布條纏裹手臂，高喊報仇，頗振墨絰白梃之情。這一關鍵時刻，景梅九發揮了極重要的作用，原因還是要從吳祿貞遇刺說起。

就在武昌起義之後，吳祿貞第六鎮的士兵曾經截獲一批清廷將要運往南方去的軍火，槍械彈藥，無不齊備。清廷——也可以直指袁世凱——一舉殺了吳祿貞，就是要趁著主帥梟首這一離奇慘禍突如其來，人心惶然難安之際，方便以各種名目、手段，將軍火奪回。不料，景梅九和何遂一商量，認為這批軍火實為兩軍勝負關鍵，於是才採取了強硬捍衛的策略。日後袁世凱派北洋第三鎮的曹錕、盧永祥分兵三路打娘子關，和山西部隊相持了好一陣，山西方面屢戰屢退，但是起碼撐過了民元、撐到了清室遜政。這一批軍火，終究沒有為革命帶來阻力、造成更大的犧牲。

在接下來的幾年，景梅九並沒有閒下來，他既不以革命元勳自居，也不肯奔走求官謀事——雖然他身為山西選舉出來的眾議員，但是主要的工作還是辦報。他和山西的參議院議員田梓琴聯手辦了一份《國光新報》，專門對付袁世凱，其筆鋒颯爽犀利，不亞於民國第一記者黃遠庸。

革命陣營中原有一個稱喚，叫「革命二枚」，指的就是景梅九和章太炎（章字枚叔）。雖然並稱，而章太炎以其好慢侮人、喜難為人、擅賣弄人而尤享盛名，不過景梅九竟還十分瞧他不起，原因就是章太炎畢竟喜孜孜地接受了袁世凱「東北籌邊使」的酬庸、籠絡。到後來，是章太炎屢屢見輕於東北在地的軍閥，不耐悶鬱無聊，才一口一聲罵起袁世凱來。他的氣節和識見，是遠遠不及這另一「枚」的。

在歷經兩種截然不同的政治制度驀地更迭之際，卻先後經歷了兩種失落、兩種驚心、兩種極端的頓挫，而且這重重的失望，在很短暫的時間之內，衝撞著每一個肯思考的人。思考得稍微不透徹些，就會為了捍衛其中某一制度、某一文化和某一權力體系而拋頭灑血；思考得稍微清晰些，也很容易就陷入較極端的犬儒態度。當時的中國知識分子，有一大批人非常願意親近「無政府主義」（Anarchism，音譯為安那其主義），原因無它，此一主義有一種各憑良心、遠離權力的理性氣質，上接中國古代一個巨大的傳統，那就是道家與隱者。

無政府主義早在光緒末葉便已在知識界的小圈子裡時興起來，卻可以和同盟會那般摧枯拉朽的宗旨與手段並行不悖。在推翻專制皇權的大方向、大目標上，安那其與革命黨自然可以引為同志，像是張繼、吳稚暉、李石曾等都具備這兩種盟會的氣質和主張。不過，就深入同情革命黨以及後來的國民黨而言，景梅九卻和其他人很不同調。他之所以瞧不起章太炎，更是因為章太炎在「入仕」方面一度顯現的熱中之心，甚至不惜讓袁世凱摸了頭，是誠不可忍者。景梅九所措意的是張良那般人物，成其功則辟穀導引而遠隱，奮其志則「一椎擊皇帝，振古所未聞」。

總的來說，景梅九在民國成立前浪跡海內外、山東西、河南北；非但涉獵的學術駁雜而多精審，參與的活動和事業也倍乎常人。從上世紀伊始（光緒二十七年，一九〇一），他在山西庚款所興辦的山西大學堂就讀，因為資賦優異，同年又被舉薦到京師大學堂，兩年之後，變成了官費留日學生。此後他便一直活躍在中國近代第一批參與、號召、鼓動諸般帶有政治意義的社會運動家之中。

景梅九是提倡禁煙和婦女天足的先驅，還劍及履及地開了一家販賣戒毒藥丸的公司。他本身是較晚進的同盟會員，卻在第一時間給梁啟超的「政聞社」助威。光緒末年，他和商震、陳乾、陳家鼎等留日同學在青島開辦「震旦公學」，這也是一樁了不得的大事——為了反抗德國業主的壓迫，這幾個公學的創辦人兼教員經常聯繫青島造船廠的工人，到學校裡開會、串連，允為中國北方社會運動的發軔。這些事業因政治環境的不允許，虎頭蛇尾甚至有頭無尾的多，也就在這幾年間，號召新世代勇敢改革的陣營出現了裂變。

從光緒丁未（一九〇七）開始，一連串潮州、黃崗、惠州、安慶、欽州、廉州、防城……屢仆屢起、屢起屢仆的革命行動，反而使得看起來溫和漸進的立憲一派聲勢高漲起來。梁啟超透過報端文字突出立憲議題原本不違背他當年保皇、變法、維新的立場，但是從革命陣營裡涮了一圈出來的景梅九等人卻不甘去支持清廷主導的「預備立憲」——他們認為「立憲」

不過是暫誘革命陣營緩兵解甲的釣餌，而「預備」則是遙遙無期的懸望。要立憲，就只能倡導「民權立憲」，而不是朝廷立憲。這倡導，還是需要報紙，於是景梅九和宋教仁、田桐以及白逾恆等人，就利用這個時機開始辦報。《帝國日報》、《國風報》、《國光新聞》，簡直應接不暇。

《國風報》在辛亥革命之役以後大刊各省獨立、響應起義的新聞，滿清當局極為不滿，要求剛剛復出的袁世凱積極查辦。袁一方面主導馮國璋的部隊焚攻武漢，一方面加緊對媒體的控管，自不待言。景梅九當然也承受了壓力。不過，真正讓他為難的則是「報導必須屬實」這一信念，和「宣揚革命成果」的目標一旦矛盾，便實在不知該如何取捨了。

馮國璋反攻武漢，的確取得初步勝利，而且若非袁世凱存心拿這一仗當作周旋於清室和民黨之間的籌碼，武昌所燃起的革命火種很可能於一夕之間就要灰飛煙滅了。那麼，革命軍受挫的消息究竟報還是不報呢？

據說是景梅九的夫人閻玉青給出的主意，《國風日報》於北洋軍漢陽之役大勝以及南京方面戰事膠著之際，在頭版上開了一個大天窗，只刊登了一則小小的啟事：「本日所得寧、漢方面戰訊甚多，奉諭不准刊載，特啟。」

比起當時上海《循環報》通訊員受華僑收買拍發假電報曰「京陷帝奔」來，這一則啟事顯然更為陰毒。因為報紙雖然沒有說假話，效果卻比矯飾戰果更能引起猜疑、討論，聚訟紛紜之下，只會讓不實的謠言更加發酵。

當年的章太炎因作「排滿論」與愛罵人而得「章瘋子」之目，可是在民國元年，他卻自組「統一共和黨」為袁世凱搖了一陣旗，有「以項城（指袁）之雄略，黃陂（指黎元洪）之果毅，左提右挈，中國宜無滅亡之道」之諛，也因而獲袁氏封為「東北籌邊使」。景梅九就是在這件事上把章太炎罵了一通。近世好慢侮人之尤者確可以說是章氏，而「黑景」則比這瘋子還要瘋得多——或者應該說：剛直得多，起碼景梅九沒有官癮，值得尊敬。

清末民初，晉、陝二省是繼湖南之後最早響應革命的省分，這是由於新軍中級軍官普遍有同情革命之背景的緣故。民國一旦成立即擔任陝西獨立混成第四旅旅長的陳樹藩，就是一個明顯的例子。他和湖北的黎元洪命運差不多，升官的速率還更快一點——宣統二年，陳樹藩還只是個軍械官，到了民國三年，他已經受袁世凱的任命，成為「陝西鎮守使」——就像章太炎的「籌邊使」、倪嗣沖的「巡閱使」一樣，袁世凱把這些他自創的、看似既可以專征伐、又可以虛職守的「名爵」當成驢子眼前的胡蘿蔔，吃不到、卻一路朝前跑的驢子可以少捱幾鞭打，完成了跑差，還果然會嘗到些甜頭。但是跑得過急過顛，不免就會像章太炎，落得個幽囚軟禁，好些時不見天日。

就敷衍袁世凱而得利這一方面來說，陳樹藩是應付得最好的一個。他原本是因為身為革命黨人而被袁氏籠絡，於一九一四年五月以綁架「豫陝剿匪總司令」陸建章的獨子陸承武為手段，私下逼勒陸建章辭官，領有了陸在陝西的軍政勢力，但是一旦投靠陸建章的老主子袁世凱，便比陸建章看起來還要死心塌地地效忠；這一點，連狡獪如袁者都沒有看出來：陳樹藩對他也只是虛與委蛇而已。

景梅九則大大不同，章太炎載欣載奔地要上東北赴任之前，景梅九就給了他一頓冷嘲熱諷，且直言：「老袁是準備幹皇帝的！」不料一語成讖，民國四年，籌安會之推戴大作，景梅九便寫了一篇討發袁世凱的檄文，其中最膾炙人口的一段如此：

本紹、術之餘孽，襲莽、操之故智，謀破五族共治之均勢，希圖萬世一統之帝業。諷令二三奴儒，上勸進表，賂遺各省代表，奉請願書。藉共和以推翻共和，假民意以摧殘民意。稱帝稱皇，有腆面目；誤國誤民，全無心肝。欲令天下仰望之遺老，列傳二臣；更辱國民保障之軍人，功同走狗。

這篇駢四儷六的文章才寫就幾個小時，景梅九就被捕了。據說囚禁他的就是陳樹藩——還不只囚他，而是稍早先囚禁了胡景翼，再以胡為誘餌，引景梅九入彀。這一說高拜石執之甚力，頗多軟禁細節，但是卻植諸民國六年以後，蓋彼時老袁早已「龍馭上賓」了。不過高芝翁說起這宗軟禁奇案，直指陳樹藩「把二人安置在督屬北角的小樓中，樓下派著武裝守護，不許下樓一步。每日三餐，一盤五六只大饃，佐以各種烹製的豬蹄膀之類，都是大葷大油的美味；另外供應陝西本省所種的鴉片煙」。兩年下來，胡景翼的體重養到五百磅，而景梅九則染上了阿芙蓉癖。不過兩個人的閉門學問都有長足的進展：「潛心經史，規橅行草」，既似學人，又似書家。

倒是景梅九的老詩友張衡玉〈憶梅九〉七律六首寫得悲壯極了，全無油腥肉臊之氣。其中與撰文罵袁有關的是這一首：「落魄韓非悔入秦，飛言造獄竟成真。覆盆頭上無天日，草檄燈前有鬼神。詔捕白衣關內俠，詞連朱邸座中賓。檻車臨賀都門道，風雨離亭幾故人。」

至於正處在景梅九、于右任等人對立面的陳樹藩，畢竟還是老奸巨猾。洪憲帝制一出，舉國爭議時，他默不作聲；八十三天轉瞬即逝，他撐到最後一刻，忽然宣布陝西獨立，讓袁世凱痛心疾首，故世傳他與陳宧（音宜，不是「宦」字）為袁之「送命二陳湯」。待袁世凱於一九一六年六月六日一命嗚呼，他從第二天起又取消獨立，好邀段祺瑞之賞，得封「漢武將軍」，一統陝西軍務。最高明的是在這一個節骨眼上，他以職權所在，封出去一個帥印，居然是給陸建章那不爭氣的兒子陸承武，讓他幹陝西「護國軍總司令」。這「將欲操之，反以縱之」、「寧與外人，不與家奴」的兩招，全是跟老袁學的。

儘管高拜石《古春風樓瑣記》把陳樹藩誘捕軟禁景梅九的經過寫得非常傳神，但畢竟與史實略有出入。但是高拜石有心的曲筆尚不止此——恰由於欣賞景梅九的風度以及風骨，高氏為之撰此「行狀」，刻意不提他在寧漢分裂（或稱「四一二政變」）之後，對蔣介石頗有微詞的一段，甚至含糊地說：「民國三十八年國府撤退，梅九不久便逝世了。」事實上，景梅九一直活到一九五九年，在他生命的最後十年裡，雖然沒有在共和國擔當任何實際的公職，但是他和中共黨中央的董必武交好，還是陝西省的政協委員。

一九五八至一九六九年，高拜石在台灣省政府所擁有的傳媒《台灣新生報》連載其專欄，而能夠大書景梅九之生平，是相當不簡單的事；時距風聲鶴唳之白色恐怖未遠，而能將一個在二、三〇年代積極反蔣的革命元老之一生燃犀發微，榮以華袞，恐怕還是因為黨國大老于右任以及宮廷親貴孔祥熙還健在的緣故，他們和景梅九都有極深的私交。孔氏在景梅九最窘迫的時候，經常出手接濟；于氏不僅和景是同鄉、同志，其為人行事，豁達渾厚，亦與梅九同調。高拜石有一段文字形容得很妙，錄之於後，以見斯人風流：

和他（按：景梅九）有交往的，都知道他不愛吃，不愛穿，不愛賭，不愛應酬，不顛倒是非，不計較得失，不發怒嗔人，不危言聳聽。客來不迎，客去不送。任何人見到他，聽他妙論，一切得失利害，寵辱生死，統統消於無形，不是尊之為「景聖人」，即是稱之為「活菩薩」，其為人傾倒者有如此。

景梅九和另一位詼諧智趣的民國人物劉成禺（禺生）也是至交。劉氏有《洪憲紀事詩》兩百零八首七絕一卷之作，每首另有詳文說解，以親聞親見親即之身，將民初至洪憲終結間之史事做了相當豐富的補充。

劉成禺幼出天花，是個麻子，有「麻劉」之目；而景梅九膚黑，常自稱「黑景」。當景梅九得知劉成禺寫了紀事詩之後，立刻也寫了十首七絕回報，將他在獄中隔牆聞見的洪憲怪狀也做了一番描述。根據他和劉氏的通信可知，這十首詩是「黑景」應「麻劉」邀約，共襄紀事詩盛舉而寫的。景梅九一揮而就，隨句附注，有致劉書信一封，其中有一段：

在秦（陝西）時，同邑王君書「袁」字請測時局，予立斷曰：「土頭哀尾，其敗必矣。」革命舊雨，夢寐弗忘，麻黑交情，在此一舉。

以七絕抒情言志，得其體之精鍊凝深者為佳；而以七絕敘事，則於運典用事方面，非宛轉清切、綢繆綿密之筆不能辦。景梅九這十首詩偶有不協聲律者，但是大都親切自然，抑揚有致，點染現實，不慍不火，流露詼諧冷峭的面目。像是：

猶憶兒童拍手歌，家家紅線意如何？幻成年號真奇絕，半繼前清半共和。

這是因為北京童謠有句：「家家門上掛紅線」，袁世凱稱帝，公布了年號，老百姓便把這首老童謠說成了先見的符讖，而「洪」字，則三點水加上一共字，遂解為半取「清」字偏旁、半取「共和」之「共」。

另一首：

宛轉峨眉一劍休，為防身後更遺羞。君王意氣依然在，不使虞姬自刎頭。

這一首說的是陳宧背叛袁世凱、通電獨立，以明反帝之志以後，袁世凱的「送命二陳湯」吞下了一陳，在怒極之餘，曾經手刃一妾，據說死者還是平日最得袁世凱寵愛的一個。景梅九反用霸王別姬的故實，可謂謔而虐矣。

曾經寫下〈憶梅九〉七律六首的張衡玉也是了不得的人物。他本名瑞璣，字衡玉，是同治十一年（一八七二）生人，資歷未入翰林，官不過韓城、興平、長安、臨潼、咸寧等地的知縣，在宣統末葉，由於任事之實務體察，知清廷之無可樹立，遂參與了同盟會。

像他這一類前半生淹埋下僚而猶有奮翮之志的人物，即使時運不佳，來不及躋身重大事件而躍登大歷史的舞台，也能夠在新舊時代交替的歲月裡，發揮安定過渡的力量。

民初反袁大纛四舉，於彈指間推翻洪憲帝制，日後人們多記得蔡、李諸將，然而足令老袁憂懼孱慄的，卻是在許多小小的縣分裡發揮啟迪民智而又極有治績、廉名與慈心的前清知縣；無論他們是否像張衡玉一樣同情革命、甚至加入同盟會，都在新的政治架構和價值鼓吹了幾年以後，成為共和制度最堅定的支持者。

這些受過舊學浸潤而能不染其舊，受過流行思潮感召而能不騖其新的下層文官，既沒有遺老的悵惘不甘，也沒有民黨的昂藏得意，更痛恨軍閥的驕橫恣肆，他們也還知道如何真誠地在保守的官箴規範之下「撫民如子」，這是一種夾縫裡的智慧與倫理，其結果當然是贏得萬千百姓的尊重和景仰。張衡玉在光緒末年調任興平縣令之際，就有一雙舊靴子留在前任任所韓城縣的鼓樓上，供人瞻仰，版書：「知縣張瑞璣之遺靴」。

張衡玉的詩也是極好的，文采神韻在唐宋之間，器局開闊，詞理暢達，絕無刻意隨時俯仰，故作冷峭幽深之態。光緒三十二年（一九〇六），段芝貴以一萬二千兩身價買得伶人楊翠喜，獻於慶王之子載振，以購黑龍江省巡撫之缺，這一案轟動全國，為御史趙啟霖彈劾，但是慶王奕劻當時權傾朝野，後來的收場居然是讓刊布此案的《京報》關門，而趙啟霖的老師、軍機大臣瞿鴻禨則丟了官。張衡玉寫〈楊花曲〉嘲之，僅以下數句，已經是近世以來最稱經典的政治諷刺：其乾淨利落的記事，以及犀利深刻的譴嘲，可敵〈長恨歌〉、〈圓圓曲〉：「消受章台一枝柳，人天好事慼良友。崑崙肝膽押衙心，酬恩豈在謝媒酒。阿翁隻手攬朝綱，親草詔書代玉皇。白山黑水新開府，頭銜一旦生光芒。」

〈憶梅九〉六首也是借題攄憤的意思居多，他大約以為景梅九此次遭到逮捕，萬無生還之可能，所以遣詞之憤激、用情之迫切，遠遠超乎〈楊花曲〉那樣的譏誚，而直是辱罵了。其第五首：

送死宮中紂絕陰，晴空無日晝沉沉。天垣黑暗修羅掌，地獄慈悲佛祖心。
尚冀皋陶憐孟博，誰聞魏武殺陳琳？十年奔走貧如洗，莫語輸官贖命金。

此詩僅首句用道家典較不平易，「紂絕陰」，即「紂絕陰天宮」，為「道教六天宮」之一。見段成式《酉陽雜俎．玉格》：「六天：一曰紂絕陰天宮，二曰泰煞諒事宮，三曰明辰耐犯宮，四曰怙照罪氣宮，五曰宗靈七非宮，六曰敢司連苑宮。人死皆至其中，人欲常念六天宮名。」「送死宮中紂絕陰」與次句第五字兩用「紂」、「晝」，一方面也就是「咒」，痛罵而不能禁的轉語。

張衡玉將袁世凱比喻成具有惡力、介乎人鬼之間的魔神，也隱然以機詐滿腹，野心猖狂的曹操做一反襯——「誰聞魏武殺陳琳」意思就是說：連曹操都知道惜才好生，不殺陳琳，你老袁囚一國士，砉砉磨刀，何以自處？而把景梅九比喻成「地獄不空，誓不成佛」的地藏王菩薩，則警策而恰切！

景梅九家學、幼學淵源深廣之故，多聞強記，博洽中外之學，於舊學能治文字訓詁，於西文能翻譯但丁《神曲》、托爾斯泰《救贖》，故其排奡耿介，近乎目中無人。對於迷戀權位、殘民以逞的軍閥自然是打從骨子裡痛恨。一九一六年，袁世凱稱帝，景梅九擬了一篇〈討袁世凱檄文〉，也因此被捕，在北京關押了幾個月。

在政治主張方面持進步之論，而在文化價值上，景梅九卻對古典民間戲曲充滿了情感和創意。他在《戲曲說略》中說：「戲曲之移人，其力遙在史籍說部之上，無怪乎歐美之文豪，均以劇作家顯著也！吾國以戲曲為文章餘事，且等而第之於小說傳奇之下，所謂通人君子者多不屑為之。間有一二為之者，亦多隱其姓名，懼為世指責。晚近之致力斯道者尤少。中國戲曲所以無長足之進步者，職此故耳。戲曲無進步，則社會無改良。」

從一件破天荒的創舉可以看出：他對於千百年來始終流蕩於社會底層的傳統戲曲有特拔高舉之功。民國十三年（一九二四）春，景梅九應安邑縣長的邀請，重修縣志，竟然在《鄉賢錄》上，將當時六位安邑縣籍的山西梆子演員列名載籍。在他那個時代，唱戲的角兒一般連家廟也不讓進，怎麼可能登入縣志、列為鄉賢呢？

可能，景梅九並不知道，他對於戲曲的提倡所展現的新視野有多撼動人。一位原本與他並不相識的同輩讀者，就是一個受到感召而將之昂聲傳揚的人。

此人姓王，名鏡寰，字明宇，號覺盦，光緒十年甲申（一八八四）生人，較景梅九只年輕兩歲。王鏡寰早歲即追隨金州出身的名宦王永江（岷源）任遼陽州警務局長。王岷源之於人才簡拔，特重書法，王鏡寰又寫得一筆秀整端嚴的小楷，遂大獲賞識。

即使以整個中國為範圍審視，從滿清入民國，此一風雲動盪的期間，「奉天二王」都稱得上是難得的循吏。王岷源在民國十年（一九二一）前後任代理奉天省長，任命王鏡寰為政務廳長，兼領清丈、水利、屯墾各局督辦。大約就在奉天省計畫開闢瀋陽至海龍、復轉接長春的「奉海鐵路」之時——約當民國十四年（一九二五），王鏡寰奉令成立「奉海鐵路公司」，於偶然赴京採購的旅次，他讀到了景梅九甫自京津印書局出版的新書《罪案——辛亥革命回憶錄》，其中收錄了那一篇〈戲曲說略〉，王鏡寰尤感於這麼一段話：

吾國野人，身不履義宮，目不識文字，而素行孝義節烈，往往可以撼天地而泣鬼神者，乃恆過於讀書知禮之士大夫。夷考其故，則或由真性之流露，或蒙社會之薰染，而最普遍之原因，則為受戲曲之教訓，諺所謂「高台戲化人」者，實有至理存焉，則舞榭不啻為國民之義校，優伶不啻社會之導師也。嗚呼！中原之衣冠文物歷史風俗、世道人心，為戲曲所維護者，極為遠大，固不僅鄉里野人受其賜也。

在北返奉天的火車上，王鏡寰為這樣一段見解觸動，「如雷擊於頂」，不只是感慨良深，他還將這篇文章高聲朗讀給他剛滿九歲的孩子聽。

那個孩子，日後醉心於書法，當然是追隨父親的步履；其專注於京劇，甚至投身於多種戲劇的創作，也是秉持著景梅九「高台戲化人」的信念。而在聆聽父親朗讀〈戲曲說略〉整整半世紀之後，我也得以親炙於他的門下。他正是王靜芝先生。

王老師給我的「滿村聽唱蔡中郎」下款多題的幾句話，也正是鏡寰先生當年朗讀的一部分內容：「舊劇者，國民歷史教科書也。無舊劇，則無歷史；無歷史，則無國家。」

舊劇，一代又一代的年輕人越來越厭棄鄙夷的東西。

無論戲名叫《扮皇帝》還是《竊國風雲》，胡金銓導演甚至想過這樣一幕開場戲：一群被袁世凱關進大牢的死囚，各人各說一套，說自己如果僥倖不死，而又能重獲自由的話，會在這世間做些什麼？

坦白說，這是一個有如薄伽丘《十日談》一般偉大的開場設計，具備了非常古典主義的情感，既吻合人性在被迫面對極端困境的時候所可能顯現的珍貴價值，也足以暴露不同角色心理幽暗或光明的角落。胡導演接著還手舞足蹈地表示：第一個被指名就這題目表達願望的人根本沒說話，他把手臂一捲甩，四指壓住袖口，唱了一段。藤井賢一迫不及待地追問：「他唱什麼？」

胡導演答說：「不知道。」

胡導演一向如此。為了琢磨一個開篇的形式，可以搗鼓三年，但是還不一定有可以接得下去的故事。當年我們在編寫《笑傲江湖》和《將邪神劍》的時候，他就是這樣幹的——我甚至認為他對於第一個登場的人物如何「起霸」的關心程度，遠超過講清楚一個完整的電影故事。像是死囚牢裡各言爾志，其實原有所本。那是胡導演生平無數所謂的「沒什麼學問的小研究」之中的一環。他當時在美國加州帕薩迪納，我們明明應該討論的，是天下第一勇士慶忌如何被一個病夫要離刺殺，可是他卻淨在想著另一面的處境：刺殺任務完成，行凶者逃逸，但是無辜而被捕的人該如何展現他們的驚恐、憤怒或者悲傷？

接著，胡導演說了「西湖牛肉」的故事。還特別強調：「不是台北金華小館兒西湖牛肉羹那個西湖牛肉。」

是章士釗。

第十四話

西湖牛肉

「西湖道上賣牛肉」是章士釗的名言。說這話的時候，他二十三歲，正和他的弟弟章勤士、黃興、張繼、徐佛蘇等人牽連在廣西巡撫王之春遇刺的案件裡，都關在大牢之中。眾人侘傺無聊，各言爾志，章士釗的大志如此：「必設一牛肉店於杭州西湖道上，鬻食佐讀，以終其身。」

但是，他日後幹的事業遠大於此。

一九三二年十月，陳獨秀在上海成立了一個叫作「中國共產黨左派反對黨」的新黨；顧名思義，這是和共產黨中央表示分裂了。此時他已經被開除共產黨籍，所以，當國民政府控以「企圖推翻政府，危害國家」的罪名時，採取的是正常、公開的司法程序，押送南京交付司法機關審判。可以想見：設若他當時尚未脫離共黨，恐怕遭遇不測的機會還更大些。

這是陳獨秀第五次被捕，較諸此前四次，前來聲援、呼籲放人的各界名公鉅卿更多，根據《南京檔案》資料顯示，聯名具保的顯要包括了蔡元培、胡適之、楊杏佛、柳亞子、林語堂等人，聲勢不可謂不壯。

然而「惜賢」、「愛才」、「為天下留一讀書種子」這一類的話從清末開始說，所保全的政治異議分子也確乎不少，可是話一旦說到民國二十來年，力道冷了，國民政府高層從蔣介石以下都明白一個道理：死裡逃生者多釀後患，非動重刑不能鎮壓。這是中共黨魁交付普通法庭公審之首例，轟動一時。

歷經三次審訊程序，主動挺身擔任辯護的大律師，也是陳獨秀的老友，舉國聞名的教育家、媒體人章士釗採取了一個低空掠過的辯護戰術，他表示：從言論尺度和具體行動上看，陳獨秀並未叛國，而且對孫文所倡導的三民主義亦無反對，故請求法庭判處被告無罪。但是，在那氣氛詭譎肅殺的法庭上，陳獨秀最為人所記憶、傳述的，是他當庭發表了與章士釗相參差的意見。

他表示：律師之辯護，是基於章士釗個人之觀察與評論，全係其「個人」之意見，並未徵求本人同意；至於本人之政治主張，亦不能以章律師之辯護為根據，而須以本人之文件為根據。陳獨秀本人的立場很清楚：他承認反對國民政府，但是不承認危害民國。此語之犀利與深刻，在於一刀切開了黨國體制和信仰。最直白、淺近的話通常也最有力氣：「孫中山等曾推翻滿清政府，又打倒北洋政府，若謂打倒政府就是危害國家，那麼國民黨豈非已叛國兩次？」

陳獨秀求仁而得仁，章士釗為陳獨秀所做的抗辯無效。從尋常成敗利鈍的角度視之，兩人在這一次的法庭上都是失敗者，但是這失敗卻又映襯了更偉大的知見和堅持。這一案的辯狀在當時即經《申報》、《大公報》、《國聞週報》等新聞紙報導、轉載，後來又與陳獨秀的自我辯護一同印刷刊行。在另一方，國民黨中央日報副社長程滄波也發表了〈今日中國之國家與政府——答陳獨秀及章士釗〉一文——值得注意的是：程滄波的反面文章發表的當天下午，陳獨秀就被法庭判處十三年的重刑，罪名正是「以文字為叛國之宣傳」。即使章士釗隨後又發表了〈國民黨與國家〉的文章，已然無助於客觀真理之揭露。這一番駁火，堪稱是民國成立以後，頭一次在大眾媒體上掀起「政府不等同於國家」的辯論。

此一舉國矚目的辯論顯然為章士釗帶來了莫大的衝擊。他在陳獨秀入獄一年以後，被推舉為上海法學院院長，直到對日抗戰軍興，仍然居住在上海租借區中，與國民政府漸行漸遠，卻因之而與唯一能在日本占領勢力之下得以保留社會影響力的杜月笙越走越近。縱然侵華日寇之焰甚熾，他所關心嚮往的，並非如何在軍事上制敵，卻仍然是如何健全自己國家的政治倫理。

一場章士釗並未參與、結果也並未成功的政治暗殺，使得剛剛成立於一九〇四年八月的華興會遭到破獲。行刺案的凶手萬福華顯然是為了報復事主王之春（時任廣西巡撫）在前一年的十月平定了廣西柳直發動的一次革命黨起義。王之春命大，逃過一劫，立刻辭官致仕，歸隱於湖南衡陽，且在兩年之後過世。

章士釗身繫囹圄四十天，除了留下「必設一牛肉店於杭州西湖道上」的尷尬豪語，還可能為他在革命議題上帶來極深刻的反省。對於這段歷史，一般多盛稱日後獻身反袁、發起護國運動的蔡鍔——正是蔡鍔冒風雪奔赴泰興，求得知縣龍璋之奧援，由龍璋出面，向上海當局保證，才讓黃興、張繼和章氏兄弟等人逃解牢獄之災的。不過，章士釗從此放下極端暴力手段的革命路線，甚至堅決不參加任何政黨，應與王之春案有關。

從某方面來看，王之春和參與營救章士釗等人的龍璋一樣，並不是市井傳言之中那種袍袖龍鍾、翹靴搖辮的蠹吏。他們和章士釗都是湖南同鄉，雖然三個人並沒有交集，但是王之春曾經在光緒二十一年（一八九五）出使俄國，歸來之後，上了也堪稱是「變法」的條陳，具體提出關於鐵路、軍制、變通科學、造就人才、籌款項、重工商、開礦務以及辦交涉的主張；是首倡「華洋合辦」的新派人物。他也曾參與、主導了和法國商訂密約，與俄、德連手發動了一場國際干涉，阻斷日本獨占遼東半島的陰謀。

王之春過世（一九〇六）一年之後，龍璋也辭官歸里，但仍以鄉紳的身分，積極為興辦學堂、瓷業、輪汽船公司以及組織商會、農會而任事——說他是努力從實業上打造新中國則一點兒也不為過。

這三個互不相識的湖南老鄉卻圍繞著一場行刺案，登上歷史的舞台。一個是革命黨人對立面的封疆大吏，一個是受牽連而心繫革命的知識青年，一個是周旋於革命與反革命勢力之間、具有進步思維的帝國官僚，他們之間的幾個錯身，並無一晤之緣，最後卻具現於章士釗一人的覺悟和改變之上。

由於龍璋的援救而脫獄之後，章士釗隨即潛往日本，還當選了留日湖南學生會職員長——這可能是他最後一個社團職務；主要的工作是反對日本藉辭取締滿清留日學生的壓迫行為。

同盟會就是在這一壓迫的背景之下成立的。當時日本文部省頒布的《取締清韓留日學生規則》，嚴密控管學生寫信、發電文等對外聯繫，並規範留學生必須隨時接受調查、限制住居；此舉非但沒有促成同盟會進一步的團結，反而導致烏合之眾的潛質畢露，幾乎釀成進一步的崩解。

此時，和章士釗共患難已久的獄友黃興隸屬於早先「華興會」的派系，章太炎則屬以江浙人為骨幹的「光復會」，孫文、胡漢民等廣東同鄉則是「興中會」出身。各派之招兵買馬也各有基於互相爭勝的主題——此時，浙派的秋瑾、徐錫麟主張輟學回國立刻從事暴力革命；粵派的汪兆銘和胡漢民等主張先完成學業，徐圖大成。

章太炎、孫毓筠是各派人馬之中最積極爭取章士釗入會的一方，這時沒有人瞭解：章士釗對於「黨」和「革命」這兩件事有了根本異於從前的認知。與其說一場牢獄之災使之畏怯，不如說是一樁行刺案的苦主和救脫牢籠的奧援使之醒覺。

滿懷熱忱的同盟會同志把章士釗軟劫在新宿寓所的房間內，兩日兩夜不讓其出門一步；甚至還許了他一個新媳婦兒——此事，後來居然成了。

清末流傳的志士仁人故事裡「割肉煎湯、和藥以進」的段子不少，前撰〈社會居然有教育〉文中提到的伍博純就是一個例子。伍博純二十二歲那年病肺咳血，群醫束手，他的妻子徐氏瞞著上下家人，默禱於天，割下一塊手臂上的肉入藥，讓伍博純喝，居然有奇效，將養半年多，也就痊癒了。此事在章士釗後來的老丈人——「民初四公子」之一的吳保初身上就不靈了。

吳保初的父親吳長慶是李鴻章親手培植的淮軍將領，也是看在故人舊交的情面上，把袁世凱一路提拔到歷史舞台上的人物。光緒壬午年（一八八二）朝鮮發生壬午兵變，當時在山東幫辦軍務的吳長慶奉命前去平定。在作戰上，吳沒有什麼建樹，卻弄得積勞成疾，兩年就過世了。重病期間，吳保初東渡渤海，有「刲膺肉以療」的孝行傳揚，事蹟具載於章太炎所撰寫的〈清故刑部主事吳君墓表〉。

吳保初也僅得中壽，四十四歲時中風不起，時在民國二年（一九一三），二次革命於匝月間起而復躓，大批反袁的黨人亡命海外，章士釗和妻子吳弱男也相偕回到他們初晤之地——東京。

順便在此岔一筆，旁敘另一關節：和章士釗、吳弱男二人錯身而過的，正是先前提及的薄無鬼和他那號曰「我組」的同志。這一批被後來部分的史家稱為「浪人」的人搭乘了同一艘客船，反向西渡，自東京來到天津，再轉赴東北。這一批行蹤神祕難測之人，極可能都以漢語「薄無鬼」、而日語實為「わし」發音的語詞自稱。所以，日方史料上稱之為「我組」可能是對的。丁連山《歸藏瑣記・急進會》旁敲側擊的記載，無意間卻支持了這一種關於薄無鬼身分的猜測：

斯人（按：指被張作霖以擾亂地方秩序之罪關押入獄的薄無鬼）瘋了耶？未瘋耶？實難蠡測。蓋人心隔肚皮，況為非我族類之倭人哉？然亦有聞於市井之輩，謂彼黨羽亦自稱「倭」，皆穿綠色武士直裰，以為認記。

「急進會」是「奉天聯合急進會」的簡稱，由行刺出洋五大臣的革命青年張榕所創立。張榕犧牲之後，急進會形勢萎頓，而薄無鬼一行人原本就是要和新中國的這種激進勢力相結合，用丁連山半生不熟的政治觀察所得到的結論來看，庶幾不算離譜：「（薄無鬼等人意圖）藉由中國革命之迅速而徹底，謀求日本相應之再造。」換句話說：《歸藏瑣記》裡的薄無鬼有兩個不一定矛盾但是一定不一樣的面目。他不只是要在中國的土地上宣示主權，也希望中國境內的極端革命力量能夠為日本的政治體制帶來巨大的裂變。

有趣的是丁連山的態度，一方面，他在《歸藏瑣記．薄無鬼》一則裡將他描述成一個半瘋半癡的浪人，另一方面，在《歸藏瑣記．急進會》的行文之中，似乎又暗示薄無鬼及「自稱倭」的「黨羽」有謀求「日本再造」的雄圖遠略。

殊不知，多年以後，藤井賢一卻由於處理先人家業傳承的文獻之故，不意間取得了曾經收容過薄無鬼的川田醫院病歷資料，發現丁連山正是護送薄無鬼入院治療「精神疾病」、「胸骨斷裂傷」的人。

宮寶森於拳術門戶與丁連山號為「一表一裡」，殊不知丁連山在與日本浪人的關係上本來就自有一表一裡的兩套。這還真應了章太炎說民國革命、各方勢力危疑起伏的話：「湘浙粵桂，割據江湖，真深不可測！」

於是回頭從章太炎說起。

先是，章太炎、孫毓筠和張繼以近乎軟禁的方式強逼章士釗加入同盟會的手段未遂，便想起了這位將門虎女吳弱男。吳弱男可能是中國最早一批留學日本的女性，負笈東瀛之時僅有十四歲，還因為不及齡而不能進入理想的學校，不得已求其次，進了當時也頗負盛名的青山女學，時為一九〇一年。

吳弱男初識章士釗則是在一九〇六年，以今日論之，也還未成年，但是已經能夠「與孫逸仙先生上下議論，以為非男女平等自由，實行社會革命，不足徵歐化」（吳相湘《民國百人傳》）。以一未成年之少女，可以犀利地看出一個社會人心的發展脈絡，這並不容易。吳弱男的論見要旨並不在「平等自由社會革命」這些「大字」；而是在為「徵歐化」的前提立論——也就是說，她並不以為那些「大字」是外求於他國才能得到的，吾族吾民果欲並駕於泰西諸國之文明，必須先自發地追求那些基本的價值，「徵歐化」卻是下一步的事。

兩年以後，章士釗還是沒有加入同盟會，卻已經帶著新婚妻子共赴英國留學——從某種心理層次來看，他和吳弱男簡直像是逃亡一般地離開了日本。原因很簡單：在一片廢學救國聲中，這一對夫妻都感到極大的困惑：那些憲政設計、內閣政治、制衡組織以及「犬牙交錯，磐石之固」的律法節制，究竟是如何產生的？又是根據什麼而運轉的？這些問題，並非「平等自由社會革命」所能滿足，一旦廢學而成革命之功，所面對的，豈不仍舊是一片洪荒？

也就在這一段留英深造期間，章士釗從「杭州西湖道上賣牛肉」那種輕盈、瀟灑而略帶些天真的理想中超拔而出，面對嚴酷的現實，力主在多方徵逐勢利權柄的環境中打造真正能夠從制度精神的層次從事對話和辯論的兩黨政治。

對於新中國長治久安之圖的締造，章士釗有過於一廂情願的主張。在他的假想裡，中國政壇也應該像英國交替執政的兩黨一樣，雖然多數票決的選舉能夠更替政權，但是立法部門與行政部門沆瀣一氣，便能有效地推動公共事務。而一旦去兩千數百年帝制，基於推翻滿清前夕多方牽制的勢力俱在，新成立的民國該如何圖強（或如何從中圖利）的看法和算計又太多，即以「黨」之名目或形態存者更不在少，章士釗於是一方面以「聽（按：即放任之意）反對黨意見之流行」為「黨德」之核心精神，一方面又倡議各黨都要「毀黨造黨」；也就是透過議題深刻的辯論，把原先一黨的主張和精神打消，融入異己，最後化紛紜眾志成為一個「二元對立」的國家思維。

在當時，這吆喝比起賣牛肉來不知難了千萬倍，因為聽不懂的聽不懂，聽懂了的也得裝不懂。

一九〇八年章士釗帶著他意料之外的妻子吳弱男共赴英倫，在愛丁堡大學主修法律、政治和邏輯，其間並長期為北京的《帝國日報》撰寫專欄，呼應當時國內各個不同黨派與勢力對於「立憲」這件事的求知期待；他介紹歐西各國政黨政治的許多篇通訊文字，也成為當時革命黨和立憲派規畫新政時不至於向壁虛造、畫餅充饑，可以勉為參考的佐券。

章士釗大約可以稱得上是上世紀初極活躍而負盛名的「海外學人」，深造同時也不期而然地為推翻一個腐敗的王朝下了思想層次的指導棋，為時三載，直到武昌起義，他立刻束裝返國——顯然他仍然希望能以所學有用於時。

然而，他太過天真而又太過執著於「議員當分兩黨、而亦僅分兩黨」的言論。對於共和初肇的民國來說，實在取法過高，取義過深，也取徑過難。要讓眾口喧呶、莫衷一是的無數個黨中有派，派下有系，系內還有你是我非、前因後故乃至於種種恩怨的圈子，透過公開辯論，整合成「二元對立」的兩造，各造之內，但舉其相侔主張之大端，而去其相異論旨之駢歧，共襄互助，以成最大公約數之共識，且只在公共社會思想之終極問題上與完全對立的敵黨做義利之辯、君子之爭，不僅不切實際，而且有一種虛浮、荒誕的理想主義色彩。

以憲法為前提，以國會為場域，才有所謂政黨。放諸行憲的國度來看，這是基本常識，也是章士釗所斤斤堅執者。但是相對而言，民國前的同盟會、民元時的國民黨，甚至民國三年的中華革命黨，就怎麼看都不堪、不配稱為一個政黨了。

就論理而言，發動革命之最激進而付出重大犧牲的主要勢力，竟然不是一個它本身所一向宣稱的政黨，而是章士釗所謂的「徒黨」、「朋黨」和「幫會」而已。此論在平時還可以付諸理性之商量，名實之析辯，但是在袁世凱操縱北洋軍事力量以挾制清廷、裹脅革命的時機之下，就有迂闊不識時務的氣味。

來自各方的強大壓力不小，他旋即離開了歸國之後一向棲倚讜論的《民立報》，憤切之語如此：「革命黨貪天之功，於稍異己者妄挾一順生逆死之見以倒行而逆施。」在民國元年九月二十二日創刊發行《獨立周報》（*The Independent*），自命「司佩鐵特」（the Spectator）——也就是今日俗稱的「觀察家」——目的還是振作一泯除黨見的論證方式，要從言論界樹立典範。

章士釗與民黨的合作與決裂都是理念離合的問題，至少在章而言，沒有因個人出處而縱意使氣的成分，然而從見解之益形孤立，使他不得不獨樹一幟的整體形勢看去，越是堅持「以學理入時局」的路線，他就越不能得到同聲相應、同氣相求的「道侶」——甚至「對手」。

二次革命失敗之後，章士釗再度流亡日本所創辦的《甲寅雜誌》（*The Tiger*）於民國三年（一九一四）在東京發行月刊，一總只有十期，卻曾經有效地召集了許多黨派、立場、見解與之多異而少同的一時俊彥；像是和他一再公開辯論的吳稚暉，或是對於政體和文體的意見完全南轅北轍的陳獨秀，也都是此刊作者。可是章士釗越是發行傳播媒體，就越孤立了自己。

在這裡，我們先看一首白居易的〈雲居寺孤桐〉：「一株青玉立，千葉綠雲委。亭亭五丈餘，高意猶未已。山僧年九十，清靜老不死。自雲手種時，一棵青桐子。直從萌芽拔，高自毫末始。四面無附枝，中心有通理。寄言立身者，孤直當如此。」

這一首詩充分顯示了章士釗的心境和處境。多年以後（一九二五—一九二七），《甲寅》在北京以週刊形式捲土重來，一共發行了四十五期，章士釗的筆名就成了「孤桐」。

革命之不行，退而求其次，便是問學與議論；這是章士釗生命的主軸。《甲寅雜誌》首度發刊期間，他不斷以正本清源的視野，試圖就歐西與中國之孰能孰不能，何以能而何以不能，運用對比生活與歷史淵源的方式來思索：如何調和中西立國的異同，讓《甲寅》成為當時中國摸索憲政與民權的教科書。他評議梁啟超的國體論、嚴幾道翻譯的民約論，在重大時政和論潮變遷之際，就「帝政」、「共和」、「復辟」甚而「聯邦」等題目，申以己意，發表獨異於眾口的意見。

一九一七年，《甲寅》在北京有過一次短暫的復刊，改為日報；又因段祺瑞之專政而匆匆收拾。此後便又陷入了顛沛流離、阢隉不安。他赴日、居滬、再次遊歐，還一度代表南方政府參與南北議和。可是，一個思想上前所未及而意義重大的新疑惑出現了：在這個文明進程的當下，居然如此喧囂，中國適合引進代議政治嗎？

一九二一年二月，章士釗第二次訪問歐洲，見到了農業經濟學家潘悌（Arthur Joseph Penty）、劇作家蕭伯納（George Bernard Shaw），以及科幻小說之父威爾斯（Herbert George Wells）——他們都是費邊社（Fabian Society）的成員，都對中國有相當熱烈的興趣及程度上的好感。威爾斯甚至告訴章士釗：中國的科舉取士制度極佳，他計畫要將之載明於所著之《世界史綱》（*The Outline of History*）。潘悌也認為中國舊有之「七十二行」若是攙合了經他改倡之英國「基爾特制度」（也就是在工會基礎上組織產銷聯合會，以改善勞動人口的利益），非但能在「農為政本」的中國大放異彩，還足以回頭促使西方獲得啟發性的反思。

在國內烏煙瘴氣的權勢攘奪戰爭之外萬里之遙，聽見一群社會思想菁英稱許令人灰心失望的中國，不能不說是一大振奮。章士釗甚而以為他找到了解開「為什麼歐西能、中國不能？」的鑰匙——中國之不可移植西方代議制民主，乃是由於以農業國而運用工業國之法制，這本是「剿襲」，今後必須將這樣的濫政「悉行罷去」，而「德行政事」應回歸「農國所需」才是。

章士釗於回國（一九二二年十一月）後接任北京政府任命的農業大學校長，這一步比「毀黨造黨」走得更險；人們不容易看出他只是想要避免工業國家所面臨和苦惱的勞資衝突、貧富差距，以及恢復固有的、「節儉止爭」這一類的道德。他的呼籲倒像是於袁氏稱帝倒台之後六年，再一次喚起「帝國」的幽靈。一次大戰之後英國（乃至歐洲）的另類思想家所啟發於他的，竟是「西方的沒落」——這還是他所推崇的斯賓格勒（Oswald Spengler）的著作。章士釗如此說：「以愚所知，今歐洲明哲之士，揚榷群制，思古之情，輒見乎詞。如德之斯賓格勒，英之潘悌，其尤著也。」

「費邊社」終於沒有在中國出現，不只是因為章士釗在思想問題上「獨學而無友」，更是因為他不只要議論，還要立即實踐。這和迅速發展工業的整體國家需求、風尚和理想恰相悖反。

北伐成功之後，他再度被通緝，遂於一九二八年底三度赴歐，有〈倫敦郊居寄人〉詩，益可見孤桐之蕭索：

廿載天涯去後還（自注：丁未首到此邦，屈指已廿載矣），郊園小小足舒顏。野眠獨息憐幽草，曉坐枯眉潤遠山。憂國不彈無益淚，讀書寧為有心閒，來禽怪少門前客，側目窗櫺代款關。

「款關」，叩關也。一隻萬里他鄉之外偶爾窺看門戶的禽鳥，像是要來訪的模樣——不，不是來訪，只是給了孤桐一記冷眼。一如數十年來他的同志、國人所給他的一般。一切似乎都是因為他走得太遠了，他早就忘了在杭州西湖道上賣牛肉的渴望；起碼，那樣的生涯還算是務實的。

第十五話

南國之冬

在我禁忍不住的創作衝動裡，一隻緩步在白漆窗櫺上剝啄來去的禽鳥開啟了遠道專程而來的藤井賢一所交付的任務。這是（在我的想像中）胡金銓導演那部始終沒有開拍的片子的第一個鏡頭。

這隻鳥，應該是當時北京常見的冬候鳥，灰鶴或者太平鳥。春天裡飛南去了，到了初秋時節又飛了回來。也可以這麼說：我把章士釗在倫敦客寓之所、偶然驚見的那隻禽鳥借了來，放在時間相當接近的的另一天涯、另一窗外。

鳥兒短暫停留的窗櫺是北京協和醫院的病房外側，病房裡，坐著一個神情歡快、正在寫信的的半老之人，離他自己所預期的「可活到八十歲」還有漫長的二十六年。他寫道：

大孩子、小孩子們，賀壽的電報接到了。你們猜我在哪裡接到？乃在協和醫院三〇四號房。你們猜我現在幹什麼？剛剛被醫生灌了一杯蓖麻油，禁止吃晚飯。活到五十四歲，兒孫滿前，過生日要捱餓，你們說可笑不可笑？你看公公不聽話不乖，過生日還要吃瀉油，不許吃東西呢！

第一場戲也就結束在這一個簡短的家常話上。我們還不知道：他就是梁啟超。這是民國十六年，公元一九二七年，梁啟超畢竟還只剩下兩年殘餘的生命。

「為什麼是梁啟超？」

藤井賢一非常不解。在他心目中，胡導演對於近代史上多少偉大的人物和事件也許都不願意放過，但是從袁世凱竊國自專出發，無論是以革命、犧牲、權謀、暗殺、戰爭為背景號召，或是以民主、教育、文明、和平、寬容為主題價值，說得大一些、寬一些，這是亞洲第一個民主共和政權的蹣跚學步時期，多少從微末以至於洪荒的深刻變動正在發生，以建構新生命、新社會、新世界、新國家……為規模的故事，為什麼會落在這樣一個人物的身上？

藤井賢一顯然在與胡導演交往商酌的過程中聽到了不少他似乎覺得有趣、但是未必能拍攝成電影的故事。比方說：戊戌年百日維新，變法失敗，康、梁師徒倉皇去國，來到日本，那是一八九八年九月，傳說明治天皇還曾經予以親切的招待。到了十月間，由旅日華僑籌資附股興辦的《清議報》就熱烈刊行。為了能夠推銷這一份旬刊，梁氏甚至還在上海設立了一家名為廣智的書局。此報共出刊一百期，至辛丑年（一九〇一）停刊，清政府雖然屢欲禁止其發行，可是往往越禁聲勢反而越大，即使藤井賢一這樣一個東洋人，都還能朗朗上口地背誦這兩句：

我支那四萬萬同胞之國民，當共鑒之。

然而他還是滿面狐疑地再問了一次：「為什麼是梁啟超？」

「你知道梁啟超的死因可能是一次醫療疏失的後遺症嗎？」

他搖了搖頭，可是隨即微微皺眉苦笑，那糾結的表情，彷彿明白了我的用意——因為胡導演遽爾過世，也是在一次極為平常的心臟繞道手術之後。據說手術成功，而手術完成了，人卻一直未曾清醒過來。

「胡導演經常說袁世凱，也說過秋瑾、呂公望、熊成基，更多提起的還有周作人，最喜歡談的卻是老舍；但是他從來沒有提過梁啟超。」藤井賢一頭一次流露出非常為難的神色，他不斷咂巴著嘴，腮幫子也由於大牙一下又一下地緊咬，而鼓動起結實的筋肉。我猜想：怕不是因為他家裡也開過醫院、而對於電影故事所可能涉及的醫療糾紛而覺得不安了。

「藤井先生，」我刻意放緩了語速，希望他不至於有一言一字的誤會：「坦白說，我對原本胡導演想拍什麼故事，是一點興趣也沒有的。至於你和他有些什麼約定或者是承諾，也不干我的事。我呢，也不想浪費你的還有我自己的時間。不過，如果你這麼辛辛苦苦來一趟，覺得是想完成一個可以紀念胡導演的電影故事，也許還可以反映出一種歷史情懷之類的東西，我也只能從這個題材、這個角度說起。」

「可是，為什麼是梁啟超？」他問了第三次。

我沒有直接回答他，是因為我更想迫使他吐露或者暴露另一面的隱衷：他再三希望我從丁連山和薄無鬼亦敵亦友、又或是化敵為友的關係上去作文章、編故事，總有一種重新鼓吹大東亞共榮圈的隱喻企圖。

「那麼你也說說看——」我說：「為什麼是薄無鬼？為什麼是『わし』？過去這麼些年，我可從來沒有聽胡導演對他、對丁連山、甚至對滿洲國的材料那樣有興趣過。在我看來，與其說你要完成一部胡導演懸念已久、卻始終沒有完成的作品，倒不如說是你要藉由他的名義，投資拍攝一部重新翻轉歷史、重新解釋清國和日本關係的電影。而且呢，這故事由日本人來寫不稀奇，倒是扛著老胡的旗號，噱頭就不小了。」

我這麼說著的同時，心裡反覆往深處想去：或者，「わし」是確實存在的，「我組」，在漢語諧音「我族」，顧名思義，就是一個「在日本發起，吸收日、清兩國人民，宣示友好、和平且互助如同族的組織」。這個「組」、或者「族」，是如何以想像的形式存在的呢？就讓我先吐露一個關於梁啟超其人其事的小小段落，作為我如此設問的夾注好了：

戊戌變法維新百又二日，以慈禧策動的政變而失敗，六君子未經審判而遭屠殺，康、梁先後出奔。梁啟超和譚嗣同意氣相約，兩人以「趙氏孤兒」故事中的程嬰與公孫杵臼相期自詡，一生一死而已。

至於為什麼是梁生而譚死，據陳敬第（叔通）所撰之《戊戌回憶》聲稱：譚嗣同之非死不可，是為了不願意拖累老父譚繼洵。其決心之切、用謀之深，甚至到閉門三天、假造乃父痛斥兒子的書信多封的地步。此舉果然奏效，當局日後果然相信譚繼洵沒有附隨其子、支持維新路線的居心。

也就在北京大肆搜捕康、梁逆黨的同時，梁啟超於八月六日進入日本使館，暫得託庇。當時日本駐清公使林權助記載了當日的情形。彼時，正在北京訪問的伊藤博文見到了倉皇出奔的梁啟超之後，說：「這是做了好事，救他吧！而且讓他逃到日本去吧！到了日本，我幫助他。量這個青年，對於中國，是珍貴的靈魂啊！」

梁啟超抵日之前，還有漫長而驚險的旅程。原來，當他匆促逃奔天津的時候，才下火車，就被認識的人發現，甚至一路緊盯，直到子夜時分，已經登上快馬小汽船，準備登上日本兵艦之際，還遭到清廷的兵輪阻擋，以至於登船查察。領兵前來盤問的是候補道王修植，既是榮祿的親信，也是梁啟超的故人。榮祿會派遣這樣一個人追捕逃亡，顯然另有算計；其中不可告人而也瞞不過人的，當然是首鼠兩端，市恩取媚的手段。

梁啟超對於日本政客救命之恩的感激之情，則充分騰躍於他的一首雜言古詩〈去國行〉裡：「……東方古稱君子國，爾來封狼逐豕、磨齒瞰西北，唇齒患難尤相通。大陸山河若破碎，巢覆完卵難為功。我來欲作秦廷七日哭，大邦猶幸非宋聾……」這幾句詩寫得哀痛！除了以申包胥自況，當然不免有借助日本軍事力量推翻滿清的用心。而於感謝日本國的接納和保護之外，他還明白點出：中日兩國更應該攜手協心，共同防患。然而患從何來？不消說，正是詩中描述的「磨齒瞰西北」——從日本與中國並肩同契的角度看過去，西北恰是俄國。

雖然〈去國行〉寫來豪壯痛快，然而日本軍部對於康、梁的主張、地位和價值，卻與伊藤博文南轅北轍。軍部原本欲與清廷、甚至袁世凱本人密切交好，所以一時之間尚有「引渡叛逃罪犯回國」之議。的確也就在這樣尷尬的國際氣氛之中，康有為領了九千元「程儀」，輾轉出奔加拿大。

康、梁殊途而不歸則自此始。梁與孫中山、陳少白過從漸密，而從立憲論轉傾於革命論，亦自此始。是後，便展開了他益發激進的《清議報》生涯。換言之：汲引「東方古稱君子國」之人以為同志的願望似乎在幾個月之間就破滅了，「我組」所含括者，應該還是「封狼逐豕，磨齒瞰西北」的東洋扶桑族類。

質言之：從梁啟超短暫的希望和巨大的失落感上看去，我敢說藤井賢一的「我組」神話和伊藤博文口中的「珍貴的靈魂」恐怕是一樣的口惠罷了。不過，我當下和藤井賢一說的還不只這些，還要多一點——

「你要知道：丁連山沒有殺掉薄無鬼，反而送他進了醫院，那並不意味著他們是『わし』的同志。」我提高嗓門兒說：「可能只是在出手的那一瞬間，丁連山失去了報復的興趣。」

或者是——就在即將攫殺「我組」特務薄無鬼的那一瞬間，丁連山倏忽轉念，預見了爾後數十年歲月之間，他——作為一個不能再見天日的流亡者，一個「裡子」，一個終其一生與人無所涉、與世無所爭，不徒隱姓埋名，亦且遠走高飛的漢子，不論日後過的是什麼樣的日子，至少不再流連、耽溺或束縛於前半生般般種種的是非恩怨之中，逐漩渦而陷溺。這，又是多麼自在、痛快、又多麼瘋狂的一件事！

即此一念可及，則面前這個畫地圈國的癡呆人，豈不是為他帶來新面目、新骨血、新生涯的人了嗎？丁連山忽然下不了手，卻又意識到不能不下手；果若不下手、又要看起來下了手，則……無怪乎《歸藏瑣記》之中，儘管有許多篇章都寫得枝葉紛披、泥塵撲掩，但是偏偏這一段：「刻直趨通衢，攫薄無鬼襟而掌殺之！」卻如此簡略。

因為丁連山不但沒有剪鋤這個侵門踏戶的「倭」，他甚至還趁著遠走高飛之際，輾轉將薄無鬼送進關內，送進京師的川田醫院，還特別囑咐院方：病患所需診治的包括「精神疾病」以及「胸骨斷裂傷」。

「你不相信有一個『わし』？」藤井賢一看起來相當疲憊，臉上居然浮現了許多先前我全然未曾察覺到的細小皺紋。他頓了一下，從上衣內袋裡掏出那個我曾經匆匆看過一回的仿毛泰紙灑金箋，連信封帶信紙。他好像並沒有意思再讓我看，只是帶著非常失望的惆悵神情，抽出摺了兩摺的紙方，再看了一眼，說：「太可惜了，胡導演並沒有不信啊！」

就在這個剎那間，我注意到信封背面有幾個小字，毋庸置疑，那是胡導演親筆的字跡，介乎碑書和楷書之間、扁扁方方的字型，永遠是深藍色帕克墨水，帶著相當有年月感的氣息——真會讓人感覺：連他寫的字都是穿古裝的。

「我可以看一眼麼？」我指了指那信封。

藤井賢一絲毫沒猶豫，將信封遞過來，背面四個小字是「南國之冬」。

「他跟你說了是什麼意思嗎？」我問。

「不知道，也許就是臨時想到的一句話吧？所以我想啊，會不會是《護國記》這個名字又覺得不好了不要了……」他想說什麼，可是一個字也沒說，大約是覺得跟我已經沒有什麼可談的了，於是又沉吟片刻，才清了清嗓子，道：「你還沒有告訴我——」

「為什麼是梁啟超？」我說：「是啊，你一定會覺得奇怪，胡導演生前怎麼可能知道：他也會像梁啟超一樣倒楣，是嗎？」

我凝視著「南國之冬」四個字，想起香港一位老中醫唐天如的軼事。

從家世、背景上看，唐天如和梁啟超相當接近。他們都是廣東新會人，梁乃光緒十五年鄉試第九名舉人，唐則是光緒二十九年鄉試獲雋。如果是在一個穩定的舊社會，此二公或將不做他想，一意向功名路上翻騰，如果沒有特別的際遇而發達，也就是官袍微薄賦微酸，碌碌一生，數十載身繫鄉紳之流罷了。偏偏這是一個變動極為劇烈的時代，梁啟超中舉的時候，張之洞官居兩廣總督，便順理成章是香帥門生了。兩年後拜入同樣是舉人的康南海門下，更成為維新一派的領軍人物。唐天如則受困於科舉之廢，簪纓無望，改行投醫。他人所未及料者，他也成了岐黃之術的翹楚。

唐天如，名恩溥，民國後有一段短時期曾經在吳佩孚幕中擔任祕書處處長，北地各路軍閥日邁月征，時時發動不義之戰、鬧得一片焦土的時候，唐天如就悄然離開得更遠一些，渡海來到了香港。一九二九年梁啟超入院開刀，術後未見好轉，唐天如還風塵僕僕、專程北上，為梁啟超把脈處方，居然在不干犯西醫的一切作為之下，改善了梁啟超的病體。

由於梁、唐既是同鄉，且為老友，經常一見面就說起家鄉話，有時遇見不方便旁人與聞的話題，也很習慣了用新會話交談。唐天如好詩、喜書畫，常有以字畫為禮敬，權充診金的，唐天如也不在意。他和梁啟超一見面，往往閒話還沒說上幾句，兩人便很自然地口操鄉音，吟詠起來。

有一天晨雨初收，塵埃盡落，是北京冬季難得的颯爽天氣。梁啟超驗血完畢，才回到病房，時已傍午，唐天如就來訪了，梁啟超看見故人，尚未及寒暄，忽然冒出一句：「雨晴山有態。」

唐天如立時答道：「日暖地無塵。」

梁啟超接著繼續吟出：「南國冬如舊？」

唐天如依然毫不遲疑：「西江月不新。」

梁啟超所謂的「南國」可以指新會家鄉，也可以指客寓香港，但是唐天如之於香港的心境，情同遠戍之流人、飄零的過客，所以還是把梁氏出句刻意說朦朧的地點挑明了，用「西江」表示了新會所在之地。至於「月不新」，用意用語都活潑，轉個彎就更能理解：月亮還是那一個月亮，但是人似乎總不在家，總在異鄉看月。

梁啟超這時猶豫了一下，才跟著從人物托住句意：「霜心驚歲晚。」

唐天如仍然一應聲，接住了：「遠志憶家親。」

梁啟超笑謂：「還是捨不得你的藥材啊！」他笑的是句中用上的「遠志」雖然切對，然而畢竟像是故意逗趣。

唐天如這時昂聲說：「你的『霜心』，不也是戴頂子憂時憂民口吻？醫人醫國，我們算同行。末一聯我作出句，你來落句罷——寥落京華道！」

雨晴山有態，日暖地無塵。南國冬如舊，西江月不新。霜心驚歲晚，遠志憶家親。
寥落京華道，知音能幾人？

梁啟超故去之後，唐天如每每倩人作書，無論是中堂、楹聯、雅室小對，不外就是這首詩的前三聯。寫得好的，還專送各色補品藥材。他留下的名言是：莫恨南國無冬，可深哀者，人去海空。新會，似乎就是在那個年頭裡開始寥落起來的。

我原本是不怎麼欣賞梁啟超的。那時我還年輕，讀到教科書上他的文章，總覺得文句冗長，贅語連綿，一個道理反覆陳說，引人瞌睡，說什麼「筆鋒常帶感情」，我卻著實體會不出。加之以年事稍長時，讀了劉成禺的《洪憲紀事詩百首》，說梁啟超「默觀世事，一生凡四變」，從立憲、革命、俄式專制，乃至於民主社會主義，其隨世局人情之流轉而著書立說，言之滔滔，信者鑿鑿。然而，歲月既遷，時移事往，梁氏「不惜以今日之我攻（戰）昨日之我」，幾無可辨之信仰。遂有「要問任公的主張如何，必先確定其究為那一時期的梁任公」（毛以亨撰《梁啟超》）。這就有些「以不試之學，驟出為政，其費人者，豈特醫之比乎？」（蘇軾〈墨寶堂記〉）感覺上是把人民當作知識和學問的試驗品了。

不過，梁氏從一九二六年罹患小便出血症之後的四年期間，也是他人生之中做學問最辛苦又進境最緩慢的一段時間。抗病期間，他自信而樂觀，盡量對家人報喜不報憂，以免為子女、甚至孫輩帶來憂勞，恰可以看出斯人的醇厚與篤實，那是學養，也是人格。

五十三歲的梁啟超原本身體一向健朗，據推測，其為尿血症所困，多基於講學和各處之演講活動殊為繁劇，以及他的妻子李氏罹患乳癌、乃至於過世，故而梁啟超受到的牽累也不少。他原本在一德國醫院接受檢查，由於始終不能檢出病原，遂轉入協和醫院複檢，不久即得知其右腎有黑點；且血由右方出，即斷定右腎為小便出血之原因。根據他的弟弟梁啟勛所撰之《病房日記》云：「任公向來篤信科學，其治學之道，亦無不以科學方法從事研究，故對西洋醫學向極篤信，毅然一任協和處置。」

殊不料，雖然遵醫囑割去了右腎，梁啟超的尿血症並未痊可，「稍用心（動腦筋、用思慮）即復發，不用心時便血亦稍減。」當時有打血針的療法，應該就是指輸血，每月一次。也由於經常復發的緣故，梁啟超的中醫好友唐天如還親自從香港兼程來北京，為他處方供藥，據他親筆給孩子們寫的信說：「天如之方，以黃連、玉桂、阿膠三藥為主。」「近聞有別位名醫說：『能將黃連和玉桂合在一方，其人必為名醫云云。』」

然而，尿血症頂多只能是藥到症緩，而始終沒能根治。多年後有一個流傳廣遠的說法，提及協和醫院那一次動手術時出了差錯，據說：昔年參與梁啟超手術的一位實習生回憶：梁啟超進了手術室之後，值班護士用碘酒在梁的肚皮上標錯了下刀的位置，操刀的醫生姓劉，還是一位高學歷的名醫，卻以疏忽之故，未核對病人X光片就進行了手術。手術乾淨利落，切除的卻是沒病的腎囊。

另外還有一個傳聞，也並不見諸當日，而是數十年後忽然哄傳起來的謠諑，說是梁啟超早在開始尿血的時候，就已經罹患了惡性腫瘤，所以錯割腎囊與否似乎不是什麼了不得的錯誤，也正因癌變隨身，開了刀之後，尿血的情形一直未曾改善，卻也不是說不過去的，如此，協和醫院又在多年之後得到了一重開脫。

手術是在一九二八年三月十六日，梁啟超開刀的時候，其子梁思成和媳婦林徽因正在歐洲度蜜月。為了讓一對新人能夠放心，梁啟超在四月二十六日的信中還說，手術後的身體「健康大有進步」，給他的大女兒令嫻的信上則寫道：

> 我受術後第四天，便胃口如常。中間因醫生未得病原，種種試驗，曾經有一個禮拜，不給我肉品吃，餓得我像五台山上的魯智深，天天向醫生哀求開葷，出院後便不容說了。總而言之，受術後十天，早已和無病人一樣。

手術房裡是否有什麼差錯或失誤，梁啟超自己身體的感受是最清楚的。他不會不明白便中之血的流量、以及是否積勞而導致疾病加劇的程度。然而，除了基於不讓家人擔憂之外，他還有一顧慮：他不希望個人所遭受的痛苦在訴諸公論之後，得到的只是絲毫無益於科學研究的指摘報復而已。他親自在家信中說明他的看法：

近來因我的病，惹得許多議論，北京報紙有好幾家都攻擊協和。我有一篇短文在《晨報副刊》發表，帶半辯護性質，量來已看見了。總對這次手術其實可以不必用，好在用了之後身子沒有絲毫吃虧，只算費幾百塊錢，捱十來天痛苦，換得個安心。是否一定要割，這是醫學上的問題，我們門外漢無從判斷。據當時的診查結果，罪在右腎，斷無可疑。

他還說：「我們不能因為現代人科學智識還幼稚，便根本懷疑到科學這樣東西。」然而，就在手術後半年，他的病勢愈發沉重，小便阻塞，寒熱交作，其枯槁，已經到了連大夫都不敢處方的地步。一九三〇年一月十九日，終告不治。遺囑有云：「把屍身剖驗，務求病原之所在，以供醫學界之參考。」在這一點上，梁家子孫並沒有遵從遺命。

梁啟超的偉大，是從這樣的一場極端折磨人的惡疾上綻放出來的。他守護家人，回護醫者，維護科學，以一微軀當病魔、當輿論、當一切對求知求真求明白之阻礙，其號任公，斯人果爾大公。

「這怎麼會是一部電影可以說的故事呢？」藤井賢一說。

「你可能還不知道一點，」我笑了，笑就是賣關子的意思，笑一陣，他得等一陣。然後不知過了多久，我才說：「南國之冬，可能是胡導演特意提醒我的一個名字。」

那是我和藤井賢一說的最後一句話。我沒有告訴他我納悶葫蘆裡賣的什麼藥，我寧可那只是出乎我大膽臆測、甚或妄想的一個詮釋。就南方土生土長、幾乎不經寒霜凍雪的人來說，為生計、為功名、為理想、為可以拚搏的一切而離開了沒冬季的地方，所以，南國無冬恰是南國無人過冬。而胡導演是道地道地的北京人；在他生前，卻也在一九五〇年流落到香港，與唐天如有近十年之交遊。他親眼看過一位老太太寫了一對五言聯，屬名「璿珊女史」，上款題「天如先生正」，內容就是「雨晴山有態，日暖地無塵」。

我問過他：「難道沒有人寫『南國冬如舊，西江月不新』嗎？」

他笑著搖了搖頭，看來就像個到哪兒都一樣樂的異鄉人。

梁啟超與唐天如的淡淡之交大約就是在北京協和醫院一九二九年動的那一次謎一般的手術之後，持續了不到半年。若非胡導演對「璿珊女史」四字落款情有獨鍾，這樣一個思想家、革命者暨報人、教育家的不尋常人物，大概也不會暴露出他和一位從大歷史的角度看來沒沒無聞的醫者交遊的側面。可是，胡導演多年前提起那一對「雨晴山有態，日暖地無塵」的書法作品的時候，他更有興趣的似乎是「璿珊女史」其人。卻也因為這樣落款荒唐可笑，所謂的「作品」，居然還流傳了下來（按：直到二〇一九年秋季，還可以在書法藝術網站上搜尋到這幅對聯的形跡），據胡導演推測：璿珊女史可能就是一個尋常的病人、或者是病患家屬，由於付不出診金，唐天如便通融行事，讓對方寫下那一日他在協和醫院和梁啟超對句成詩的首聯。再進一步看：此紙當書於唐天如南返香港之後，甚至可能恰在梁啟超過世之後未幾。

「有什麼人會給人寫了一張字之後落款自稱『女史』的呢？」胡導演說起來每每忍俊不禁，大笑一陣之後接著說：「這就好比你給我寫信，署名卻寫『大春先生』一樣。」

之後不久，胡導演就送了我一本字帖，還說：「款落不好，一寫字就是鬧笑話。這在民國那年月的事兒可多了去了——可惜有這麼一個寫字落款、丟人現眼的故事，不能拍，拍不出來——！人世間真正荒唐的事，太細太碎太曲折隱蔽沒有形象，往往拍不出來。」

可是聽他說，卻有滋有味。

第十六話

龍意茫然

魯迅曾經在一篇文章裡帶過一筆，大意是說：舉凡大流氓、大財主、大軍閥活到了晚年，都會變得慈眉善目起來。寥寥數語，斫破恕道，極為犀利。這冷眼所及，讓那些未老之前沾上亂臣賊子眉目的人很難翻身。活了九十一歲，在台灣以「總統府資政」的「名爵」壽終正寢的趙恆惕（一作悬）當可作如是觀。

趙恆惕是晚清留日士官生，屬陸軍士官學校第六期炮科，同盟會元老，也是蔡鍔的學弟，和閻錫山、唐繼堯、李烈鈞、程潛、李根源等一時人物都是同期同學。他在一九〇九年回國，到廣西追隨蔡鍔開辦陸軍小學堂，為中國現代化的陸軍播種育苗。這一批初出茅廬的軍事幹部，在推翻滿清這樣一份大事業的拓展上，要比許多革命黨人看得更遠、走得更踏實。如果就建立民國的方略看來，留日青年士官生倒是比較接近同時期出身光復會的呂公望，他們都堅決相信：不滲透、占有、控制乃至建立軍隊，則民主共和無可期。

雖然立足廣西，但是和出身山西的閻錫山、出身江西的李烈鈞、出身雲南的唐繼堯沒有什麼兩樣，誰不想衣錦於鄉梓之邦呢？在那些年輕的湖南籍軍人的心目之中，也無不有立馬三湘、共家鄉子弟奠功立業之思。日後蔡鍔以雲南之護國軍討袁而振百年聲譽，也的確情非得已。如果假之以一旅之眾，開府湖南而張其旗鼓，蔡鍔的確犯不著在槍林彈雨中時刻待援而日夕不至，滯留於唐繼堯的征川前線活受罪。

宣統二年（一九一〇）十月間，出身湖南善化的沈秉堃由藩台擢升為廣西巡撫，未期年而武昌首義爆發，沈秉堃在藩司王芝祥與提督陸榮廷的勸誘與裹脅之下，起而支持革命，宣布廣西獨立。在這個時刻，首先擁兵響應的就是趙恆惕。他親率所部新軍，馳援武漢，這裡面不是沒有道經湖南以驕其父老的意思。

此後多年，無論是在軍事化的政治、或是政治化的軍事之路上，趙恆惕始終沒有什麼大作為。放眼彼時豪傑，與他年齒相近的真是不少。李根源出生於一八七九年，比他大一歲；譚延闓與他同齡，都是一八八〇年生人，蔡鍔、程潛還比他小兩歲，唐繼堯、閻錫山則比他小三歲，但是一旦把趙恆惕放在「同學少年多不賤」的行伍之中，他就是黯淡。

在跟從譚延闓參加二次革命的時候，他被狡詐多術的湯薌銘俘虜，聲名大敗。湯薌銘一介臧倉小人，曾經於加入同盟會後翻悔，在巴黎旅館中竊取孫中山皮包中的黨人名冊，向當時駐法公使孫寶琦自首求贖，為孫寶琦斥回，成為天下笑柄。趙恆惕俯伏於這樣一個人手下，其佗傺可知。後來還是經由黎元洪和蔡鍔具保，袁世凱才放了他一條生路。

真正令湖南父老望風慕義、簞食壺漿以迎之的事只不過一彈指頃。一九二〇年，北洋出身的段（皖）系軍頭張敬堯揮軍入湘，由段祺瑞授命為湖南督軍及省長，謀事治軍皆極敗壞，湖南父老在壓迫宰制之下傾力抗爭——這當然另有背景；顯然，「湘人治湘」的呼籲不只針對殺人王張敬堯，也是對一向有「粵人治粵」、「贛人治贛」、「鄂人治鄂」這類地方自治呼籲的一個響應。

這不只是地方父老藉以驅逐非在地軍事領袖的口號，也是數十年來時隱時起之「聯省自治論」的再一次抬頭。地方仕紳於袖手當局、暌違大勢之際，索性縮節其抱負、簡約其視野，從精神勝利的角度理解，也就看似像是在伸張一地方、眾父老、諸子弟的氣格了。

正當此際，趙恆惕提一旅之師，在譚延闓的授意之下，再度揮軍入湘，一舉趕走了設防不及的張敬堯，成了彼時湖南鄉親的救星，卻為時短暫。

「驅張」是一樁大事，譚延闓藉此而得以重任湖南督軍，再握虎符，趙恆惕居功不小。然而他看得出來：譚延闓真正的敵手，還是他們共同的老同學：程潛。

程潛非但也是留日士官生，與譚、趙同窗，他早年還是嶽麓書院的高材生，新舊學養俱佳，排奡孤介，自視甚高，而性躁易怒，與人凡有纖介之不和，往往寖成芥蒂。民初之「二次革命」以迄於首度（民國七年）北伐，程潛全靠著這股一意孤行的氣魄、格調統領軍隊，從北洋軍腳下奪回岳陽的一役之前，相傳有以「臂纏白布警語以自誓」的豪舉，其詞曰：「奪得岳陽，湖南必生；不奪岳陽，湖南必死。敵人勝我，則中國亡；我勝敵人，則中國存！」

程潛在一九一九年為譚延闓逐出湖南，以免分庭抗禮。他手下倚如左右、親如股肱的大將——叫李仲麟的——卻留了下來。史無明文，這一留是不是保存耳目，但是李仲麟的日子顯然不好過，他人的部隊鬧餉譁變，他得去收拾，收拾不成，便見疑於主司，成了共犯。這是一九二〇年底的事。

譚延闓畢竟沉得住氣，他引咎辭職，卻讓趙恆惕代有其位，收拾這很容易得罪人的殘局。而李仲麟卻犯了輕敵自大的毛病，沒想到趙恆惕以「驅張」之功代譚而奄有「湘軍總司令」之職，正在炙手可熱之際，一紙令下，便槍殺了李仲麟，居然懸首示眾，讓地方父老為之一愕。

殺李仲麟還有個「敉平兵變」的名目；接下來殺黃愛和龐人銓、剿滅「湖南勞工會」，便引起了軒然大波。

「湖南勞工會」是一個早在前一年十二月就成立的知識青年勞工組織，原本是一群身無長物的青年人，自掏腰包，以七元八角的總資本，印製了一份傳單，說明其宗旨：「維護勞工利益，促成國家統一，維持民族尊嚴」，都是空疏無害的大綱領，以一個小小的「華實紗廠」工會為基礎，擴大招募會員，不料在短短的半年之中，迅速擴大，收編了電燈廠、煉鉛廠、造幣廠、兵工廠、印刷廠……等數千名工人入會。

這還不算，到了民國十年（一九三一）中，又結合車業、成衣業、木作業、筆業、刺繡業以及鐵路、碼頭、採礦業等工會，吸收了大約三萬多人。終於在同年五月，華實紗廠工人要求增加工資的一次罷工之中，當局首度逮捕了「為首滋事」的黃愛；事後雖然經各方爭取，要將黃愛釋放，黃愛卻不肯出獄，以絕食進行更大的抗爭。

此事再遷延到第二年的秋天，廠方和軍方連手宣布戒嚴斷絕工人和外界的聯繫，最後殺了黃愛和龐人銓。民國史上第一個斬殺勞工領袖的屠夫，即是趙恆惕。而黃、龐的罪名，居然是「宣傳無政府主義」、「勾結土匪」和「圖謀不軌」——其中沒有一項是事實。

黃愛和龐人銓是怎樣的人呢？李少陵的《駢廬雜憶》如此寫道：「黃愛是湖南常德人，死時年僅二十四歲。龐人銓是湖南湘潭人，死時年僅二十三歲。他們二人，不僅品德好，學問好，而且是中國傳統的老好人；態度端祥，性情和善，行動更是彬彬有禮，從無半點粗暴橫蠻習氣，我們常戲呼黃愛是『黃大姐』，他看見生朋友和女人，便要臉紅。如果說這樣的人會勾結土匪，真是黑天冤枉。」

從一九二二年回顧，僅僅兩年以前，趙恆惕率兩千名餉械不足的部隊，在手持扁擔、鋤頭的湖南鄉親奮死協力之下，驅逐了張敬堯三萬之眾。據傳聞：被前來圍擊的老百姓施展膂力而活活打死的，就占了三萬勁旅的一半。當時的趙恆惕，固一世之雄哉。

從一省之英雄，而淪落為全國之寇讎，趙恆惕「曷興之暴也？」又「曷喪之暴也？」此處之喪，不是生命的結束——他還得活著受，應該會受很多年。

或許——從一個更高遠的角度去看——趙恆惕只是譚延闓與程潛之爭的棋子，也可以說是湖南地方勢力與廣東革命勢力角逐之下的芻狗。他晚年流落台灣，以書字自娛，藉古人詩句感歎身世，卻又能悟出幾分自己的殘毒和陰險呢？

現存趙恆惕的書法作品不多，居然有些資料上還為他標示著「書法家」的頭銜。就字論字，他腕弱筆滑，雖然放手學米，可是筋骨鬆弛、形神渙散，仗著世人無眼，廁身民國書家之列，不免徒留譏謗。有那麼一張中堂，便現了原形。這張字九十九公分長，三十四公分寬，落款題：「廣元先生雅正 錄宋人吳琚詩」，內容則是兩首絕句：「神物登天擾可騎，如何孔甲但能羈。當時若更無劉累，龍意茫然豈得知。」「忘歸不覺鬢毛斑，好事鄉人尚往還。斷嶺不遮西望眼，送君直過楚王山。」

吳琚為南宋書法家，他最有名的一張楷書就是寫蔡襄的〈訪陳處士〉：「橋畔垂楊下碧溪，君家原在北橋西。來時不似人間世，日落花香山鳥啼。」此作為台北故宮藏品，氣勢淋漓，韻致堅蒼，展現了書家在疾速運筆之下仍保有完整的控制和奇峭的瀟灑。

吳琚寫他那時代（或稍早）人的詩是慣例，趙恆惕不學而失察，誤以為前引的兩首為吳琚之作，實則這兩首絕句非但不出於吳琚之手，也不是一人一時之作。前一首是王安石的〈神物〉；後一首是蘇東坡的〈送蜀人張師厚赴殿試二首〉之二，除了「忘歸不覺」之外，還有：「雲龍山下試春衣，放鶴亭前送落暉。一色杏花三十里，新郎君去馬如飛。」一看便知：意思根本湊不到一起去。

讀《三希堂法帖》可知，吳琚抄寫時人詩句，乃是信筆而為，並不是在一次抄錄中有什麼綰合各篇詩意的企圖，推想他的動機，大約是要從名家湊泊詩篇的結構，去揣摹書法的行款，對帖學書者一旦體會了這層意思，就能夠藉由詩篇的建構轉相鋪陳筆墨的間架，也就是利用詩藝以啟發書藝的一種嘗試。趙恆惕學書不成，復不問詩、字之來歷，秉筆謄抄而已。恐怕也只能為淺人哄抬之、爭購之、張掛之，再博方家之笑了。

不過，趙恆惕抄的〈神物〉詩很有意思，其命意初見《左傳・昭公二十九年》「劉累養龍」的典故，復見於《史記・夏本紀》。

夏孔甲氏為帝，有二龍，命劉累豢之，一開始養得不錯，孔甲氏還特封劉累為「御龍氏」。日後不知如何，養死了一頭雌的，劉累便將龍肉製成肉羹以進，也博得了稱賞。孔甲氏還想再嘗龍羹，劉累技窮了，竄逃到魯地，隱姓埋名，漁獵以終。

這個故事自有用意，至少對照著王安石變法而不能竟其功，受天下謗，是可以有這樣的感慨的。當然，王安石不會以劉累自況，他一定覺得自己是那不知如何被冤枉養死的龍，臨了尚傾身以為肉羹，還被皇帝老兒吞吃了！

趙恆惕若是稍稍解事之人，於走筆之際，會不會也想到他在湖南進出的那段往事呢？他晚年信佛，的確有慈眉善目之態。堪稱幸運的是，沒有人記得他殺李仲麟、殺黃愛、殺龐人銓的事——那可是三條龍呢。

世事難料，這段屠龍史事，原本只是胡導演和我在往返杉林溪為《笑傲江湖》一片勘景途中的解悶閒話，居然進入了我生活的現實。

原來，趙恆惕赴台之後，除了寫他的大字，一塵不入眼，萬事不關心；最喜為人寫些不著邊際的諛頌之詞，如：「天龍八部皆歡喜，晝夜六時恆吉祥」、「司馬文章元亮酒，右軍書法少陵詩」之類。

有趣的是，我在求學時代一度為包括靜芝老師在內的幾位書畫家聯展當小工，協助布展，地點在「國軍文藝活動中心」的二樓。我偶然間發現：牆犄角裡斜靠著一張四尺多寬、三尺多高的大字書框，署名錢穆，內容是一段古文。這應該不在我所處理的展品之內。我只能猜測：這是前一檔展覽所遺留下來的？

仔細讀那書跡內容，才發現賓四先生抄的是《二程遺書》卷六〈二先生語六〉：「百官萬務，金革百萬之眾，飲水曲肱，樂在其中。萬變俱在人，其實無一事。」下款署名之前還有兩行：「錄明道先生語／夷午先生一粲」。夷午先生，趙恆惕也。我日後回想起來，那應該是一九八一年冬，估計當為趙恆惕身後十多年，還有些親戚故舊之屬為他舉行了紀念展活動。賓四先生所作之字，應該是趙生前所收，策展者不會不認得大名家的手筆和簽署，只是如何就遺落在展場之中了，卻是一個謎。

畢竟賓四先生比趙恆惕年輕十五歲，誼稱晚輩，彼時以當世大儒之身，備受推重，拿他的字出來恭維故人，也是無奈人情。推誠論之：「萬變俱在人，其實無一事」之語，似乎過度輕縱了趙恆惕早年的劣跡了。然而，世事譬如積薪，往往後來居上，國人多以為抗戰末期趙恆惕嚴拒與日本方面合組武漢偽政府為大義凜然、氣節高尚，也是無可如何的糊塗了帳了。這張字確實沒有人認領，問了展場人員，只回覆我：「不是館藏所有，請儘快處理。」

「處理？」多麼卡繆的一句話。在那個當下，我能怎麼處理呢？連想都沒有想，我扛起畫框，一步一捱蹭，走下「國軍文藝活動中心」窄小的樓梯，來到中華路上，叫了一輛計程車，把畫框塞進後座，運回家了。下車之後，我把畫框小心翼翼地收藏在房間裡，畫面朝牆，免得讓陽光給曬壞了。我的念頭是：總要找到丟失這東西的原主的——就在這麼想著的時候，我似乎就看見床頭有那麼一個銅缽兒了。

那是一個日後我在靜芝老師和第五明的桌上分別見過一眼的東西。

直到本世紀初，王家衛為《一代宗師》劇本的事來台，沒頭沒腦問起：「你那缽兒還在嗎？」我第一個想起的卻不是銅缽兒的實體，而是多年前放著兩個大水果籃的所在，一張破舊的方桌，水果籃是我買給路不拾遺的蕭金山和第五明的謝禮，第五明指著那水果籃交代我的一番話是這麼說的：「就是你，你總也要幫忙人找丟失的東西的。你能幫忙人找丟失的東西，就不會在意錢，就不會只知道買。」

是的，王家衛自港飛來，和我見面的第一句話就是：「你那缽兒還在嗎？」

「缽兒？」

「那個銅缽兒——」王家衛接著說：「我聽說擁有那個缽兒的人必須負責把別人丟掉的

東西找回來。」

「你丟了什麼？」

「故事。」

第十七話

悔把恩仇抵死分

在美國舊金山遇刺的記者黃遠庸死後多年，行刺者及動機還是眾說紛紜，莫衷一是。國民黨的官方說法是袁世凱帝制自為，誅鋤異己的手段。史學家沈雲龍〈黃遠庸其人其言〉則透露：曾任國府內政教育部長及國史館長的黃季陸曾經在一通電話裡告訴他：刺殺黃遠庸的凶手乃僑胞黃某某。到了上世紀八〇年代初，又有自稱國民黨美洲總支部負責人林森之衛兵劉北海臨終懺悔一說：黃遠庸是他殺的，教唆的是林森，主謀則是孫文，行凶時間在一九一五年十二月二十七日。

《飲冰室合集》的編者、民初詩人、法學家林志鈞於黃遠庸遇難之後不久，就著手編輯了他在《中報》、《庸言報》、《亞細亞日報》、《國民公報》、《少年中國》週刊、《東方雜誌》等媒體上所發表的時論、雜文、論述等，《遠生遺著》一書，由梁啟超題簽，上海商務印書館出版。多年以後，科學出版公司與台灣文星書店還兩度刊行了小字增訂版。

翻理舊時著述，以窺黃遠庸因嬉笑怒罵以寄託感慨、剖析事理的獨特文風，不難發現：黃遠庸是一個真正追求獨立思考的記者，絕非國民黨當年一意栽誣的「附袁」、「媚袁」之徒；倒是他打從民國元年起就看不起國民黨——或者該說：看不起由國民黨所帶動的入黨風潮——卻的確令各黨切齒。

在一篇發表於民國元年（一九一二）十月初五的〈政談竊聽錄〉中，他開宗明義地說：「若北京則幾成為黨人黨事之世界矣。每逢政客談話，每一時間，不知須用若干黨字，聞之耳中生障。」

對於「黨人黨事」之不耐，非不以共和政體之需要有黨為然，黃遠庸的態度是從「黨中有系」開始的。他非但不否定黨之必要，反而心繫於一個團結而振作的國民黨：「今日國民黨中孫系、黃系、宋系之說，洋洋盈耳。據宋教仁君對吾儕友人中所語，則為此皆異黨所臆造。其實我國民黨人心目中有宋遯初者，無一人不傾服黃克強。」黃遠庸當然知道宋教仁這話是說給外人聽、好讓自己人舒坦的，故曲筆調笑他，「蓋亦不癡不聾、不做阿公之意耳」。

然而，黃遠庸對於亟欲擴大、以圖在國會中牽制大總統袁世凱的國民黨並不像宋教仁那樣力求回護；在他眼中，這就是一個除了宋、黃別無偉人的政黨。

為革命黨改組國民黨奔走的幾個元老之中，有一胡瑛，曾經親口告訴黃遠庸：在南京時，正因為孫中山、汪精衛等人都不太肯主持，改組這事就算是半途而廢了。汪精衛以失節終，其謀其道、其行其操，姑且不論。可是就一位被後世奉為「國父」者而言，這是很難想像的。為什麼艱難締造了民國的孫先生居然也不大熱中於革命黨的改造、以建設名副其實的共和政體呢？此中機關似也不難理解：在孫文的心目中，建立一個政黨政治的正常國家「道阻且長」，當前掃除反革命障礙的急務卻必須由一個剛性的革命政黨才能擔負。

宋、孫之間的這個矛盾並未表面化，原因之一是宋在北方的人望仍然是南京方面在彼時意欲爭取全國廣大同情和支持的利器。許多老同盟會的議員都樂於親附之，也願意追隨他贊成改組。

至於原本不贊成改組的，則發展成非宋之一系。這個系，就當時情形看來，還是孫（文）系居多，也未必真有什麼黃（興）系——實情正如黃遠庸所觀察的：黃興拉人進入改組後的國民黨之行動，要比孫文積極得多。

因此，宋的支持者才不得不向他人尋求奧援，其中之一是根植於立憲派的張謇、章炳麟、程德全、熊希齡所組織的統一黨。此黨成立才幾個月，忽而與民社、國民協進會、民國公會和一部分的國民黨組成了共和黨，忽而又在章太炎的宣言下恢復了獨立的身分，不論怎麼折騰，起碼這些人是相信政黨政治必須親力親為、早成早就的——這個想法，孫文當時根本不措意。

〈政談竊聽錄〉雖然開宗明義不苟同「黨人黨事」，然而並不表示黃遠庸不贊同或不傾心政黨政治。可是橘越淮而為枳，政黨政治一旦落實到中國當時的官場醬缸裡，雖豪傑之士亦不能自樹立耳。在「黨中有系」這個議題上，他輕描淡寫了兩句話：「系之云者，自其部下言之；若首領先自有系，則部下不將日日鬥毆乎？」

即使話是這樣說，黃遠庸仍然有其不能遮掩的欹側之情。以他所揭舉的孫系、宋系、黃系觀之，在說到宋教仁的時候，他還是會引用「極稱黃克強而鄙薄宋遯初」的人所說的話：「不曰其能力薄弱，即曰其氣分不陽。」此語雖然帶些玩笑意，也頗近謔了。然而一說到黃克強，便是這般口吻：「記者眼光中之黃克強，蓋一率直熱誠之人。其主張厲行國民捐及不換紙幣，正是其熱誠過人處。然其政治思想之不適於今日可見，顧其條理縱不及遯初，而終異於□□之大言無實。故若記者管窺蠡測之見不甚謬誤，則記者願為宋系而兼黃系，絕對的不願為□系也。」

我手頭的這個版本，雖然經史學家吳相湘教授勘訂，前言稱其「比商務版刪去的少而增加的多」，但是這兩處三個「□」仍令人生厭——雖然抹去了原文，誰又猜不出，它所遮掩的不就是孫文嗎？

《遠生遺著》卷一上有這麼一篇〈我意今尚非高談建設之時〉，刊登於民國元年十二月二十六日的《少年中國》週刊，大意是主張新建民國當務之急，不該推行建設，而在「貯建設之本」，所謂的建設之本，又可以歸結為三個面向，就是「統一國家」、「鞏固秩序」和「休養財力」。

這樣的三件事，在後世之人看來，不免有些空洞，但是支持黃遠庸這樣看法的人起碼有些個「宜急不宜緩、宜簡不宜繁、宜實行不宜空言」的策略性考慮，他們特別在意的是：號稱民國的中華之邦會不會在列強衝擊或割裂之下分崩離析？會不會在過度想像建設成功的遠景上迷失了居安思危的方向感？是以當時黃遠庸輩心目中的「建設」，遠非今日之吾人所能理解，在他看來，談建設，就只是高談、侈談、空談建設！

黃遠庸還強調：當下的中國之所最急迫的有五：軍事之統一、外交之統一、司法之統一、財賦之統一、警察之統一。這五項裡面，黃遠庸特別提出司法和警察兩項，以為是恢復秩序和伸張國權的基礎——這一點，原本和建設沒有衝突；我們甚至可以說：即使攤開來這全數的五項統一課題，也都和我們今日所稱所見所從事的建設沒有衝突。那麼，他為什麼會說：「今所謂政府與政客，視此真正之平民政治之基礎，渺然不屑置意，而日日高談建設，官僚派則相與以『維持現狀，建設勿多道』。吾不知彼之所謂現狀者，乃以何者為範圍？現狀抑既日以破壞，維持之何有？其意若曰：『維持現狀者，乃聽天由命之謂耳。』竊望高談建設者之一念此也。」

在這裡，我們要是把黃遠庸所聲稱的「政府與政客」和「官僚派」看成了兩種不相干的人，就失義難解了。在這位眼光銳利的記者看來：北京的袁世凱和南京的孫、黃便是政府與政客，廁身新政府而仍心繫舊江山的大部分政府要員則毫無疑問地恰是「官僚派」，這幾個詞語之間最微妙的不是他們的對立，而是他們的合作。說什麼南北之爭，說什麼兩京兩府之爭，說什麼北洋與民黨之爭，實質上都不是，真正的底細是：任何人都不能、也不想建設一個落實的民國。

黃遠庸的話說白了，就是在指責孫文：你不要再談建設了，再談建設也只是掩護袁世凱，讓他們去維持一個連統一的滿清都不如的破碎政權而已。

議論孫、袁二氏在民國元年、二年之間關係的後世文章多矣。以袁之「新智識與道德之不備」、「公心少而私意多」、「急求政權故罔顧體制」，浮論人人可申，遂成定見。

但是黃遠庸的主張非止於此。在他看來，以同盟會之根苗，宋教仁之鼓吹，孫文、黃興二偉人之聲望，而猶瞻顧於與北洋之合縱，無乃有另一種姑息養奸的深謀——在當時，不僅國民黨如此蓄志，連立憲派的梁啟超都作如是觀——說穿了，就是要全國國人坐待袁世凱完全暴露其作為一個野心家和獨裁者的企圖，再乘勢鳴鼓以攻之。所謂「事不急不足以動眾，惡不極不足以殺身」，這在一向快人健語的黃遠庸看來，反而直等於和袁世凱一搭一唱，合力使新成立的民國「大禍迫於眉睫」。

在民國二年一月二十六日發表於《少年中國》週刊的〈死門開而生門絕〉一文中，他就這樣痛斥過：「今中國之病已到九十九分，而舊醫尚以為痼疾難死，種種斫喪之；新醫尚高談醫理及衛生之法於其旁，而不知一刻千金之可貴。」黃遠庸所指斥的對象，非徒袁項城而已；國民黨之上焉者，猶屬這樣的「新醫」；下焉者，則「更有其家無知小輩、萬死奴僕，明知其家主人之旦夕絕息，其家之瞬刻淪敗，而歌舞嘈嗷，萬戲雜作，雞偷狗盜，得間輒發，此則吾人所為悲觀者也」。

這樣的文章，多年後未必激人憤慨，因為挨罵的不以為自己挨了罵——林志鈞編成此書的民國八年之時，已經沒人在意誰是「無知小輩、萬死奴僕」了。可是在文章發表的一九一三年初，恨之切齒的還真不會是袁世凱，而是黃遠庸如椽之筆所切責的那些「利用政黨以毀國家」之人，其中國民黨人最多，這道理也很淺顯易明，因為國民黨是最大黨。

早在民國元年（一九一二）八月二十五日，同盟會吸收四小黨改組國民黨成功，眼看就形成了國會之中的最大政治勢力。袁世凱見招拆招，利誘章太炎、梁啟超等也來組黨，選舉參、眾兩議院之國會議員遂成為這個階段的全國大戲。

新的時髦政客在幾乎已經被革命消滅的士紳階級的簇擁和金援之下，忽然登上講壇，放論自由民主，人各有一黨，黨各有一章，招牌綱領齊備，名詞小異大同。有身為甲黨而復為乙黨者，有昨為甲黨而今為乙黨者，有一人而貫通三五友黨者。這種濫象，黃遠庸也在〈政黨安在〉中一力撻伐，其見解之犀利、議論之透徹，當世無匹。

可歎復可笑的是：他所拆穿的對象當然包括南北兩府，對國民黨和它的對手打擊都很大，但是袁世凱所卵翼的民主黨、共和黨、統一黨雖然也受到抨擊，這卻是袁世凱私心所樂見的——他本來就是要消滅一切政黨；其中，當然也包括看似由他一力扶植的小黨。

在黃遠庸看來，當時真正對政黨有定見、有灼見、有遠見的只有一個人：章士釗。「章君向持毀黨造黨之論，大得時謗，而章君力持其說不變，可謂剛毅近仁者矣。某向者亦頗懷疑於章君之說，謂黨勢既成，毀造當非時勢所能實現。今乃自悟向說之謬……」這個「真正的記者」黃遠庸真情流露，不吝自責其昨非而今是，正是從「毀黨造黨」的堅決論述裡，看清楚國民黨打從一開始締造，就是「名與實大戾」，且「病國病人才」的一個黨！

從民國元年而後，黃遠庸主要的工作，就是當逐鹿問鼎之各路諸侯提出他們的見解、揭櫫他們的理想、展現他們的企圖或是流露他們的野心欲望之時，予以客觀、冷靜甚至可以說是無情的擘析、拆解甚至抨擊。他似乎無所與可，但是每每在實務問題上都能掌握新國家、新政局、新思維所迫切需要的理性。下引一篇短文可以例其餘：

吉林代表翟君，以蒙古事抗言而責袁總統。袁總統因深為不懌。退而唐在禮（按：袁之侍從武官）語翟君：「代表性質與立法機關異，奈何面折總統？」翟君憤謂：「國事如此，奈何尚禁人發言？」嗚呼！翟君之言是也；唐在禮之言亦是也。然國事敗壞之先，不知分別責任；至於事後，乃以法律權限云云責人。嗚呼！法律權限，多少之罪惡，假汝以行。（〈送吉林代表翟君〉）

通篇不過一百二十餘字，拆穿了民國肇造之初野心家政客的慣技——有法可守之時，並不在意守法；無事可成之際，卻假法律權限為辭，以卸其責，以諉其過。

當看見政客以辭職表現風骨的時候，他並不急著喝采，反而一手拆穿：這些人根本不是真心求去，「特用以為牢騷無聊之一法門」，他真正要指出的是：在民主制度之下，官員之去留，是要和政策之用捨相互綰結的；食祿當差之人，乃以政策之用而進，亦以政策之不用而退。但是黃遠庸的話不僅如此，他總有能力以靈活如彈丸的文筆，激怒各方人士：「諸君之家不用僕媼乎？稍加斥責，便聲稱要去，及真命算給工食，則又顧戀飯碗而求勿去矣，此辭職之解釋也。」（〈辭職之解釋〉）

民國初年，曾經擔任過浙江都督府祕書長、參政院參政的陳敬第是宦門世家，哥哥陳漢第還當過國務院祕書長，兄弟倆又都是書畫界的耆宿，頗負時望。到一九三五年，陳敬第曾經應黃遠庸之子所邀，為《遠生遺著》作跋，在那篇簡短的、看似交代出版背景瑣事的文字裡，陳敬第兩度提及史量才：「去年夏天，余在莫干山，乃欲書陳君陶遺、與史君量才，商由申報館印行，慨然允諾。」以及：「未幾，量才亦以狙擊死，距遠生死十九年，然則言論自由，固不適用於吾國也，夫復何言？」

原本不過是重輯故紙，更張發行，以存斯文，以志斯史，為什麼一筆攔上剛剛被暗殺的史量才呢？這當然是陳敬第的春秋之筆，他就是要提醒《遠生遺著》的讀者：遠在十九年前、遠在太平洋彼岸之地遇害的那個人，和史量才所遭之橫禍並無二致——都是國民黨幹的。黃遠庸遇刺的真相的確是被淹埋一時，而且是被舉國若狂的反袁、反帝制狂潮所淹埋——他死後第五天，袁皇帝登基，舉國唾罵，正好給了國民黨一個大肆宣傳的機會，把黃遠庸抬舉成反對洪憲政權的一個標竿型人物，則一方面既張揚了袁世凱的陰狠凶殘，另一方面也藉著烈士的鮮血，染紅染熱了國民黨與北洋鬥爭的義憤。

黃遠庸的兒子黃席群（一九〇九—二〇〇九）也在吳相湘教授所認可、讚賞的那一版《遠生遺著》跋文中透露：「溯自民國九年迄十九年，凡經三版，迨重請審定，主其事者，謂中有二篇，觸迕時諱，應加削乙。群（按：黃席群自稱）以先人著述，未忍芟夷，遂寢其議。」

這話更加讓黃遠庸的死因得到覆按：他不但極可能是國民黨派遣的刺客打死的，在他身後，還不斷有來自黨方的各種勢力，意圖竄改或刪削他的遺作。只因為他是一個真正的、眼中無偉人的記者。至於動手的劉北海——林森的侍衛——在死前的覺悟頗令人想起南宋的權相史彌遠的遺言：「早知泡影須臾事，悔把恩仇抵死分。」

故事結束在劉北海齎志以歿的那一刻，這人間沒有一個人在意他殺了誰，又是受誰的指使，法律追訴期早就過了，政治、歷史、甚至情感的集體記憶也是人人寡淡而不知味，不覺有撫懷驚心之必要。時隔一世紀，劉北海和黃遠庸一樣，在大眾甚或歷史專業的小眾之人心目之中，都只是兩個極為模糊的名字，沒有人閒來無事會想要還某人以清白、還某事以真相——

——除了做戲之人；所以，王家衛接下來是這麼說的：

「我們做戲的，」說完黃遠庸遇刺的故事，王家衛才忽然拋出了這個主詞，之後停頓了一會兒，而我的腦海裡立刻走馬燈似地浮起了曾經在我身邊出現的好幾張臉孔，靜芝老師、胡導演、張徹、藤井賢一、柳亨奎……無論涉入影劇事業或深或淺、或久或暫，他們都曾經認真地追問過一些總是在現實中被人們迅速而徹底遺忘的事，他們也總想藉由人們還有興趣、或者還願意好奇的題材，去挾帶那些早已被拋棄了的故事；因為那不只是說來爽口、聽來貼耳的笑談罷了，還包括了刻意被人們、被歷史淹沒的東西。

「我們做戲的不去翻一翻那些老帳本，誰還會翻呢？」

「所以，容我大膽猜一猜，」我搶著說：「薄無鬼、丁連山、宮寶森，還有什麼葉問，這些都是面子？你要翻的裡子是孫文、林森、劉北海和黃遠庸？」

「也不一定。胡導演一定也同你講過袁世凱、秋瑾、呂公望罷？」

「也說過梁啟超。」

「張徹還和我說過王亞樵，還說完全是陳觀泰應該主演的片子。」王家衛神祕地一笑。

第十八話

血雨江湖剩一人

號稱「暗殺大王」的王亞樵也是被暗殺的，時在一九三五年九月二十日，地點是梧州。誘他入彀的女人是他的朋友余立奎的一個舞女小妾；代價是十萬大洋——不過據說後來沒付足；動手的幾個人裡有一個叫王魯翹，於「國府」遷台之後，成為台灣的警界領袖；策畫刺殺行動的則是王亞樵自己的徒弟、十二年前曾經在他手下學習特務手段、任職中隊長的情報頭子戴笠，而戴笠所要維護的則是王亞樵處心積慮要幹掉的蔣介石。

殺心非始於一日。一般的說法，都是以一九二七年的寧漢分裂為標誌，認為蔣介石從這個時候起，展開了在國民黨內大權獨攬的清剿行動，無論稱之為「清黨」或「四一二政變」，一個頑強的說法是：從此以後，王亞樵刺殺的目標就成了蔣介石。

可是，如果我們仔細查考王亞樵多方面的「行凶記錄」，會發現他可以是什麼人都殺的。一九二三年十一月，王亞樵初試牛刀的對象是曹錕的大將齊燮元的爪牙、上海警察廳長徐國梁。此後，他的人生不外就是投軍、流亡、組織並管理械鬥團體。即使是半個世紀以後，香港電影界刀光劍影裡漫漶著的上海鄉愁，無論是張徹的《馬永貞》或是周星馳的《功夫》，都對「斧頭幫」著墨甚深，那也是王亞樵的創舉。

一九三一年七月二十三日，他在襲殺宋子文的時候錯認了目標，幹掉了宋的祕書唐腴臚，這一案還是要記在宋子文的帳上。第二年，上海「一二八事變」之後，因為王的隨行司機胡阿毛汽車遭到徵用，這烈性的司機滿心憤懣，索性將載運了十個日本兵的卡車開進黃浦江，「與汝偕亡」。此後，王立刻將行刺目標直接轉移到日本人身上；淞滬戰役期間，他一舉炸死了當時日本駐華的民團行政委員長河端貞次、陸軍大將白川義則，還炸斷了一位駐華公使、一位陸軍中將的腿，順便炸瞎了某海軍中將的一隻眼睛。

王亞樵也殺漢奸，汪精衛算是他格斃的——一九三五年十一月初，國民黨開第四屆六中全會，汪精衛在集體照相的時候身中三彈，當時保住了一口氣息，拖了九年又八天，還是「疽發於背」，死在這舊傷上。據說：這一次行動的標的本來也包括蔣介石，可是蔣命大缺席，逃過一劫。

這樣對付檯面上的政治人物，不是沒有一個主心骨的想法，雖然從表面上看去，相敵對的兩造——或多造——都希望他殺的只是對方。可他偏不。

王亞樵，安徽合肥人，江湖人稱「老九」或「九哥」，是其大排行。如果我們先把他的地位圖譜放在上海幫會的背景上看，會發現他不但勢力龐大、惡名昭彰，而且獨樹一幟，全不與俗同。

王亞樵十七歲的時候隻身離鄉，赴上海闖蕩，第一份工作就是碼頭工人。這種臨時工上無廬宇、下無氈毹，為了搶活計、圖方便，每天入夜之後還得在碼頭邊兒上與人爭一臨時床地，這就得打架。王亞樵身形未見魁梧，體魄也不算強健，可是打起架來，卻能以一敵數十，其好勇鬥狠可知。由於鋒頭出足，名氣漸響，也有人挑唆著他對付租借區裡最難纏的巡捕，他也來者不拒、樂之不疲。

就和一般在社會各階層、各行業混生活的老百姓沒有兩樣，王亞樵初也無意於政治，與巡捕鬧糾紛，大約顯示出他天生反骨，喜鬩強權。在刺殺徐國梁之前，人們說起他來，所轉述的多是那一身看來並無家數傳承，卻頗有幾分奇詭功力的本事。

有一個傳聞：某日他與一群年輕學生意外結識，在房中烤火，座上皆非熟人，有問起他拳腳身手之事者，他忽然拿過火鉗來，放在兩凳之間，以手指輕輕一敲，火鉗便彎了。接著，他又以手指按一皮帶，讓人用全身之力拖曳，不可動分毫。此後王亞樵再也不曾露過相，只跟圍觀的七八位男女說：「此一小小玩意，從不敢示人，更不敢打人，天下好手正多著呢！」

記錄此事的李少陵是中國早期的無政府主義者之一。一九二二年五月，一群信仰此道的青年在廣州成立「中國無政府主義者同盟」，宣言由俄國人狄克博撰寫，中譯即出自李少陵之手。這個組織，隱隱約約是更大一幫社會主義信仰者中間的一個群組。當時第三國際駐華聯絡員鮑立維（又譯為包立威、布羅威、布魯威）曾經說過：中國無政府主義者是當時思想體系最健全的，深入人心，「實為五四運動的原動力」。

當日管領風騷的景定成（辛亥前後主持北京《國風日報》）和李少陵還不能算是這一派思想的先驅，他們的前行者有著更加顯赫的名字，其中包括蔡元培、吳稚暉、李石曾、張靜江和張溥泉等。李少陵在《駢廬雜憶》中寫得很清楚：「讀了他們的著作，認為氣味相投，一拍即合，乃自自然然地信仰無政府主義，參加無政府主義運動，便是從這幾位青年開始。」

這和王亞樵有什麼關係呢？李少陵的形容如此：「亞樵平時，足不出戶，一部《水滸》，一部《三國》，看得爛熟；因與梅九夢仙過從較多，亦篤信無政府主義。」王亞樵不但是無政府主義的追隨者，也是這一小小社會主義群體之中「保鏢」一般的人物。「時陳獨秀領導下的共產黨，每欲深入上海基層組織，輒被亞樵阻遏，以是陳獨秀嘗在《嚮導週報》上大肆攻擊，然仍不敢直指亞樵之名。」

遙想當年，只有二十四歲的王亞樵於武昌起義之後在廬山響應，其事不果，轉赴上海創立「斧頭幫」，這已經決定了他一生參與公共事務的方式與方向，用大白話來說，就是「搞暗殺」——以血流五步之手段，誅鋤天下不公不義之人。

到了為無政府主義者屏擋異己的這個階段，並不是王亞樵對當時的社會主義大家庭有什麼不得不捍衛的成見，也不是他和共產主義弟兄們之間有任何必欲除之而後快的冤仇，他所講究的，純粹就是那點先來後到的意氣。後來他把一肚子怨懟發作到國民黨的陣營，也是因為那些走在前面的無政府主義者背棄了原先的論述，成為國民黨的中堅——而王亞樵是根本沒有能力理解這樣的思想轉變的。

一九二七年三月二十八日，中國國民黨中央監察委員會在上海召開會議，由蔡元培主持，會中由吳稚暉發動了一個名叫「護黨救國」的運動。五天以後，參與中央監委會議的人一字排開，是哪些人呢？蔡元培、張靜江、吳稚暉、李石曾……單看這幾個名字，不都是最早在中國傳揚無政府主義的前行者嗎？在這個會議上指控共產黨滲透到國民黨中，予以顛覆，並且加上一個民族主義立場的陰謀論，認為共產主義者會讓中國變成蘇聯的殖民地，這才有了「清黨」的口號和工作方向。

王亞樵雖然是陳獨秀的敵壘，但是他對國民黨似乎更嚴厲。「清黨」開始，他變本加厲地對付國民黨的高層，前後的轉折很清楚：提出「清黨」的居然大都是無政府主義者，王亞樵顯然有被背叛的感覺。

身為一個江湖人物，王亞樵並沒有一貫的政治信仰。務實地看，由於地方械鬥組織必須不斷發展，他和日後逐漸擴充、壯大以至於成為里巷間神話一般人物的杜月笙等人在本質上沒有什麼兩樣，不外就是以暴力圍事為生計。如果能有機會為地方或中央政府幹一點當局無法經手的骯髒事，夤緣與豪紳巨賈們出處，也就漸漸有了上流社會的交際。一九三〇年七月，王亞樵襲殺招商局總辦趙鐵橋就是這樣的一份勾當。

王亞樵的雇主是上海輪船招商局名義上的董事長李國傑。李國傑會買凶殺人，事涉招商局的龐大利益。這要回頭從淵源上看：原本招商局就是李鴻章利用國家資本成立的一個半官半民的事業體。早歲於中法戰爭期間，還因為李相國倚仗馬建忠（眉叔）將局中各艘商船暫時懸掛美國國旗，以避戰火，從而引起了絕大糾紛；馬建忠差點因此而被清流彈劾下獄。當時的爭議焦點看似是招商局「賣國債事」、「圖利洋人」，事實上早就緣於滿朝文武看不得李相國拿公帑替大清朝賺錢之餘，還將輪船事業壟斷在一人一家之手。

李國傑只不過是承先人餘蔭，卻不甘做橡皮圖章；但是他卻沒有想到：趙鐵橋原本就是同盟會的會員，歷經國民黨（一九一二）、中華革命黨（一九一四）、中國國民黨（一九一九）的改組，始終是積極用事的元老，在討袁護國時期更稱健將。

趙鐵橋之於蔣介石，猶之乎梁士詒之於袁世凱。招商局之經營權，實為人盡皆知的表面文章。往深裡看，時值北伐收功，全國號稱統一，但是在骨子裡，蔣介石所領導的南京政府正積極部署，準備收編或剿滅零星的地方軍事力量——中原大戰一觸即發。一九三〇年七月下旬，當王亞樵親自指揮他的得力弟子公然槍殺趙鐵橋於招商局大門之前，根本上是甩了蔣介石一個大耳光。

前文提及的李少陵原本不知道王亞樵這一條江湖血雨之路會通向何種地步，還曾數度要求參加他們的幫會組織。王亞樵都嚴辭峻拒，說：「這碗飯是萬萬吃不得的，我們已走入歧途，不能自拔，悔之已晚；你們是讀書人，讀書人不走正路，這國家便沒有希望了。」王亞樵一雙老於世故的利眼看出李少陵心思搖盪，終究會不安於室，所以給了他一大筆錢，勸他離開上海，往廣東去讀書。這不能不說是極有遠見的一個決定。

一九三二年，王亞樵組織「鐵血除奸團」（或鐵血鋤奸團）。顧名思義，就是暴力殺人；不過既標榜「鐵血」，復名「除奸」，可見與殺趙鐵橋之事不同，這便是標舉著國家民族正義之師的大字招牌了。「鐵血除奸團」的首個目標就是宋子文，不過第一次出手就殺錯了人。也由於大轟森然，招搖過市，王亞樵再也躲不開天羅地網的通緝，因之被迫避走香江，他在上海的勢力幾乎全面瓦解，而也因此使得杜月笙等有了喘息、恢復甚至發展的地步。

一九三六年九月，他因生活拮据而返回梧州，卻遭小妾出賣，被王魯翹和他的助手埋伏刺殺，雙眼以石灰粉迷瞎之後，身中三刀五彈，連臉皮都割去。據說剝除臉皮是為了不讓死者的鬼魂尋仇，一說是行凶者帶回繳證之用。還有一說就更荒唐了：王亞樵沒有死，死的是個不能留面目的替身。

是以後來還有傳聞：抗戰軍興之後，王亞樵在太湖一帶組織義勇隊抗日。甚至連知名的史學家鄭學稼教授都講述過一個版本，說他於抗戰勝利之後親眼在上海見過王亞樵。相信蔣介石聽見這話之時，是會嚇出一身冷汗來的。

但是所謂「江湖傳聞」往往有一個特性，就是原本涇渭分明的不同事件，或許由於境況類似，或許由於性質接近，或許由於部分事實的細節相同，甚至或許只是由於所涉及的人物、地點、相關對象有巧合性的相似，於是在極短的時間之內，傳聞便會將原本全然無關的事件編織、雜糅、附會成一回事，或者是有因果關係的一連串事件。王亞樵與他的暗殺事業之所以在多年後引起了張徹和王家衛的興趣，正是因為連一向治學嚴謹的鄭學稼教授都接受了「王亞樵未死」的傳聞，非但其人猶在，由他所領導、操縱的「鐵血除奸團」依舊十分活躍。

這件事連「國府」高層都諱莫如深，王魯翹本人也一向守口如瓶，直到他一九七四年車禍罹難之時，也從未追述過這件事情。於是，所謂的「江湖傳聞」便堂而皇之地登場，貫穿整個抗戰期間，都有一個說法：王魯翹的主子戴雨農和王亞樵兩人，形同二十年前（也就是公元一九一五年乙卯）的丁連山和宮寶森一樣，一表一裡；甚至，也猶如丁連山之於薄無鬼一樣，一明一暗。

局外之人只知道「有一死者並未真死」，或者是「以一死掩其餘生」，而打著「偽死」或「未死」旗號，且行事絕密之人，便留給了補錄史編者以及演義故事者較大的空間了。更要緊的是，即使尚未及於後世，也就是在抗日戰爭開打前後，這傳聞甚囂塵上，暗暗激勵著在烽火中節節敗退的中國軍隊。可想而知：在以「空間換取時間」的漫長戰禍煎熬之下，人們藉由對「鐵血除奸團」在遠方剷除一個又一個禍國殃民漢奸的消息，自然是寧可信其有的。

其中一個流傳極其廣遠的故事引起了張徹的興趣——

在原先人所共知的版本裡，一九三六年九月，王亞樵落魄窮窘，回到梧州，被一個叫婉君的小妾出賣，遭青年殺手王魯翹以石灰粉迷瞎之後，刀槍齊發，割去臉皮。但是，主張王亞樵「偽死」的版本卻只採取了「割去臉皮」一節，而且，將時間推前了將近一年。

話說一九三五年十一月，中國國民黨召開第四屆六中全會，王亞樵的「鐵血除奸團」襲殺蔣介石不成，倒槍傷了汪精衛，此後王亞樵被迫亡命天涯，但是，他並沒有像一般人所說的那樣，前往廣西投奔李濟深，而是讓所有人都意想不到地走來到上海，直奔老靶子路二百七十六號（有一說是南京路六百一十四號永安公司斜對過的大滬大樓二樓），這裡是一家名叫「慈光」的眼科醫院。

王亞樵一天的時間都不耽擱，就在慈光動了一個長達八小時的臉部手術。手術分為兩部分，其一是由鼻內腔切口，改變了原先高挺而寬大的鼻型，比之前略顯瘦削。其次是眼睛的形狀，王亞樵原本眼窩較深，手術卻刻意擠壓了眼部的立體感，讓他看起來連整個臉形都略顯臃腫，即使不笑，也老是瞇著眼，簡直成了所謂慈眉善目的儀表了。有趣的是——根據王家衛的考據；慈光眼科醫院的投資者，正是北京的川田醫院。

「無論如何，」王家衛笑道：「我們說『割下臉皮』應該是這個意思。」

「所以，王亞樵沒死？」

「薄無鬼不也沒有死嗎？丁連山不也沒有死嗎？」王家衛接著說：「那些死去的消息，都是風中的傳聞。」

第十九話

離魂

宜賓，在今四川省犍為縣東南，是古代西南夷僰（音勃）侯國之所在，明、清兩代都是敘州府治地，瀕臨岷江和金沙江的匯流之地，也是長江航運的終點。

清代有這麼一任知縣，叫陳登，原本是個老貢生，到了五十歲，兒子都養了三個，還不得登第，名字總叫人把來恥笑。有一天再赴江寧參加江南鄉試，無意間遇見了個看相的術士，硬是強拉著奉送了他一相，說他不日之內即有大運翻天，考場連捷，榜下授官，從此仕途順遂，家道豐實；唯有一樁：他最為珍愛疼惜者，將不復為他所有，而且不過是一回身轉瞬之間，便迢遞於千里之外，終身不得復睹。

哪有這等事？陳登想：於功名之途，我已然不存進取之念，入場不過是鍛鍊鍛鍊膽識、打磨打磨心性、修飾修飾文章，再有什麼想望，頂多就是同許多屢試不第的老朋友見見面，問問安，如此而已，哪裡還談得上仕宦之志呢？再者，自己最珍愛疼惜的——陳登轉念一想，五十年來自己最珍愛疼惜什麼呢？數計數計，怎麼想，都是自己那么兒。

這么兒外號「江南陳三公子」，名喚陳琳，年方一十六歲，已經進了學，比起上頭的兩個哥哥陳琮、陳琬來，資性佳、用功勤，非但秉賦穎悟，亦且儀容俊美，十足是個翩翩公子。此子足不出戶，讀書之外就是讀書，這樣一個孩子，如何能夠「一回身轉瞬之間，便迢遞於千里之外，終身不得復睹」呢？無稽、無稽，大是無稽！想著，腦袋搖著，擺脫了術士的糾纏，邁開大步走了。

孰料術士說的一番話果然應驗了大半。距此不過一年之內，陳登鄉試登榜，南宮連捷，榜下即用，趕赴四川宜賓上任。整頓好家當，正要出發，回頭瞧見在廊下備馬的么兒，不覺一懍：這不正是「一回身轉瞬之間，便迢遞於千里之外，終身不得復睹」嗎？陳登趕緊跟陳琳說：「這匹馬是打哪兒來的？你備馬做得什麼？」

「想是恭送父親一程，特去棧上租了一匹。」

那是一匹毛色青白相間的高頭大馬，行中有識者皆名之曰「驄」。

陳登隨口吟道：「鮑氏驄，三人司隸再入公。馬雖瘦，行步工。」這是收錄在《樂府詩集．雜歌謠詞三》裡的一首〈鮑司隸歌〉，作者應該就是人稱鮑參軍的鮑照。

陳琳聽父親這麼一吟，當下也應聲誦道：「也可以說是『行行苦不倦，唯當御史驄』。」這是隋代大詩人王由禮的〈驄馬〉詩，王由禮在詩史上不甚知名，但是陳琳幾乎不假思索，一張口所引述的這兩句，切情切景，讓陳登大為歎賞。臨行依依之情，已自不勝，再想到江寧街上那術士的預言，又平添了幾分驚懼，再看這孩子風神俊逸，才思敏捷，益發不捨，隨即歎道：

「只有同時驄馬客，偏宜尺牘問窮愁。」這是唐人李嘉佑的〈早秋京口旅泊章侍御寄書相問因以贈之時七夕〉詩，當然還是藉一個「驄」字，涵括了廣泛的告別之情。

接著，陳琳翻身上馬，朗聲吟道：「驄馬劍門兩向天，離愁和淚下西川。付他江水東流急，注得蹄聲到夢邊。」

陳登聽在耳中，尋思片刻，施施然上了自己的馬，指點家人將前門大開，才低了聲，且行且問：「這是誰的詩呢？兒啊！你吟的這一首，的是佳作，我倒欠學了呢！」

「不是說『灞陵須折柳，亭驛但吟詩』麼？」陳琳道：「這是兒子自己隨口吟的，且為父親送行。」

「我看——」陳登欲言又止，蹉跎了一陣，心事說不出來，可打了另一番主意：「琳兒呀！你就隨我赴任去罷。只不過千里迢迢，道途艱苦，比不得在家中的一二分安逸呢！」

「早就猜想父親臨行之際，會有這一番命教——」陳琳笑了笑，俯身從鞍袋裡摸出一本兒書，一副輕巧的木製桁架，把書擱在架上，道：「兒子已經準備好了，人生何處不讀書？在家如此，在外如此，道途行旅亦莫非如此，『一壑幽深聽鳥樹，十分安逸在詩書。』這是父親您的詩啊，不是嗎？」

父子倆說上路也就真上路了，曉行夜宿，沿途都有官裡的舟車亭驛，是以兼有玩賞山川的情致，倒也鬆緩愉快。然而入蜀之後，景況就大不同前了。原本可以一徑發水路舟行，直上敘州府，然而時近深秋，江水漸涸，上行船隻非但溯流艱難，也經常因為縴手不足而行不得也，一旬之中，就得停船募夫一兩日，行程因此大大地延誤了。父子相商之下，還是以盡量不耽擱公事程期為上，只好轉從旱路。

可是「蜀道之難，難於上青天」，「平原繫馬五更寒，萬里重來蜀道難」，蜀道艱難，自古皆然，清人趙翼的〈水城〉詩形容得好：「百里蠶叢盡，孤城帶碧川」，也很寫實——最難走的崎嶇小徑，大約百里之遙。平川百里，一馬馳之，不過片刻而已；一旦到了蜀山，百里之途得走上十天半個月，真所謂「健馬盤空細，孤雲蕩谷迷」。其中險中之險有這麼一個地兒，叫作羊腸坂。

坂，就是斜坡，坂嶮，是個詞兒；險坂，也是個詞兒，斜而險，難於行，連好馬都不能對付，所以王褒才會在他的〈九懷〉裡這樣描述：「驥垂兩耳兮，中坂蹉跎；蹇驢服駕兮，無用日多。」

到了羊腸坂，陳登緊跟著當地的斥候，一馬當先，以身試險。陳琳則尾隨於丈許開外，前蹄後跡而行，料無差池的了。誰知剛來到羊腸坂的頂上，左憑崖、右凌空，前面迎臉逼吹的西風一轉，成了一陣西南風，這陣兒怪風來得又急又猛，當下聽那已經下得坂去的斥候在前面大喊了一聲：「留神——這是落坂風！」

陳登也趕緊回頭喊道：「留神——」

一個「神」字語音未落，但見不過幾尺之後那陳琳的坐騎忽地一仰前肢，勉力穩住了兩條後腿，可馬背上的陳琳卻給掀翻了，身軀朝空中打了個旋子——手上的書本兒、書下的桁架，還有陳琳那一副充盈著強風、圓鼓鼓的衫袍，就這麼直直墮入萬丈深谷裡去了。

在羊腸坂，「萬丈」不是一個泛泛的形容之詞。正因為山高谷深，跌落懸崖之人在撲空墜落的那一剎那便嚇掉了魂兒。在陳琳身上，「掉了魂兒」也不是泛泛的形容之詞。人的魂魄實重不過三錢，經這一陣狂風猛裡一吹，扶搖而上九千尺，幾經周折，幾番飄蕩，如射如飛，賽得過雲帆羽翼，再墮時不過是幾數息的工夫，陳琳耳邊還迴盪著自己的一聲大喊：「摔死我也！——」

可緊接著耳畔便響起了全然陌生的話語，叨著念著，叫他給聽出來了，是個老太婆的聲音，念叨的是：「醒啦！醒啦！這可醒啦！」

接著，又是三五個父老搶著說話的聲音：「斷氣兒斷了一整天了，怎麼會醒呢？」「可不就是醒了嗎？」「醒了他得睜眼兒啊！」「醒了他得說話呀！」「他可不是說了話了麼？」

「他說啥？」

先前那個老太婆趴在他胸前，道：「他說『摔死我也——』。」

陳琳這時緩緩回過神兒，猛可一睜眼，看見模模糊糊幾個影子。這時先前那三五個父老又交口交舌地爭說：「今回兒真醒了！」「今回兒睜眼啦！」「氣兒暖過來了！」「再也死不了了！」

「兒呀！我那兒呀！」那形容粗蠢的老太婆湊得更近了些，薰了他一鼻子的蒜味兒：「你怎麼說『摔死』呢？」

「你是什麼人？」陳琳道：「豈敢叫我『兒呀』？」話才出口就覺著不大對勁兒——怎麼聽在耳朵裡，這口音同身邊之人的口音十分相近，可自己卻大感陌生呢？

話一出口，登時還惹來一陣哄堂大笑，一個皮膚黧黑、身軀碩大的老者像是跟他、也像是跟其餘眾人說道：「雖說是醒了，元神兒還不曾恢復，元神兒還不曾恢復！」接著一欺身，摑了陳琳兩嘴巴，道：「這是你娘，怎麼不叫你『兒呀』？俺是你爹，怎麼不叫你『兒呀』？你才死絕了一個大天兒，就不認爹、不認娘了嗎？你個混帳東西！」

陳琳哪裡肯認？拚死力坐直了身子，道：「我是江南陳三公子，你、你、你們是什麼人，如何冒充我父母？」

先前那老太婆也在此際一把扯過來一個瘦骨嶙峋的中年婦人，一把拽著個面如黃蠟、貌似癡傻的孩子，道：「認不得爹娘不打緊，看看你這老婆、你這兒——總不至於也不認得了罷？」

陳琳非但坐挺了，還搶忙掀去身上兩床又臭又沉的被窩，翻身下了炕，一見對面牆旮旯兒裡有面銅鏡，鏡中一個滿面虯鬚的犺漢，正一步一狐疑地向自己走過來，直到他的一張臉都快要塞進銅鏡裡去的那一瞬間，陳琳才恍然大悟：鏡中麻鬍，便是他自己了。

這麻鬍還一邊不住地說：「我是江南陳三公子，我叫陳琳，隨我父去至川西宜賓赴知縣任，行過羊腸坂，忽而來了一陣怪風——」說到這兒，鏡中麻鬍忽然放聲大哭起來，扯著一臉的虯鬚，吼道：「還我本來面目！還我本來面目！我寧可死了去，也不要這麼活著呀！」

他這麼悲哀，身後那群父老卻益發笑得粲然了，紛紛言語著：「這孩子沒死成，倒是作了個春秋大夢了！」「江南陳三公子鼎鼎大名、如雷貫耳哪！」

老太婆疼兒子是沒話說，揮舞著雙手將這些個左鄰右舍的閒漢搊出門去，一壁念道：「才醒轉來，還暈著，他認真，你們也認真麼？他死了一場，你們也死了一場麼？呿！呿！呿！」

算是父親的那老頭兒興許是樂了，跟著給搊出去的人一道兒吆喝著也走沒了影兒。這一陣鶩亂好容易過去，陳琳只道身體龐大，竟有不堪負荷之感，回頭鑽身上炕，才稍稍舒泰了些。這時床邊那醜婦遞過來半張鍋餅，餅是雜糧麵做的，皮粗麤糲，難以下嚥，勉強吃了幾口，眼淚卻止不住地流了下來。

醜婦見狀，歎道：「我同孩子、婆婆守著你的病，轉眼就半個多月了，你知道的：年成不好，莊稼活兒又荒著，沒有人顧，家裡斷糧不說，村兒裡能吃的也就是槐樹皮、野菜葉兒，不是因為你方才醒了，才有鄰家婆送了塊餅來，這也是一番大人情，你還嫌不夠嗎？——」

陳琳正自悲傷著：如何換來這麼個不堪的身世，哪裡還聽得進這醜婦的嘀咕？登時惡吼一聲，將他母子二人也趕了出去，也是醜婦給吼得情急，門簾兒一掀，扯脫了力，整張破爛的粗布簾子卻給扯斷了，這一下裡屋外屋好給打量了一個通透。

這一家，粗算就是三代五口了罷？看似就這麼兩間窄房了，外頭那一間還兼著廚灶，氣味臭穢不可聞，自己置身所在的炕上，堆置著的也就是一張張又髒、又破、又薄的敗絮殘衾，還有一件件順手扔擲、分不出男女老小的衣褲，也都骯髒襤褸得很。想想才不過多久之前，江南陳三公子居住的是華屋美廈，使喚的是奴傭婢僕，穿戴的是綾羅綢緞，吃喝的是玉粒瓊漿，如今回思起來，簡直判若天壤，陳琳不禁又悲從中來，放聲大哭著了。

就這麼哭了睏，睡了醒，醒後一環顧，依舊四壁蕭然，窮窶難堪，便又是一陣嚎啕。如此不知過了多久，這一家子的妻兒、父母，畢竟也都要上炕來分一隅地，卻又叫這麻鬍也似的陳三公子給惡罵出去，不得已，左鄰右舍的父老們又聚集起來——此刻已經沒有了門簾兒，他們議論些什麼，都逃不出陳琳的一雙紅眼。

還能議論些什麼呢？不外就是這麻鬍——村人稱他叫「魯大」——的瘋症該怎麼醫治調理，說著說著，陳琳終於明白了，他這一抹魂魄，可是隨風穿越了千山萬水，居然來到山東省歷城縣的鄉間。

這麻鬍魯大，祖上一路數算到他兒子，已經是七代單傳了，家裡人丁不旺，也就只能守著幾畝薄田，種點兒吃著不夠、賣著不值的雜糧。幾百年看天吃飯，勉強留下了一脈香火。許是時難年荒的緣故，魯大這幾個月來總道筋乏骨弱、氣虛力竭，撐持到半個月前，終於釘不住，一病不起。前一日絕了氣息，家人正哭天搶地準備發喪，不料老太婆趴在他胸口一聽，腔子又回暖了——就算是陳三公子駕到罷——這樣兒一個天上掉下來的貴人子，能要嗎？要了，小門小戶的該如何伺候他一介膏粱子弟呢？

就這點兒議論，鄰人們翻來覆去扯絡了四、五個時辰，末了推出個叫焦十一的漢子來。

「方圓十里之內嘛，就數咱們哥兒倆最體己知心了——」焦十一顫著聲步進屋來，慣抬手掀簾子，掀了個空，四下胡亂張望了一陣，差點兒忘了要說什麼，摸摸光不溜丟的腦袋，好容易想起來了，接著說：「這個這個這個，方圓十里之外嘛，也還數咱們哥兒倆最知心體己了，是罷？你這一病，情性大變，連父母妻子都跟血洗的仇家一般對待，這個麼，在咱們鄉黨之間，恐怕也容不下似你這等不孝不義之人哪！如今親戚不齒，鄰里不顧；你人又窮、家又破，成天價驅妻罵子、嫌老憎小的，你，打算怎麼討生活呢？我，不敢勸你，可你是不是也回神想一想：將來日子怎麼過呢？」

「既然說是與我知心體己，」陳琳登時反唇相稽：「我這言語聲腔，難道你聽不出來麼？難道還真就是你那貴友麼？」

「口音不是，人卻假不了。」焦十一彷彿早知道他會這麼說，接口道：「咱鄉里就認這個。你要麼，就是個借屍還魂之人；既然借了人一副骨肉，難道不想該怎麼還人麼？」

陳琳不是不肯做務實之想，而是寧可做僥倖之圖——那看起來極其渺茫的一線希望就是「我還沒有死呢！」然而，一縷幽魂，聊托於千里之外，勉寄於一息之中，卻是如此地不堪。除非再死一次，否則這一條真可以說是撿回來的性命，反倒是他原先那美好人生的絕大諷刺呢。他撫摸著一臉粗皮厚肉，歎道：「這一身皮囊原本不是我的，這一身皮囊原本不是我的！」

這一歎，歎得直率。倉促之間，焦十一噤口不能答，繞室踱著方步，踱了好一陣，才重新坐回炕沿兒上，道：「就算你真是什麼『江南陳三公子』，就算這真是借屍還魂，我倒要問：你借了魯大的屍身，苟延了一世的性命，難道不思答報麼？這魯大上有父母、下有妻兒，好歹也是一家人；你只認『江南陳三公子』的份兒，那麼魯大的份兒該誰來認呢？再者：魯大是個苦命的漢，他的皮囊你嫌臭，要是反落一個王公貴人的皮囊，你是不是又要連『江南陳三公子』的份兒也不認了呢？你說你們家太爺是個太爺，咱們就這麼打個比方罷：一個太爺，忽而犯了事、落了職，成了個雜佐小吏，這雜佐小吏能夠不安其位，卻還要官太爺的餉、幹太爺的活兒、擺太爺的譜兒、逞太爺的威風嗎？再倒過來說：一個雜佐小吏，忽而走了運、升了官，成了個太爺，這太爺能夠不安其位，還要回頭吃雜佐的糧、當雜佐的差、跑雜佐的腿、受雜佐的窩囊氣兒嗎？」

焦十一越是言之成理，陳琳就越是難受，忍不住又淚如雨下，滿心怨氣只做一句話迸出來：「我要回家！」

「就算你『江南陳三公子』不認魯大這一份兒，拿這副魯大的面目回了江南陳家，你家的太爺會認這個份兒嗎？縱使太爺認了這個份兒，你家中上上下下的貴戚貴友，又能認這個份兒嗎？你，不已經是個現成的魯大了嗎？連這身為魯大的你，都不肯認魯大的份兒；你叫江南陳家那邊兒的人，又如何認這個份兒呢？」

最後這幾句話可以說是鞭辟入裡，陳琳辯無可辯、駁無可駁，抽噎幾聲，擦了淚，垂了腦袋，囁聲問道：「那麼，你說：我為今之計，又待如何？」

焦十一聞聽陳琳轉了口風，精神一振，昂聲道：「說了半天認份、認份，不過就是奉養父母、撫育妻兒——所謂營趁生涯，自食其力，承此一家而已；人生在世，還有什麼？」

「你說『營趁生涯，自食其力』，可是，這耕稼之期、農桑之務，我一概不曉，奈何？」

「田裡的活兒慢說你不會幹，就算是會，如今也沒得幹。」焦十一又將陳琳上上下下打量了一遍道：「可『江南陳三公子』，總會點兒什麼罷？」

「某生前曾經進過學，應童子試也在前列。」陳琳說著，似乎一霎時間便重回往日閒居舞文弄墨的生活，當下微微一笑，道：「平日就是讀讀書，作作文，尤其是吟詠詩賦，算是得心應手了。」

童子試又稱「小考」、「小試」，明、清兩朝取得秀才資格的入學考試之謂，包括縣試、府試以及院試三個階段，從鄉下人的眼中看，這「江南陳三公子」已經是功名在身的「秀才公」了。

「秀才公啊？」焦十一索性順藤摸瓜，道：「秀才公的營趁自然大是不同！我這就同鄰里們商議去，鄉里出了位秀才公，何不趁此替各家各戶的子弟們開個蒙，日後說不得也能掙幾副頭臉出身呢？」說著，焦十一連忙轉身到外間屋，同其餘眾人又是一陣囉唣喧嚷，這，就定了局。

魯大還是魯大，可四鄉八鎮的傳言卻新鮮可觀——都說魯大一向目不識丁，可一場大病下來，居然能詩能文，出口成章，成了魯先生了。魯先生特別在家開門延客，有意於進學識字、或者是想要講文論墨、談詩說藝者，自行束脩以上，魯先生無不以禮遇之，以誠待之、以實學報答之。

一個粗獷的莊稼漢，忽然之間能夠侃侃而談了，談什麼還都能引經據典，而且吐屬風流，用語自然，清雋博雅，兼而有之。至於應對進退，有節得體，大事深切透達，小事細膩明晰，識見往往不凡。

居然有這種奇譚！果真在不數日間，魯大的新聞就哄傳了幾百里地，多少人穿鄉越野來爭睹怪人，閒聽怪話。儘管不是什麼人都能聽得懂這「魯先生」究竟說些什麼，可是聽得懂的人既然大加歎服，那些聽不懂的人當然也得跟著大加歎服了。於是遠近都爭著要把孩子託付給這「魯先生」開蒙。稍稍一算便知道：倘或把這些因為悅服而拜入門下的蒙童都收了，魯家一門五口非但溫飽無虞，不消一兩年的時光，就能成就一個小康之家了。

可是在「魯先生」的軀殼兒底下，畢竟是陳琳。陳琳從開門延客授徒伊始，便藉口家中狹仄，不便交接，執意寄居於古廟之中，食宿授讀皆在於是。對於魯大的父母妻兒，陳琳不只不覺有恩，益且不能動情，只能像犬馬一般地養飼著。在陳琳而言，這是不能勉強之事；在魯家老小而言，反正衣食有餘，房宅漸漸寬綽，遠親近鄰的歆羨攀慕，無日或已，覺來也頗可沾沾自喜，莊稼人好知足，就再也沒有什麼可計較抱怨的了。

陳琳卻不肯知足。他始終還存著還鄉回家、認祖歸宗之念。無論是人們已經漸漸遺忘的「魯大」，或者是日益禮敬的「魯先生」，於陳琳而言，猶如過渡之舟，終有那麼一日，他是要「捨筏而登岸」的。

較之於還是「江南陳三公子」之時，陳琳更為沉潛勤奮，日日三更燈火五更雞，所圖者，自然不只是「營趁生涯，自食其力，承此一家」。他先考入了府學，生員每歲有俸米，故名「廩膳生」或「廩生」，此之謂「食餼」。

走到了這一步上，陳琳和當年未登第之前的陳登一樣，他很順利地通過一重名之曰「科考」的資格考試。一般而言，在「科考」這一關若是能列置於一、二等甚至三等前三名，就取得了參加鄉試的資格，這一關就叫作「錄科」。錄科之後，鄉試登榜，在陳琳而言並非難事，再往後的仕途升晉，也都是順理成章的事了。對此，他無所罣懷；真正讓他念茲在茲，往往終夜徘徊、不得安寢的卻是焦十一所說的一段話：「連這身為魯大的你，都不肯認魯大的份兒；你叫江南陳家那邊兒的人，又如何認這個份兒呢？」

這一回錄科，陳琳列在一等一名，主試的考官知道陳琳終非池中之物，刻意深相結納，一經攀談，陳琳才知道這考官是四川敘州府人氏。這是一個不容放過的機會，陳琳很快地寫了一封長信，歷述比來遭際，請這位考官在差遣家僕往來川中老家的時候，給父親陳登捎了去。為了取信於陳登，信末還附錄了當年父子倆辭家臨行之時，陳琳隨口吟成的那首詩：

驄馬劍門兩向天，離愁和淚下西川。付他江水東流急，注得蹄聲到夢邊。

陳登接到這封信，登時悲喜憂懼，五味雜陳起來——一想起羊腸坂剎那之間慟失愛子，不免老淚縱橫。再者，他認得信中秀挺娟好的字跡，又絕非么兒以外之人能夠模擬得之，那麼么兒的一縷幽魂的的確確尚在人間。可是進一步想：那麼些年過去，他兩任知縣都即將期滿卸任了，忽然憑空冒出來這麼個兒子，舊念重生，絕意復萌，該如何相見、相認呢？此外，江寧街頭那看相的術士明明說過：「一回身轉瞬之間，便迢遞於千里之外，終身不得復睹。」如今怎麼可能重逢呢？

然而無論如何，陳登還是給陳琳回了信，隨信附上了一大筆盤纏，希望陳琳能夠立刻入川一見。這一年秋天正逢鄉試，陳琳若是要入川，就不得以魯大之名進一步求取功名；若是要考舉人、以至於來年入京會試於禮部、殿試於御前，以求登龍，則又不得南下求見陳登，以慰菽水之思了。

然而這不過是一念之左右，陳琳在片刻之間做了決定：他還是要入川。為了不讓父親過於受驚嚇，行前還將一臉的虬鬚剃了個乾淨，在銅鏡前顧盼多時，看起來總覺得自己已經恢復了一二分陳琳的模樣。

然而對陳登來說，這長相畢竟去陳琳生前太遠——他一眼看到面前這傻大粗黑、卻身穿儒服而顯得益發傖俗的莊稼漢，打從脊梁骨深處就冒起一陣兒涼意：啊！怪不得那術士說「終身不得復睹」呢！如今眼中所能見者，居然是這樣一個同我差不了幾年壽數的蠢物——他，他、他怎麼會是我那么兒呢？

在陳登身邊，還有陳琮、陳琬兩位公子，他哥兒倆也各一青衿在身，鄉里皆稱大小二孝廉。但是公子哥兒當慣，吟風弄月的興味銷磨了雕章琢句的骨力，反正吃穿不愁，銀錢好使，何必那麼辛苦用功呢？他們在陳登第二任上侍奉母親跋涉入川，到了宜賓這樣的蠶叢深處，川上孤城，雖說腹中僅有一點餘墨，可在此地，還興叫人吹捧成曠世文宗，一代騷人。如今聽說三公子還魂了，原本「於無佛處稱尊」的一點兒顏面，眼見就要不保，待隨侍在陳登身邊，見到這犺漢，居然忍不住放聲大笑了——

「三公子！一別三數年，你卻老了好幾十歲呀！」陳琮說。

「三公子！」陳琬跟著說：「都說你是弟弟，我看你倒像是舅舅了。」

兄弟倆你一言、我一語地冷嘲熱諷倒是對陳登起了作用，原先內心深處的一點兒哀傷、一些兒悲痛，忽然間因為笑謔而舒緩、蓬鬆、稀薄了——是啊！這模樣兒愚昧滑稽的腌臢東西，居然也敢自稱是我那神姿颯爽、玉樹臨風的么兒？

至於陳家年邁的母親，起初是在簾後窺看，之後忍不住喚人攙扶著步出廳來，也前後左右地仔細端詳，當然總覺著眼生，倒是聽陳琮、陳琬兩兄弟雜七交八地胡亂指點說笑，也抹去了眼角的淚水，跟著笑了起來。

陳登原先還滿心巴望能父子一家團圓的，可這犺漢一上得廳來，只想著過去這些年所受的種種委屈，是以除了哭、還是哭，粗醜人偏偏露不得柔懦相，一咧嘴、一歪眉，兩鼻孔像狗熊也似地一張一翕，耷拉下來的眼角更擠出搌布一般的皺紋，就甭提有多麼難看了。再者，他哪裡知道兩哥哥會這樣譏訕羞辱呢？一開始還是哭，接著也不免覺得自己的形容、處境確乎是可笑，縱橫涕泗之間，又跟著放聲大笑，夾哭夾笑之際，就簡直不成嘴臉了。原先滿肚子想著相認之時可以印證其為真身的兒時記憶，一股腦兒又全扔到了爪哇國去。

「你回去罷！」陳琮忽而一板臉，道：「這宅子頭前第一進旁邊兒有一扇角門，出去不及一箭之遙，便是縣衙門的大堂了。你再不走，我喚衙役前來將你押上大堂，審你的，可不是你的爹，是宜賓縣的縣太爺呢！」

陳琬也接著說：「冒濫官眷，充軍二千五百里，將你發回原籍，也不過還你一個魯男子之身罷了！」

陳登聽倆兒子越說越刻薄，反倒為這迢遞而來的陌生人感到難受，招手叫長隨近前，低聲在耳邊囑咐過，叫給打發了幾百兩銀子，揮了揮手，自己老步龍鍾地搖著頭，扶著老妻，逕自進內堂去了。

陳琳在回程之時走了一程旱路，自不免經過羊腸坂，此際馬鞍上一桁一卷，書頁隨風翻展，回首長江不盡之流，看似亦有流盡之處，端的是天地幽長。這時陳琳懂得了什麼是「一壑幽深聽鳥樹，十分安逸在詩書」，也懂得了什麼是「平原繫馬五更寒，萬里重來蜀道難」，更懂得了什麼是「驄馬劍門兩向天，離愁和淚下西川」。他摸了摸臉頰上淚水輕輕爬過之處，略有些癢意，居然是那一部虯鬚又都竄長了出來。

番外

天葬師

那十二個喇嘛尼個個兒頭披紅黃色的綾子，不知夜來何時就蝟集在曠野之中念經了。當天色還十分深濃之際，會讓人誤以為她們是一叢篝火；曉色漸開，看得見真正的篝火在她們中間，已經是一坑餘燼，斷續升起一抹白煙，朝拉薩的方向飄散。

她們所等待的天葬師叫巴桑，聽說不肯來，因為傳言今日要送走的死者是給毒死的。平素在齊美村，要是忽然死了個人，都說不是病，非是毒的不可。而且要是死者屬格星家族，就會說是古沙家人毒的；如果死者屬古沙家族，就會傳出是格星家人毒的。

誰下的毒說不準，但是天葬師揭開包裹屍體的哈達，往往一眼就看得出來，究竟是毒是病。毒死的人不能發付天葬，這是絕大的禁忌，一旦拆開哈達才叫人知道是中了毒，那可是要招天葬師們公譴的。

於是有著累世深仇的兩家往往使壞，一旦知道對頭家裡有人過世，便四處張揚：那人是給毒死的。無論天葬師地位如何低賤，總還有個起碼的尊嚴：你真讓他喚了鷹來，吃下發毒而死的屍骨，那可是對佛祖最大的侮蔑了。是以不論確實與否，一旦傳言某死者中了毒，天葬師總是寧可信其有，往往執意不肯來。喇嘛尼一夜煨桑圍火，就算是念透了十萬遍渡亡經文，也沒有用，家人只得尋個僻遠無人的所在，或是刨個坑兒掩埋了事；或是投屍於河，示意永不復返。

齊美村那邊的屍體也還沒見蹤影，山腰上黃崗這邊的天葬師背著他的那一袋糌粑麵兒來到自己的天葬台。這老者叫澤旺仁增，他的天葬台是方圓數百里內規模氣勢最出色的一座，人稱黃崗。此地地勢朝東南傾斜，坡地廣袤，迤邐三十里長寬，平曠如鏡，單單天葬台的所在，是一方三丈方闊的黃石，石高三尺，像是佛祖爺爺特為著招呼澤旺仁增這門生意而給安置的。

說起過佛祖照顧的事，澤旺仁增就笑著摸摸頭，他曾經是個喇嘛僧——這經歷在天葬師裡並不多見，當年他師父毗盧福生仁波切圓寂之前告訴他：「你該還俗了！」

澤旺仁增沒提防這個，還以為自己無意之間違犯了重大的戒律，不可寬貸，必須逐出佛門，聽著時當即被自己嚇了一跳，雙膝自然而然朝地一跪——當下挫傷了韌帶，以至於終身不能疾走——「師父！」

毗盧福生仁波切看出他的惶恐和沮喪，立刻抬手摸了摸他的腦袋：「你是個有慧根、有見識的僧人，不過你的功果不在寺廟之中，而在曠野之上。」

這活佛所指的，就是主持天葬、超渡亡魂之事。因為能夠從頭到尾熟讀深識渡亡經文的天葬師已經不多了，它們往往將念經的功課委託僧人，自己只負責整理葬台、支解屍體、呼叫禿鷹，諸如此類盡屬勞力的勾當，能夠掙錢，但是用毗盧福生仁波切的話說，是：「根本不明白送死迎生之意。」

澤旺仁增終究還了俗，成為拉薩市裡市外唯一當過喇嘛僧的天葬師，而且是少數沒有執照而仍舊能夠生存的天葬師。他送走的第一具屍體就是他的師父。

一般轉世大活佛圓寂之後，應當要舉行隆重而繁縟的儀式，遺體得用香料和藥物醃乾，盤坐如生，外敷香泥，另建靈塔。毗盧福生仁波切是一般活佛，遺體上也得塗滿酥油火化，將骨灰和成泥，置於上寺中保存供養。然而毗盧福生仁波切自有遺言交代：他要舉行鳥葬——也就是天葬——而且要由澤旺仁增親手為之。

那是將近五十年前的事了。毗盧福生仁波切讓他跟一位老天葬師歷練行事，整整學了三個月，再問他：「成了麼？」澤旺仁增的頭髮都長得塌了下來，一搖頭，滿腦袋草波浪晃蕩。毗盧福生仁波切又摸了摸他的頭：「再不成，師父可等不及了呢。」

聽見師父說這話，澤旺仁增忍不住掉下淚來，可毗盧福生仁波切卻神色和樂地說：「你下刀的時候就知道了，師父是叫你一刀、一刀給活轉過來的。」

天葬之禮不能出死者往生三日。澤旺仁增在之前半夜起身，沐浴更衣之後，將經文小心念過，已經近拂曉了。他獨自步行到黃崗——也就是老天葬師傳道授業之地——點起引靈的篝火，人稱煨桑的便是；他刻意多點了些，讓一個接一個的火束綿延而西，竟有百多尺長。當柏木屑做底的篝火完全燃燒之際，曙色漸開，香煙升繚，禿鷹們也從百十里外翱翔而至。它們似乎已經非常饑餓，不時會發出相呼之聲，而飛行卻總顯得從容、優雅，似乎與即將展開的血肉爭逐全然無關似的。

澤旺仁增的第一刀，用下刃底鋒砉開了毗盧福生仁波切的頸椎，猛可向下一沉，感覺拉住厚甸甸的一層，從這個深層的點上向下一墜，脊梁柱就像是迫不及待地朝上彎彈了一下，彷彿久已不耐被那皮囊緊緊包裹收束、而急著迎迓初升的陽光似的，晶瑩熠耀，他砉得有些歪，不過一刀到位，在尾椎之處收束得十分——他甚至感覺出是因為毗盧福生仁波切故意拱了拱屁股，停下了他的刀勢。日後他才知道，實則是由於脊柱上彈復落下的反作用力，讓尾椎反翹之故。

接下來的第二刀繞圈兒劃開頭皮，再分別用兩支鑽刀打從兩側太陽穴之處向裡一擠、再相互反向一擰，「嘎勃兒」一聲，天靈蓋也順利地彈開。澤旺仁增抖著手，取出師父的腦子，恭恭敬敬用帛包起，暫往一邊擱了，接著，再回頭破膛，左一刀、右一刀，猶如漢人剖魚那樣，一排一排取出腔子裡的臟器，也用帛包了，同腦子並置一處。

此時半空之中的禿鷹已經不下百數十隻了，有的撲掀著六七尺寬的雙翼，落下地來，一搖一晃地觀看著澤旺仁增的手段。有的盤桓數匝，復飛遠了去，像是有心試探他的反應。這時，寺中喇嘛一擁而上——他們都知道，必須在這一刻阻止先頭落地的禿鷹，不讓它們搶先摘取了葬台之上師父的腦子和內臟。

老天葬師對於天葬程序的解釋可以說是「卑之無甚高論」的，說穿了並無奧義：就是要讓這些來分食屍體的禿鷹能飽餐而去，並且不留些許殘渣餘滓。是以儀式的第一要務是能控制住禿鷹，不能讓它們先搶食了死者柔軟的腦子、內臟和血肉，而要讓它們能先將砸碎的骨頭盡量吃乾淨。

澤旺仁增還記得：老天葬師在他要為毗盧福生仁波切送行之前，曾經消失了一天一夜。直到天葬當天，他完成了包裹內臟的程序，那老人才從煨桑的煙靄之中緩步而來，一面像個老朋友似地招呼著空中的禿鷹，一面揮舞著手上的一杆物事——那是他親手為澤旺仁增打造的新石斧；據說是因為澤旺仁增的兩臂展開來比老天葬師長了將近一尺，若是以這樣的身材使用老天葬師原先的石斧，不消幾回，就會扭傷腰部或者背脊，是以一柄稱手的石斧當屬必需之物，澤旺仁增得用它來砸碎他師父的每一節骨頭，砸成顆粒、砸成粉屑，甚至砸成可以同糌粑麵兒和成一團的塵埃。

「這是唐古拉山那塊地界上來的哥們兒，」老天葬師指著天上那一兩百隻禿鷹，高興地說：「這一群極有威儀，定能吃得乾淨。」

第一批鷹是老天葬師叫下來的，他在黃崗東西兩邊那兩排喇嘛的外側來回踱了幾趟，聽見澤旺仁增的斧頭落在石床上的聲響；那打磨、擠壓、錘碾的聲響，已經能夠顯示骨頭顆粒粉碎的程度。老天葬師於是張開雙臂，迎向澄澈的藍天，發出「咻——咻咻咻，咻——咻咻咻，咻——咻咻咻——」的呼嘯。

第一批鷹下來了，它們通常是最年輕、比較沒有經驗、或者是餓極了的一群，數量約莫在二、三十隻上下。這樣急著搶啄食物，往往能吃到的是沾著較多骨粉的碎肉，但是這種先下來的鷹有一種天真的豪氣，它們往往也比較願意在這一刻互相幫忙，協力掀動起死者的皮膚，讓那整張的皮膚像一塊帳篷似地揚起，形成波動，甚或發出劈劈啪啪的祟響。這便使得已經圓寂的活佛有了虎虎然的生氣，像是隨時準備翻個身坐起來、或者站起來似的。

「和些糌粑罷！」老天葬師吩咐道。

澤旺仁增唱個諾，打開他那裝滿了糌粑麵兒的口袋，朝鷹翅子搧揚起來的骨粉撒了去。糌粑麵兒重，還帶些潮，一撒出去就壓落了骨粉，墜入石床的血泊之中，來回輕輕一掃，便氽成黃豆大小的丸子了。這時第二批鷹也盤桓著降落，它們顯然比第一批成熟，看來也沒那麼餓，低頭啄食的那一剎那總不忘隨即將脖頸扭轉到完全相反的方位，警戒著。

這一批大約有近百之數，看來也壯碩而巨大一些，所謂「威儀」當不是虛憍誇張的說法。

它們幾乎不去掀動或撕扯屍體的皮肉——顯然是因為這樣做太耗費氣力，卻經常將雙翼的尺幅展開到極致，像是炫耀著自己成熟已極的曲線。它們咀嚼著丸粒狀的食物——這般大小、軟硬、潤燥堪稱恰恰適度，骨肉均勻，而且糌粑的纖維也豐富了肉食的滋味，它們吃到幾乎不能走動，仍不肯放棄。

到了這一刻，老天葬師提醒澤旺仁增該去收拾收拾葬台下方的地界了。喇嘛們登時用力拍打著自己身上不免沾黏到的肉末或骨屑，接著向更遠處退開。澤旺仁增念念有詞地掃著地，也開始以同樣的聲腔呼叫著還在天空之中、或者是較遠處地面上踟躕趑趄著的鷹群。它們老的老、小的小；有些就是天性羞赧，也有些或許曾經在過去的時日裡受過傷，凡事顯得狐疑而怯懦。

天葬師們總是會把前兩批下來的鷹吃不了的骨屑再錘砸一次，使之更細、更輕，重新用糌粑麵兒落一回，再和血掃過一遍——之後，攪拌上先前用帛布覆蓋起來的腦子和內臟，讓最後這一批遲來的禿鷹享用。當這一批鷹裡的最後一隻也離開葬台的時後，遠處的煨桑完全熄滅，日頭過午、朝靈魂歸去的方向傾斜，大地看似平靜下來，遍地蒸氳著看似浮動縹緲的熱氣，禿鷹們還不能升空，它們有的連跑兩步都顯得力不從心，狀似就要因臟器衰竭而斃命了，就在這一刻——

就在這一刻，澤旺仁增忽然忘記他失去了毗盧福生仁波切，一個導師，抑或是一個像父親乃至於母親一樣的親人。他忽然像是乾乾淨淨地從一場夢中醒來，重新看一眼人世。也就在重新看一眼人世的時候，他開始思索：這個再也不會存在的人生究竟是怎麼一回事？他看著將師父分食成萬千小口的禿鷹們，看它們蠢笨顢頇的模樣，看它們既滿足、又恐慌，既得意、又畏懼的表情——它們的確是活著，是活著麼？相對於毗盧福生仁波切，禿鷹們的確還活著。可是一旦緊盯著這些禿鷹，總想再看見一眼那毗盧福生仁波切的蹤影的時候，澤旺仁增覺得圓寂了的那人，反而像是個一閃而逝、去忽復來的殘影，活潑潑、躍生生，在雲煙天地之間，無所不在了呢？

這是五十年前初試身手的那一回。之後每送走一個靈魂，這第一次的種種細節，就會重新在眼前過一遍。澤旺仁增很少回頭算計年日，所以往往得想上好一陣兒，才能答覆那些好奇的外人一些個最簡單的問題，比方說：「你貴庚了？」「送過多少人了？」也正因為長年不算計，有些時候他會誤以為已經過世三十年的老天葬師還應該來幫幫他的忙——卻老沒來了。

不過，他的氣力還分毫未減，每天都有活兒做，所以那把剖卸脊梁骨、大腿骨的鋼刀索性不帶回居處，鎮天價掛在黃崗雨棚上。照規矩，天葬師送走一個靈魂，就得閉關七日，不能與外間通聞問。可是來找他的人太多，日日安排不得閒，所以終年下來，就是往返於黃崗和三里之外的石屋。

他已經有了兩個徒弟，將來應該會繼承黃崗這份生意；但是倆徒弟都不能識字讀經，這讓他覺得十分苦惱，有時還想再找一個勉強能識字的幼徒，好將渡亡經傳了，可遇著能識字的孩子的人家，總是禮貌地拒絕。他們的神情就是滿溢著狐疑不解：能識字，就找份識字的活兒幹了；您這一行，挑什麼識字的呢？

站在黃崗之上眺望著晨星之下那十二個喇嘛尼，澤旺仁增側耳良久，歎了口氣，迎著斷斷續續的拂曉的風，他聽得出來：喇嘛尼們有一整段經文念錯了——

那段經文很短，兩句而已，一般常被解釋成佛祖的身體會幻化成眾生的身體，以體會眾生八苦。就字面語意來說，無可辯駁，畢竟佛祖大慈大悲如此。然而，這兩句經文在澤旺仁增所學所悟之中，卻有著完全不同的體會。他常想找個機會跟說錯、解錯、甚至誦念都錯了的人說，可是犯錯的人不勝其錯，真要改也不勝其改。

唯獨在這種時候，他會覺得自己當年不該還俗，而應該繼續留在寺廟裡傳授弟子們誦習正確的經文。他也一直隱隱然覺得：沒有學會正確的經文，牽引亡魂回到佛祖那裡，會使得整個天葬儀式顯得浮誇、空洞而虛假；會讓他時而動些不大敢深入思索的念頭，比方說：這生涯，不過就是把一群吃腐屍的鳥兒們餵得跟豬一樣，這個念頭一動，還真會教人不寒而慄了。

澤旺仁增甩了甩腦袋，看見倆徒弟也來了。他們是從山的另一邊過來的，得經過正在誦經的女尼們的身邊，兩人都還算是莊謹恭順的孩子，看見誦經的陣仗，特意繞遠了些，接近時還合十為禮。澤旺仁增看在眼裡，忍不住脫口而出：「都是好孩子，也是可惜了。」就覺得可惜，他越老，越覺得徒弟們這一生恐怕就是一句話：可惜了。資質很好的孩子。

徒弟們給他帶來了拌好的酥油茶、酸奶和糌粑餅子，趁他吃著的時候，說起齊美村的死者。死者是格星家的一個外甥，平日在拉薩給人開卡車，很少回來。前天夜裡開著單位裡的新車來看舅舅，得意了一頓飯的時間，吃了幾片羊肉、半碗奶渣和兩杯青稞酒，在帳篷裡伸了個懶腰，就死了。據說當下臉色發青，指甲泛紫——這狀貌並不尋常，家人說不清楚；外人看不真切，屍首不多時就用哈達裹起來，而中毒的謠言已經風傳到拉薩了。

單位裡派人來把那輛簇新的卡車開回去，撂下話，說死者是公務期間死在家裡，不宜深究；看來撫恤是沒有指望的。但是格星家的人最在意的是古沙家會怎麼張揚這事。而於今最迫切的是死者得以如何發葬？倘或能夠發付天葬，起碼能夠杜悠悠之口，古沙家再想要編派些什麼是非，也都無地步了。

乍看上去，澤旺仁增並不關心那齊美村人兩族之間的爭執，也不關心格星家那外甥真正的死因；喝完囊裡最後一口酥油茶，他簡短地囑咐了聲：「今日送的，是個孩子。」

黃崗這邊的死者是個孩子，剛滿九歲，得的是黃病。寺裡通醫道的喇嘛前年給看過之後就吩咐了：只能拖，不能治；拖著跟親情難捨無關，當然是為了天葬——不足八歲的孩子是不能用天葬接引的。

從此這孩子不放牛了，每天按時服藥，肚子腫脹的速度緩和下來，可人還是害黃，一日黃似一日。家人天天看不覺得，給治病的喇嘛每個月看一回，卻越來越是目怵心驚。有一回那孩子倔勁上來，不肯拿藥了，喇嘛問為什麼，孩子說：「除非帶我上黃崗去看一眼。」他要去看看自己的最後一程。

澤旺仁增先從喇嘛那兒得著消息，安排下日子，讓寺裡出騾馬大車給馱了來。彼時當天的葬事已畢，遍地是巨大而肥碩的禿鷹。車簾一掀開，澤旺仁增忍不住「唉呀！」一聲讚歎，原本不大聽使喚的雙膝居然鬆活了起來，登時毫不遲疑地望塵跪倒——實他看錯了，把車中那黃孩兒看成是佛駕金身而來。

「我就要讓它們給分吃了的，是麼？」孩子那時問他。

「肉身等萬物，萬物不常住——一旦吃下肚去，還得拉出屎來；屎尿入土，還要分潤草木；草木滋生，尚且哺育牛羊；牛羊生長，以養萬民……」澤旺仁增把渡亡經裡頭的一小段翻轉成家常語，正想說下去，卻聽那孩子笑了，道：

「也不得休息哪！」

如今這孩子是暫時休息著了。屍體裹在哈達之中，隨著一列人行從遠遠的山稜線上給抬了過來。澤旺仁增一瘸一拐地，在葬台和雨棚之間來回踱了好幾趟，他從來沒有如此往來踅走，狀似十分不安，看得倆徒兒也面面相覷，不知如何是好。待孩子的家人已經在葬台四周站定了，等著了，澤旺仁增才忽然對其中一個徒弟說：「今日得叫下更多的鷹來！」

「為什麼？」那徒弟不解地瞄了一眼孩子瘦小的軀體。

澤旺仁增並沒有答覆他的問題，反而拍一把他的肩膀，使嘴努了努十二個喇嘛尼誦經的方向：「你去同格星家的人說：他那外甥，我會送走。讓他們看著，這邊送罷了孩子，就抬過來罷。」

倆徒弟大驚失色：「都說是中了毒！」

「萬一是毒，我自去將他埋了，叫他永墮地下，不復轉生；萬一不是毒，正可以從此止爭，兩家相互用毒之說，就不攻自破了。這，不是我的意思——」澤旺仁增回頭看一眼雨棚底下暫時停放的孩子的屍體，道：「是佛祖的意思。」

「佛祖怎麼說的？」另一個徒兒還傻不愣登地追問。

「佛祖說：肉身無寂滅，愛憎得休息。」

對於尋常滿八歲、無惡疾、非凶刑而死者來說，天葬乃是最後的一次禮讚，足證此人福德堪稱為一介圓顱方趾之人。是以在葬台一掃而空過後，天葬師還要聚集家屬，將支解屍體時之所見，一一詳告，確鑿死因。

這是一個慣常的程序，但是在澤旺仁增而言：交代死因的意義重大，尤甚於刀斧支解之嫻熟精準與否；尤甚於鷹群飲啄之利落潔淨與否；尤甚於經文誦讀之流暢正確與否。有些死者的家屬明明知道死者生前所患、所苦之病，一旦肉身拆解，骨血離析，皮肉層層揭開，臟腑歷歷在目，而天葬師卻指出了某處其實另有某病，或者從某處可知死者生前曾遭遇某事者，幾乎日日有之，人人有之。這就是天葬師們的另一功果了——此道中人總有極其專精的門檻，得以為死者或多或少打造些許不一樣的人生。

在為這個孩子的父母說明支解所見的末了，澤旺仁增瞥見齊美村的格星家人已經遠遠地將屍體抬過來，正在翻越山稜線。頭頂上盤旋著的，則是因為孩子的軀體太小而沒能一次吃飽的群鷹，此番牠們飛掠得很低，羽翼幾乎可以碰觸得到人們飛揚起來的頭髮。

「是佛祖親自來接了。」澤旺仁增道：「這孩子好心地，有善根，才撐得了那麼久，佛祖也感動了。」

孩子的父母相互扶持著，滿意地離去。可接踵而至的一家人則大不相同了，他們的臉上充滿了惶恐、迷惘和畏懼。因為他們不知道：為什麼會有一個天葬師在聽說了惡意的傳言之後、而在還沒有拆開哈達之前，居然敢拍胸脯包下這一宗法事。當然，也可以反過來這麼說：正由於謠言太過逼人，連受到謠言迫害的，都已經先相信了中毒的說法。

他們貼近葬台，圍成一大圈兒，大部分的人都能夠聞到頭頂上禿鷹羽毛之間所散發的、混合著青稞和鮮血濁味的氣息。倆徒弟一圈、一圈地拆開哈達，死者布滿了烏黑之色的臉漸漸露出來，澤旺仁增趴上前，看了一眼，什麼話也沒說，意思顯然就是示意讓倆徒弟繼續往下拆。

待這一整副軀體完全赤裸地趴伏在葬台上，澤旺仁增毫不遲疑，在死者的家人還沒來得及相信所見之前，已經沉腰跨肘俯近屍體，一刀砉下來。家屬這才驚聲呼喊，有人居然喜極而泣，嚎啕著大笑，歡呼著大哭；看似笑時吞忍著淚水，而哭中又浮現著笑容。天葬師肯下這一刀，就意味著他們死去的親人不是中毒，也就得著了永恆的接引和護持。

此時還不到澤旺仁增向家屬證果之時，但是他也被眾人的喜悅感染了，跟著笑起來，挖開死者的喉管，看了一眼，緊接著，再用解手尖刀劃破一圈頭皮，換過那兩支小鑽刀，「嘎勃兒」一聲從太陽穴之處翹開頭蓋骨，仔細觀看了半晌，忽然說：「是吃羊肉猛裡噎住，之後才閉鎖了腦血管的！」

「咻——咻咻咻，」澤旺仁增展開雙臂，向天空之中的群鷹喊了幾聲，卻忽然改換了人的語言：「下來罷！此一世界，即是彼一世界；下來罷！我一肉身，即是汝一肉身；下來罷！來一鷹，去一菩薩！來一鷹，去一菩薩！」

遠處的喇嘛尼在這時猛然間停下了念誦之聲，似乎想起了什麼。

「我一肉身，即是汝一肉身！」澤旺仁增扯開喉嚨，向喇嘛尼那個方向喊去。他知道她們聽見了。是的，「我一肉身，即是汝一肉身！」應作肉身佈施解，而不是作佛祖體會眾生疾苦解。這時的澤旺仁增舉起石斧，大喝一聲，將死者的一塊顱骨砸了個粉碎，塵末飛進他的眼耳鼻口，他只能咂咂嘴。

代跋

課堂上的題外話

我大學本科讀的是中文系，但是當時的系主任王靜芝先生每一年在新生入學的時候，都會耳提面命、諄諄訓教：堅持讓所有的同學都要習慣改口，稱本系為「國文系」，而不是「中文系」。因為後一個稱呼，是像稱謂英文、日文、德文、法文一般地將自己國家所使用的語文客體化了。

然而，在靜芝老師眼中天經地義的道理，幾十年後的青年學子就顯然遲疑得多，他們甚至會認為：不過就是語文學習，有那麼不能客觀之必要嗎？

對於文化傳承欲振乏力的憂慮和感慨，靜芝老師是有先見之明的。在他親授的大一「國學導讀」的課，他罕見地說過一次課外閒話。話題，就是上世紀七〇年代初期的一次特考，距離上課當時，不外幾度春秋的光景。昔年外交人員特考的作文題目是：「誦詩三百；授之以政，不達；使於四方，不能專對；雖多，亦奚以為？」

這個題目出自《論語．子路》，翻譯成白話，意思說的是：「即使能夠熟讀《詩經》三百首，而若是授與他政務，卻沒有能力處理；派他出使外國，也不能單獨作主應對，雖然讀過的詩那麼多，又有什麼用呢？」靜芝老師還苦笑著說：「要是放在今天來考，外交部大概一個人也招不到。」

「專對」，一個日常上的罕用詞；專，是「專征伐」的「專」。發動對於某一諸侯國的戰爭行動，原本是周天子的特權。然而，當周天子積弱、或者是某一諸侯擁有了可以和周天子相抗禮的國力、聲望之時，天子會不得已地將征伐的權柄出讓給這諸侯，故稱「專征伐」——而「專對」，則是奉命出使他國的大夫，也必須在不得凡事請命的異國談判環境限制之下，擁有獨立判斷、做出主張的能力。

特考命題如此，大約是希望一個有志於斡旋涉外事物知情人應該有能力發表其「專對」的主張。跟外人談判，畢竟不是語言溝通順利與否就能完事的。談判者對於自身立場所應堅守的權益必須有極為深刻的理解，以及極為堅定的信念。靜芝老師於是說了一個清代末年的外交故事。

甲午戰爭之後，滿清對東洋的開放，勢有不得不加劇的迫切之感。每一次談判都令那些科舉出身的大老巨公們頭痛不已，因為他們不知道「在國際上，我們應該擁有多少人格」。

當是時，對日開放蘇州租借區的談判就是一個例子。日本人要求在蘇州開設商埠，這是不得已的事，問題在於開放什麼地段讓日本人經營——或者說盤踞。當時，日方的談判代表叫珍田舍己，珍田銜命來蘇，目的是要取蘇州閶門以外的地區開埠。閶門，早在春秋時代吳王闔閭時就已經建了。當時的闔閭城規模之大，即使在後世言之，也是極為壯觀的一項工程。全城周長四十七里二百一十步又二尺，外廓六十八里六十步，內外共三城環環相套，城外的護城河就有五十到一百公尺深。城高兩丈八尺，厚一丈七尺，呈「亞」字形，共有水陸城門八座，北面是齊門、平門，東面是匠門、婁門，南面是盤門、蛇門，西面是閶門、胥門。

日本人看上的閶門以外之地，是蘇州精華地區，百姓商家世居於此，屋宇櫛比鱗次；倘若要把這塊地方出讓給日方，光是搬遷，就要引發很深的民怨。在清廷大臣看來，寧可把蘇州城南邊盤門以外的地區劃歸日人為租借——畢竟當時的城南不那麼「膏腴繁華」，割之不疼也。

此時江南的大吏首屬兩江總督劉坤一，可是他奉詔入京覲見，一直沒有在任上，署理的張之洞正掌南洋大臣。得著巡撫趙舒翹的公文，咨請幹員來蘇與日人議約，張南皮可就傷腦筋了，他知道：江南儘管出文人、出學士，可就不出外交這個專業上的人才。左想右想之下，才有人向他推薦了一個人來——黃公度，是個詩人。

黃公度，名遵憲，廣東嘉應人，光緒二年中的舉，科場資歷僅止於此。但是此人文名大，而且有出任清廷駐日本、英國、美國使館參贊的「涉外」經歷。找上他，套句洋話來說：不外是把一個燙山芋扔出手，張南皮並沒有認真以為閶門、盤門有什麼需要計較的。

珍田抵達蘇州之時，已經得知清廷的談判代表是黃遵憲，遂來到黃下榻的所在拜訪。黃遵憲給珍田吃了閉門羹，說：「住家所在不是談公事的地方，明天到巡撫衙門裡談罷。」

第二天，珍田依約來到撫衙，約略寒暄數語，話入正題，珍田立刻表示：「我獲得敝國政府訓令，一定要取得閶門外的區域以為租借，絕對沒有遷就的道理；如果得不到閶門外地區，馬上下旗回國，不再開議。」

這番話簡明扼要，而且顯然日方的情報十分準確——他們早就知道清方準備以盤門外地區作為談判籌碼了。所謂「下旗」，更是嚴厲的威脅，說白了就是不惜斷交的意思。

黃公度靜靜地聽著珍田的話，一副不置可否的神情，等對方把話說完了，才徐徐地說：「我們今天在此間應該先辦的第一件事是互換憑證，不換憑證，不能互相認定是外交人員——這是國際定例，絕對不要亂了套。我來蘇州之前，已經取得了我國南洋大臣的札諭，另外呢，此間巡撫也有委派我來和貴使談判的公文書，這兩班文件，稍後我都會拿給貴使過目。至於貴使既然方才說有訓令來談判，那麼貴使從貴國啟行時，自然也應該有貴政府的訓條了，何不先拿出來我們驗證驗證呢？」

說完，黃公度就從懷裡掏出兩封信札，擱在桌上，一語不發，就等著珍田拿出憑證來了。

這一手實大出珍田之意外，他呑呑吐吐了老半天，才囁嚅著說：「來時匆促，忘了帶訓條。您如果不相信，為什麼不打個電報給貴國駐我國的大使，向我國政府問詢，就可以確認了。」

黃公度立刻應聲道：「這是何等大事，貴使怎麼可以忘記呢？您是外交人員，連這一點都不明白嗎？如果真的拿不出訓條來，您在此地就只有私人的資格，那麼租借地的事也就不是您所應該過問的了。如果依照我個人的看法，還是建議您馬上回國去領取訓條，再到這裡來開會。我在南京還有重要的差事，沒有時間同您再做無謂的周旋。這樣罷，我待會兒就要上船啟程，是不是等您回來的時候，我再專程去迎接好了？」

珍田受到這麼兩次沮折，再也不敢像先前那麼意氣洋洋了。等到第二回與黃公度見面，非但姿態低了很多，連談判的條件也放寬了不少，最後竟以盤門定議，且保全中國商民利益甚多。這一次談判甚至影響到杭州方面的議約，日方的交涉員也不得不以相當的條件讓了步。

不過，黃公度是不是因此而獲得較重的賞識呢？

待覆命於趙舒翹之際，黃公度所得不過是「辛苦了、辛苦了」寥寥數語。趙還私下跟他的幕僚說：「我早就說過：洋人不是人類，不可以人道相待。你們總是說我的話太過分了，現在如何？諸君試想：那珍田剛來的時候，我和諸君苦口嘵音，以禮相待，他卻越發囂張桀驁。這黃某人來了，不知道說了些什麼鬼話，他反而帖然就範，一句話也不敢爭執。說到這兒，話就不得不說回來了：像黃某這種人，萬一哪天身居要津了，就算把全江蘇都拱手送人了，也是神不知鬼不覺的事；這種人怎麼可以讓他得志呢？」

幕客們聽到這種強詞奪理的歪論，只敢竊笑，可誰又敢同巡撫大人爭辯呢？

靜芝老師由於家世親近之故，對於許多民國人物都有著極為親切的認識、體會甚至交往。而我認識黃公度不僅僅是近世文學史上一個繫掛在「同光體」之下的詩人名字，完全是靜芝老師的這一則小故事使然。我遠不會忘記，說完這段小故事之後，靜芝老師還說：「要是有人能把這段往事拍成電影、戲劇，一定會比藺相如難秦王還要精彩！」

也是因為老師對於根據史實再創造的亢奮熱情所感染，日後我才對這樣一個熟悉過的名字有了進一步瞭解的好奇，也才能順藤摸瓜地切實接觸黃公度的詩歌。

戊戌政變之後，黃公度本來有機會奉使日本，可是他人還羈留於上海，未及成行，就被某言官參了一本，差點送掉性命——而趙舒翹在這一樁構陷的公案之中，使了不少小氣力！

黃遵憲，歷任舊金山、新加坡總領事，後又官居湖南長寶鹽法道，署理過一段時間的臬司（按察使）。他還參加過上海的「強學會」，和梁啟超一起主持過《時務報》，是一位對於社會參與極度熱中的詩人。

黃公度最了不起的成就還是在舊詩的創作和革新方面，與梁啟超、夏增佑、譚嗣同提出的「詩界革命」更有開「我手寫我口」的先河，所謂「詩須寫古人未有之物，未闢之境」，在當時更是相當新穎的意見。黃氏著有《人境廬詩草》、《日本國志》、《日本雜事詩》——觀其行事著作可知：敵對者的交流不一定要奉送領土，也可以往來得有風骨、有格調。

清末國局動盪，詩人的〈悲平壤〉、〈哀旅順〉、〈哭威海〉皆蒿目時艱，抒懷孤憤之作。〈台灣行〉寫抗日復及於降日，前半篇詩中豪邁英發的句子如此：

成敗利鈍非所睹，人人效死誓死拒。萬眾一心誰敢侮？一聲拔劍起擊柱。今日之事無他語，有不從者手刃汝。堂堂藍旗立黃虎，傾城擁觀空巷舞。黃金斗大印繫組，直將總統呼巡撫。

但是台灣一旦歸降，下文仍不免沉痛熱諷：「一輪紅日當空高，千家白旗隨風飄。縉紳者老相招邀，夾跪道旁俯折腰。紅纓竹冠盤錦絛，青絲辮髮垂雲霄。跪捧銀盤茶與糕，綠沉之瓜紫蒲桃。將軍遠來無乃勞？降民敬為將軍導……」從此熱諷而反振逆推的結語恐怕讓今天的我們都會為之驚心：「噫嚱吁，悲乎哉，汝全台！昨何忠勇今何怯，萬事反覆隨轉睫。平時戰守無豫備，曰忠曰義何所恃？」

我第一次讀這詩的時候熱淚盈眶，偏偏想到老師再三說的：我們讀的是國文系。

張大春作品集 04

南國之冬

作　　者　張大春
總 編 輯　初安民
責任編輯　林家鵬
美術編輯　陳淑美
校　　對　呂佳真　林家鵬　張大春

發 行 人　張書銘
出　　版　INK 印刻文學生活雜誌出版股份有限公司
新北市中和區建一路249號8樓
電話：02-22281626
傳真：02-22281598
e-mail:ink.book@msa.hinet.net
網　　址　舒讀網 http://www.inksudu.com.tw

法律顧問　巨鼎博達法律事務所
施竣中律師
總 代 理　成陽出版股份有限公司
電話：03-3589000（代表號）
傳真：03-3556521
郵政劃撥　19785090 印刻文學生活雜誌出版股份有限公司
印　　刷　海王印刷事業股份有限公司

港澳總經銷　泛華發行代理有限公司
地　　址　香港新界將軍澳工業邨駿昌街7號2樓
電　　話　852-2798-2220
傳　　真　852-2796-5471
網　　址　www.gccd.com.hk

出版日期　2021年 3 月 初版
2021 年 3 月 25 日　初版二刷
ISBN　978-986-387-348-8
定價　380元

國家圖書館出版品預行編目(CIP)資料

南國之冬／張大春 著.
--初版. --新北市中和區：INK印刻文學，2021. 1
面； 17 × 23公分. --（張大春作品集；04 ）
ISBN 978-986-387-348-8 (平裝)

863.57　　109009563

舒讀網